古典詩歌研究彙刊

第二輯

龔鵬程 主編

第 20 冊

王闓運及其詩研究

吳 明 德 著

國家圖書館出版品預行編目資料

王闉運及其詩研究／吳明德 著 — 初版 — 台北縣永和市：花
木蘭文化出版社，2007〔民96〕

目 2+180 面；17×24 公分（古典詩歌研究彙刊 第二輯；第 20 冊）

ISBN-13：978-986-6831-24-9（全套：精裝）
ISBN-13：978-986-6831-44-7（精裝）
1. 王闉運 2. 傳記 3. 清代詩 4. 詩評
851.482   96016219

ISBN - 978-986-6831-44-7

9 789866 831447

古典詩歌研究彙刊
第二輯 第二十冊   ISBN：978-986-6831-44-7

王闉運及其詩研究

作　　者　吳明德
主　　編　龔鵬程
出　　版　花木蘭文化出版社
發 行 所　花木蘭文化出版社
發 行 人　高小娟
聯絡地址　台北縣永和市中正路五九五號七樓之三
　　　　　電話：02-2923-1455／傳真：02-2923-1452
電子信箱　sut81518@ms59.hinet.net
初　　版　2007 年 9 月
定　　價　第二輯 20 冊（精裝）新台幣 28,000 元

王闓運及其詩研究

吳明德 著

作者簡介

吳明德（1964～），台灣高雄縣人，台灣師大國文研究所博士，現任國立彰化師大台文所副教授、中華民俗藝術基金會董事。著有專書《台灣布袋戲表演藝術之美》（榮獲 2005 年第三十屆「藝術生活類」圖書金鼎獎）；另單篇論文有〈開創布袋戲新紀元──論「霹靂布袋戲」的藝術成就〉、〈藝癡者技必良──論許王小西園「三盜九龍杯」之裁戲手法〉、〈苦心孤詣・窮形盡相──許國良和他的全新東周列國造型戲偶〉、〈逸宕流美・凝煉精工──許王「三國演義」的編演藝術〉、〈杜甫以「白帝」為名系列詩作之旅遊審美意識析論〉、〈溫庭筠、韋莊詞的「語言特徵」與「敘述手法」之比較析論〉、〈遍照隅際・通觀衢路──「文心雕龍」全書組織體系之探析〉等。

提　要

　　王闓運乃晚清大儒，學問淹博，出入經史百家，並善為詩文。其論詩，力崇漢魏，主法古而鎔鑄以出。詩才尤牢罩一世，各體皆高絕，華藻謹密，詞氣蒼勁，寓古樸于渾茂，運奇恣以溫麗，洵為晚清詩壇之大家。本書謹就其人其詩論與詩作，作一研究，分別論述，凡七章十三節，計約十二萬字。雖未能含英咀華，以窺堂奧，或可略見其人、詩之梗概焉。

　　首章「緒論」，旨在說明研究動機及本文篇章之安排。次章「王闓運之時代背景與生平」，綜述湘綺之生平交遊與所處之時代背景，藉以窺探其詩之創作源由。第三章「王闓運年譜新編與作品繫年」，重新整理其一生之行誼大事與詩作之撰作年分。第四章「王闓運之詩論」，探析湘綺之詩學主張，以明其創作理論，共分詩之本原、詩之體製、詩之創作等三節。第五章「王闓運之詩歌創作」，首節乃其詩作之統計與歸納，次節探究其詩之題材，三節探析其詩之修辭特色。第六章「王闓運詩之風格」，歸納湘綺詩歌風格為四類，曰沈鬱頓挫、悲壯激越、謹密閑雅、清麗婉轉。第七章「結論」，總結以上各章，陳述各家評價，進而肯定湘綺詩之成就與詩壇地位，洵為晚清詩壇之大家。

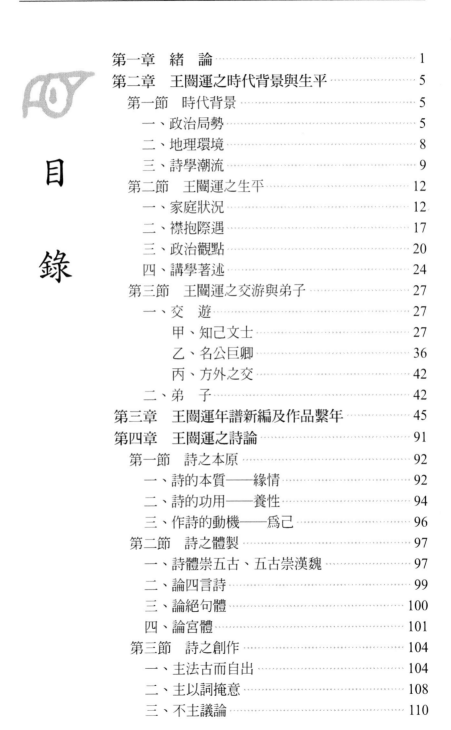

目
錄

第一章　緒　論

　　在中國，詩歌藝術傳統深厚，源遠流長，從詩經到晚清，數千年間，作者如雲，名家輩出，詩學成就，舉世無以倫比。詩對中國人日常生活的浸透程度也相當令人驚嘆，中國古代知識份子幾乎普遍以詩做為個人的基本表達語言，詩的創作場合非常廣泛，抒情以詩，言志以詩，記事寫景以詩，議論說理以詩，甚至作詩也是人際間重要的應酬酬對方式。詩是最精緻的文學型式，它的語言簡練濃縮，常在有限的字數內，創造出無限的深意，工於詩者，片言可以明百意，坐馳可以役萬景，或寓義於情而義愈至，或寓情於景而情愈深，於是詩可以興、觀，可以群、怨。詩與文異，詩重感性的抒發，文主理性的演繹，然「文所不能言之意，詩或能言之；大抵文善醒，詩善醉，醉中語亦有醒時道不得者」〔註1〕，詩能令人吟詠再三，百感常新，余素喜之，遂以「詩」為本論文研究之範圍。

　　詩至晚清，眾製咸備，萬流爭競，有湘潭王闓運者，字壬甫，號湘綺，詩崇漢魏，體崇五古，無視當時同光詩派之宋詩運動，特立於晚清詩壇，再現高古勁直之漢魏詩風，為古典詩歌再啓新頁，若急湍之迴瀾，殘陽之返照。汪國垣《光宣詩壇點將錄》云：「陶堂老去彌之死，晚主詩盟一世雄；得有斯人力復古，公然高詠啓宗風。」

〔註1〕見劉熙載《藝概》，卷二。

－1－

推許湘綺爲同光詩壇之頭領，有若水滸之托塔天王晁蓋，成就非凡。然或有持文學進化觀念者，對其復古主張，甚不以爲然，如鄭因百先生《論詩絕句百首》，其九十二云：「文運原同水運馳，江河豈有逆流時？生年幸得後唐宋，何必全宗八代詩？」註云：「讀《湘綺樓詩集》，則如入專售複製品之古董舖，滿目琳琅，但無眞貨，各體皆然，不止五言古詩。」〔註 2〕褒與貶，竟如雲泥之別，遂興起研究湘綺詩之動機，故不揣鄙陋，以「王闉運及其詩研究」爲題，撰成此文。

　　本論文旨在研析湘綺其人其詩，以闡揚幽隱，擘肌分理，剔抉是非，肯定湘綺詩之價值。全文共分緒論、本論五章與結論。

　　第二章「王闉運之時代背景與生平」：文學所以表現與批評人生者也，爲了解湘綺詩之內涵，必先認識作者之生平與其所處之時代背景。

　　第三章「王闉運年譜新編與作品繫年」：體例分時事、行履、詩紀、備註四欄，按年編次，冀能綱舉目張，對湘綺作一概括又全盤的了解，並考訂詩作年代，以明其寫作背景。

　　第四章「王闉運之詩論」：文學理論指導文學創作，湘綺有其獨特之詩學主張，是故探析湘綺詩之前，必先了解其詩學主張，以明其創作理論。

　　第五章「王闉運之詩歌創作」：統計湘綺詩作數量，歸納詩作題材，以明其作品內容，並探析其修辭特色，了解其創作之特殊技巧。

　　第六章「王闉運詩之風格」：風格者，作品成熟之標誌。歸納湘綺詩，得其作品風格者有四，曰沈鬱蒼勁、悲壯激越、謹密閑雅、清麗婉轉。

　　第七章結論：除總結以上各章外，並肯定湘綺詩之成就與詩壇地位，洵爲晚清詩壇之大家。

────────────

〔註 2〕見鄭騫《論詩絕句百首》，《幼獅學誌》廿卷一期，頁 34。

　　余也不敏，才淺識瞀，雖有志於湘綺詩之研析，然未能含英咀華，闡幽發微，益以浮生多碌，倉卒操觚，罅漏罣誤，猶且不免，亟盼博雅碩彥，不吝賜正，是所至幸！斯篇之成，承蒙黃師永武之剴切指導，悉心裁正，謹誌衷心謝忱。

第二章　王闓運之時代背景與生平

　　《孟子》萬章篇云：「頌其詩，讀其書，不知其人可乎？」文學蓋所以表現與批評人生者也，為進一步了解文學作品之內涵，必先認識作者之生平與其所處之時代背景。時代背景反映特定時空下作家之共性，個人生平則表現出作家一己獨特之個性，認識了共性與個性融合下之文學作品，有助於解析作品所蘊含之內在特質，是以章學誠《文史通義・文德篇》云：「不知古人之世，不可妄論古人文辭也；知其世矣，不知古人之身處，亦不可以遽論其文也。」今欲討論湘綺詩作，有必要先對其所處之時代背景與生平作一番了解。

第一節　王闓運所處之時代背景

一、政治局勢

　　王闓運生於清宣宗道光十二年（1832），卒於民國五年（1916），其所生存的年代，正是中國末代王朝最腐敗、最動盪的時代。

　　清朝自高宗晚年，因信任和珅，政治日益腐敗，苗亂及白蓮教接踵而起，而滿洲八旗士兵因長期的養尊處優，戰鬥力已完全消失，八旗已不再是入關滅明的勁旅，因此禍亂一發不可收拾；仁宗以後，內亂此仆彼起，列強又交相侵迫，清帝國遂在內憂外患之夾擊下，終於

走上覆亡之途。努爾哈赤建國時的勇猛氣勢，康熙敉平二藩的睿智，雍乾的修明盛世，只能「留與東京說夢華」矣！〔註1〕湘綺身處由盛至衰之亂世，也不得不發出「先皇全盛日，生晚共誰論」〔註2〕之浩嘆。

在中國，各個朝代的興亡起落，說明了封建極權王朝的政治現象——「分久必合，合久必分」，將在清王朝統治中國二百多年後出現。封建王朝實行君主獨裁，政治的良窳，全繫乎君主的賢愚與是否擁有一個頗有效率的官僚系統；因此，期望一個王朝能長治久安，子孫永嗣不輟，無疑是緣木求魚；因為不能保證每個繼承皇位的都是漢武帝、唐太宗，而封建官僚體系的唯命是從、唯上是效，更易流於僵滯而產生腐敗。清朝自高宗以後，就不再出現英明的君主，而親貴之貪怙顢頇，文武之淫奢酗嬉，引發一波波的內憂外患，直到被革命軍推翻。

在內亂方面，自嘉慶以來的白蓮教、天地會、天理教、苗回諸亂事，就一直困擾著清廷；而道光三十年（1850）爆發的太平天國之亂，時間持續達十五年，戰禍遍及十八省，更是催命一擊。而當清室與太平軍、捻匪惡戰之際，西南西北地區之回民又先後叛變，社會紛亂，洶洶不已，國政日非，民怨四起。於此家國社會滿目瘡痍之際，湘綺〈臨川西洲〉詩云：「村墟寂蕭條，敗屋稍橫柵，饑禽爭落梧，瘦犬臥寒石。污泥壓死稻，窮婦掘殘粒，搰掘終日間，難謀一杯食。丁男盡逃徙，餘此任漂泊。」〔註3〕〈重過邯鄲作〉云：「頹牆敗壘悽滿目，榆莢棠梨春影稀。」〔註4〕傳達出清末社會殘敗之實象。

除了連年不斷的內亂外，古老中國已被列強虎視眈眈地覬覦著。道光二十年（1840）的中英鴉片戰爭，英國以軍隊四千人，船艦數十艘，打得龐大又尊貴的中國毫無招架之力。當南京條約公佈後，歐美各國爭請訂約通商，清廷對國際事務懵然無知，於是喪權辱國的不平

〔註1〕黃遵憲〈京師〉詩，見《人境廬詩草》卷十。
〔註2〕《湘綺樓詩集》（以下簡稱「詩集」）卷五，頁10，〈自京赴濟南途中秋興八首〉之三。
〔註3〕《詩集》卷二，頁6。
〔註4〕《詩集》卷八，頁8。

等條約陸續出現。咸豐八年（1858）、十年（1860），英法二度聯軍，焚燬圓明園。接著，列強侵佔藩屬，中國的宗主權喪失。光緒二十年（1894），中日甲午海戰，簽訂馬關條約。接著，列強紛紛在中國租借軍港並劃定勢力範圍，中國面臨瓜分之禍。光緒二十六年（1900）發生八國聯軍，更使清廷沉疴不起，回天乏力。

　　中國歷代的主要外患均來自北方的遊牧民族，不論是匈奴、突厥，或是契丹、韃靼，只要築築長城就可以勉強抵禦其金戈鐵馬；若是抵禦不了，還可藉優勢的農業文明同化他們。但是清代除了北方陰冷深沉的俄羅斯人外，東南方的海域還來了新的「蠻夷」。「幾千年來，中國東南方的太平洋一直是沈默的。一旦太平洋的狂濤載著西方列強的軍艦，和比軍艦更有威力的新思想新文化呼嘯而來的時候，中國已經沒有還手之力了。」〔註5〕「這來自西方的海嘯，決不像過去從蒙古高原上洪水般沖決下來的游牧文化，氾濫一陣便很快退得無影無蹤。海上來的是一種新文明（工業文明），古老的華夏農業文明再也不能同化它了。於是，種族危亡和文明危機同時爆發了。」〔註6〕

　　內亂的頻仍並未使腐敗的清廷亟思政治改革，倒是列強的侵略，促使朝野上下發起效法西洋文明的革新運動。鴉片戰後不久，魏源便倡「師夷長技以制夷」之說。英法聯軍後，曾國藩、李鴻章等名臣均倡行西法──是為「洋務運動」，主要是培養外交和工業人才，仿西法造船砲以充實軍備。但他們只知仿造西洋的船砲，卻極少也不願注意到西洋之政治及教育制度才是它們富強之主要因素；以為只要「船堅砲利」，就可恢復大中國的雄風。在此種見解下，改革出來的一些表面成就，「像建立了亞洲第一噸位的海軍，不過是一個三期肺病患者戴上一雙漂亮的拳擊手套，卻自以為天下已沒有敵手。」〔註7〕這個「船堅砲利」的美夢，在甲午一役，為後起的小

〔註5〕見《河殤》，頁35，金楓出版社。
〔註6〕同上註，頁36。
〔註7〕見柏楊〈愛滋病〉一文，《中國時報》人間副刊，民國七十八年三月

國日本所破滅，若干士大夫自此始知非革新政治制度不足以圖存，於是乃有德宗皇帝與康有爲、梁啓超的「戊戌變法」，然卻爲慈禧與舊派保守人士所取消。變法失敗，造就了革命的氣勢，革命派的領導者孫文以爲滿清政府已至不可救藥之地步，非根本推翻君主制度，建立民主共和政體，將無法挽救中國的命運。然當革命成功，民國肇建（1912），因爲新舊文化的衝激，民主中國在調適中仍不斷地動盪，直至湘綺卒時，安定的中國仍未來臨。

二、地理環境

夫民函五常之性，繫水土之情，風俗因是而成，聲音本之而異。地理環境影響個人氣質，亦影響文學作品之風貌。蘇轍於〈上樞密韓太尉書〉云：「以爲文者，氣之所形，然文不可以學而能，氣可以養而致。孟子曰：『我善養吾浩然之氣』，今觀其文章，寬厚宏博，充乎天地之間，稱其氣之大小。太史公行天下，周覽四海名山大川，與燕趙間豪俊交遊，故其文疏蕩，頗有奇氣。此二子者，蓋嘗執筆學爲如此之文哉？其氣充乎其中而溢乎其貌，動乎其言而見乎其文，而不自知也。」地理環境除影響個人氣質，亦提供文學創作之素材，《文心雕龍・物色篇》云：「山林皋壤，實文思之奧府，……然屈平所以能洞監風騷之情者，抑亦江山之助乎？」由於各地環境不同，所擇取之素材各異，故展現之文學風格亦殊，魏徵於《隋書・文學傳序》云：

> 江左宮商發越，貴於清綺；河朔詞義貞剛，重乎氣質。氣
> 質則理勝其詞，清綺則文過其意。理深者便於時用，文華
> 者宜於詠歌；此南北詞人之大較也。〔註8〕

此就風格言，劉師培更自抒寫內容之角度云：

> 大抵北方之地，土厚水深，其間多尚實際；南方之地，水
> 勢浩洋，民生其地，多尚虛無。民崇實際，故所作之文，

十五日。
〔註8〕見《隋唐文學批評資料彙編》，頁13。

不外記事、析理二端；民尚虛無，故所作之文，多爲言志
抒情之作。〔註9〕

胡適之先生亦云：

南方民族的文學特別色彩是戀愛，是纏綿宛轉的戀愛。北
方的新民族多帶著尚武好勇的氣質，故北方的民間文學自
然也帶著這種氣概。〔註10〕

湘綺是湖南湘潭人，湖南古爲楚國之地，「楚，澤國也。其南沅湘之
交，抑山國也。疊波曠宇，以蕩遙情，而迫之以崟嶔戍削之幽苑，故
推宕無涯，而天采蠱發，江山光怪之氣莫能掩抑。」〔註11〕荊楚地勢，
在古爲南服，在今爲中樞，其地襟江帶湖，五溪盤互，洞庭、雲夢盪
漾其間，兼以俗尚鬼神，沙岸叢祠，遍於州郡。人富幽渺之思，文有
綿遠之韻，非惟宅處是都者蔚爲高文，即異地僑居，亦多與其山川相
發越，觀於賈傅之賦鵩鳥、弔湘纍，即其證也。荊楚文學，遠肇二南，
屈、宋承風，楚聲流播，至炎漢而弗衰；下逮宋、齊，西聲歌曲，譜
入清商，遠紹風騷，近開唐體，淵源一脈。故向來湖、湘詩人，即以
善敘歡情，精曉音律見長，卓然復古，有一唱三嘆之音，具竟體芳馨
之致。沿至晚清之湘綺，亦莫能外。〔註12〕

三、詩學潮流

　　在一定的歷史時期裏，思想傾向、審美理想和創作風格相同或相
近的作家，會自覺或不自覺地結合而成爲文學派別。屬於同流派的作
家在寫什麼、怎樣寫兩方面，有一些共同的審美理想和審美趣味，對
現實也有比較一致的認識和理解。湘綺身處道光、咸豐、同治、光緒、
宣統五朝，在此時期，宋詩運動，成爲詩壇之主流。

　　清代詩人，喜言宗派，作者大都取法前代，好尙不同，取舍各

〔註 9〕劉師培〈南北文學不同論〉，錄自郭紹虞《中國近代文論選》，頁 571。
〔註10〕見《白話文學史》第七章「南北新民族的文學」。
〔註11〕見王夫之〈楚辭通釋序例〉。
〔註12〕此段參李日剛先生《中國詩歌流變史》，頁 808，文津出版社。

異，遂有門戶派別之分。各家所論不同，舉其大要，唯有尊唐、宗宋二大流派而已。尊唐者言神韻，言宗法，言格調，言肌理，而又有初唐、盛唐、晚唐之分；宗宋者反流俗，排淫濫，以文入詩，又有蘇、黃、劍南之別。此二主流或盛或衰，各不相容，難定於一尊。泊至咸、同，而唐音漸微，宋詩始盛。蓋宋詩爲有明一代詩家所極力排斥，謂其疏鹵淺俗，意象乖離，至目之以爲腐，清人吳之振所選《宋詩鈔》自序云：「自嘉隆以還，言詩者尊唐而黜宋，宋人集覆瓿糊壁，棄之若不克盡，……黜宋詩曰腐，此未見宋詩也。宋人之詩變化於唐，而出其所自得，皮毛落盡，精神獨存，不知者或以爲腐；後人無識，倦於講求，喜其說之省事，而地位高也，則群奉『腐』之一字，以廢全宋之詩。」宋詩於明季無立足之地。清初諸家承七子餘波，流風尚存，惟窠臼漸深，詩家或有厭而學宋者，誠如《四庫全書總目提要》宋詩鈔下所云：「蓋明季詩派最爲蕪雜，其初厭太倉、歷下之剽襲，一變而趨清新；其繼又厭公安、竟陵之佻巧，一變而趨眞樸，故國初諸家頗以出入宋詩。」〔註13〕清初詩人如錢謙益、汪琬、查愼行等皆厭王、李之膚廓，鍾、譚之纖仄，乃轉而宗宋；故宋詩乃在厭棄皮附盛唐之模擬剽竊，唾棄千喙一唱之風下，再度爲世人所好，並蔚爲風尚。

道、咸詩壇，作者皆蘄嚮宋賢，江西詩派之詩乃益爲人所重，陳衍《石遺室詩話》云：「道咸以來，何子貞紹基、祁春圃寯藻、魏默深源、曾滌生國藩、歐陽磵東輅、鄭子尹珍、莫子偲友芝諸老，始喜言宋詩。何、鄭皆出程春海恩澤門下，湘鄉詩文字皆私淑江西，洞庭以南言聲韻之學者稍改故步。而王壬秋闓運則爲騷、選、盛唐如故。」〔註14〕其時作者，類皆思深慮遠，雖由學擅專門，詩本餘事，然心境與世運相感召，苦吟哀詠，無復歌功頌德、芳華愉悅；而多興物傷時、慘淡憂勤之作。

〔註13〕見商務本第五冊，頁 106。
〔註14〕見《石遺室詩話》卷一，頁 1。

宋詩運動之最高潮，乃有所謂之同光詩派，陳衍云：「同光體者，余與蘇堪戲目同光以來詩人，不專宗盛唐者也。」〔註15〕同光體詩肇啓於道、咸，大盛同、光，以迄於民國初年，此派詩家「奪嫡江西，蘄嚮杜、韓，而為變風變雅之什，言情感事，往往以突兀凌厲之筆，抒哀痛逼切之辭；甚者，嘻笑怒罵，無所顧恤；篇什流佈，傾動一世，近代詩派，以斯為盛。」〔註16〕同光派者，雖標舉宋詩，實則上繼江西，並尊唐賢，遠取三元（唐之開元、元和、宋之元祐）以自程；以杜甫、韓愈、蘇軾、黃庭堅為職志，而稍參以李白、王維、白居易、柳宗元、孟郊、梅堯臣、王安石、陳師道、陳與義、陸游、楊萬里諸家，為其取法淵源之所在。同光體興起之主因，乃源自詩家之自覺，即對古詩人之新評價與新創獲，不輕信盲從昔人之舊說，並搜沈鉤隱，使古賢重開生面，詔來學廣啓新機。其為詩有三大主張，一為把唐宋詩一關打通，一為把學人詩人一關打通，一為把作文作詩一關打通；如此雖曰宋詩之苗裔，然亦自開戶牖，自成宗派。〔註17〕

同光詩派之領袖人物，不出於閩則產於贛，故亦有逕稱為閩贛派，或江西派者。如閩縣陳寶琛、鄭孝胥、陳衍，義寧陳三立，皆為此派之冠冕。而林紓、葉大莊、沈瑜慶、嚴復、夏敬觀、桂念祖等羽翼之。沈曾植、袁昶、梁鼎芬、范當世諸子，則以他籍作桴鼓之應。湘綺與葉大莊、沈曾植、袁昶等人皆有詩酬往返，然詩學主張不同，而以擬法漢魏六朝為主。蓋文學之事，每隨時代升降變易，代有新趨成其主流；然當革故創新之際，輒有尋墮緒而復往古者，若急湍之有迴瀾，殘陽之有返照者也。有關湘綺之《詩學》主張，將於第四章論究之。

〔註15〕見同上註。
〔註16〕見尤信雄先生《清代同光詩派研究》，師大國文研究所集刊第十五期，頁673。
〔註17〕此段參張之淦先生《遯園書評彙稿》，頁95。

第二節　王闓運之生平

一、家庭狀況

王闓運初名開運，據傳生時，其父夢神榜其門曰：「天開文運」，因以開運為名。後在衡州，時王春波大令名與相同，三十五歲時，乃改為闓運。初字紉秋，取紉秋蘭以為佩也，友人稱曰壬秋，五十後改壬甫（父）〔註18〕。湖南湘潭七都移風鄉常安里人。嘗自署所居曰湘綺樓，學者稱湘綺先生，據〈湘綺樓記〉云：「湘綺樓者，余少時與婦居之室。僦居無樓，假以名之。後倚長沙定王臺故居，實面湘津。謝擬曹詩曰『高文一何綺，小儒安足為？』余善為文而不喜儒生，綺雖未能，是吾志也。」〔註19〕

湘綺生於清宣宗道光十二年（1832）十一月二十九日，據傳出生前夕，母蔡夫人方坐庭中，見流星墜地，光芒照室，驚異之，次日先生生，廣額修眉，有異常人。〔註20〕卒於民國五年（1916）九月二十四日，得年八十有五歲。

湘綺一歲喪祖父，六歲又喪父，曾有〈送劉樹義子錫慶詩〉云：「孤兒易成人，有父恆驕癡；送爾忽自念，戚然臨路歧。」〔註21〕亦自傷失怙之狀。幼讀書，昕所習者不成誦不食，夕所誦者不得解不寢，於是年十五明訓詁，二十而通章句，二十四而言禮，考三代之制度，詳品物之所用。二十八而達春秋微言，張公羊，申何學，遂通諸經。湘綺自幼刻苦勵學，寒暑無間，經史百家，靡不誦習；

〔註18〕見《王湘綺闓運年譜》（以下簡稱《年譜》）卷一，頁 25。

〔註19〕見《湘綺樓說詩》（以下簡稱《說詩》）所附。按：湘綺樓流變：初本無樓而有樓名；後倚長沙定王臺而居，仍無樓；三十四歲時，借屋衡陽石門，始建南樓，二年後因水災而圮；四十五歲時於長沙營盤街得陳花農故宅，撤屋作樓，五十七歲時因火災而毀；七十歲時，門人楊度等於山塘作新樓祝壽，此為山樓。

〔註20〕見《年譜》卷一，頁 3。在中國歷史上一貫的傳統，大凡稍有成就者，對其身世，多少有些異於常人之傳說，湘綺亦不例外。

〔註21〕見《詩集》卷十一，頁 6。

箋註鈔校，日有定課，遇有心得，隨筆記述。二十二歲定每日鈔書之課，「自是日必鈔書，道途寒暑不少輟，五十年中，書字以萬萬計，蓋自二千年以來，學人鈔書之勤，未有盛於湘綺者也。」〔註22〕三十八歲爲日記，以迄於卒，歷四十七載爲間。自二十一歲始與鄧輔綸等爲除夕祭詩之舉，厥後亦六十餘年以爲常。又每秋作七夕詞，積六十首，可見其治學勤恆，絲毫不苟，其最後一首於臨終臥病時爲彭畯五自長沙來視疾作贈之，亦是絕筆之作，曰：「山中伏日無炎氣，天上星辰有別離。滿地干戈起荊棘，故人風義契蘭芝。來逢銀漢無波候，坐到鍼樓落月時。從此清秋憶良會，爲君長詠碧雲詩。」〔註23〕湘綺年十九（道光三十年）補諸生，年二十二，中咸豐三年丁巳補行壬子乙卯科舉人。後兩應會試不售，第一次入京應試在咸豐九年（1859），以經義題改作〈萍始生賦〉〔註24〕，下第後名噪一時；第二次應試在同治十年（1871）。光緒三十四年（七十七歲），湖南巡撫岑春蓂，上其學行，特授檢討，鄉試重逢，加侍讀。民國三年（八十三歲），應袁世凱詔，入都就國史館館長職，後辭歸。

　　湘綺有一妻一妾、四子十女。夫人蔡氏名菊生，字夢媞〔註25〕，乃湘潭秀才蔡榮森之女，弟蔡與循乃光緒元年進士，曾與湘綺游。〈思歸引序〉云：「室有賢婦，高萊妻之節女，喜篆文，能寫六經。」〔註26〕蔡氏知詩書，習大義，既習禮容，尤矜風格，明眸廣額，參髮稠如，能誦楚辭以娛媚湘綺，咸豐三年（1853）來歸湘綺，生四子四女，卒於光緒十六年（1890）九月，得年五十七歲。在《湘綺樓詩集》中，有十四首作贈與蔡氏者，曰：〈贈婦詩二首〉（卷二頁 11）、〈同婦賦得懶眠〉（卷三頁 12）〈春思寄婦二首〉（卷三頁 16）、〈宿

〔註22〕見《年譜》卷一，頁 11。

〔註23〕同上註，卷六，頁 19。

〔註24〕此文見《湘綺樓文集》（以下簡稱《文集》）卷一，新興書局，頁 27。

〔註25〕錢基博《現代中國文學史》，頁 39 云：「問名之夕，夢通謁者，紅錦金書，唯媞字朗然，旦得庚帖，越二歲來歸，故字以夢媞。」

〔註26〕見《詩集》卷六，頁 21。

漁浦潭作寄婦〉（卷五頁 3）、〈出城步至南湖澗迎婦空返明日婦始歸作一首〉（卷六頁 11）、〈耒陽舟中寄懷夢媞〉（卷六頁 12）、〈南歸過汝墳贈妻詩一首〉（卷七頁 2）、〈食瓜有作寄夢媞四首〉（卷八頁 13）、〈寄墮林粉與夢媞因題五韻〉（卷十頁 27），諸詩多相思旖旎之語，可見夫妻感情深濃。

　　妾莫六雲，廣西南寧人，淪爲廣州歌女，湘綺於同治三年（三十三歲）就粵撫郭嵩燾幕賓時所納，曾云：「余在南海聽歌，有南甯女子，言頃過舊寓，悽然傷心，眾人癡笑，余獨心賞，贈詩買之，同歸，遂爲妾。」〔註 27〕〈思歸引序〉云：「有妾頗彈琵琶，能和蕭笛。」〔註 28〕以其直強，有似王安石，呼以半山，據《日記》光緒二年九月廿二日載：「六雲有違言，諭之不止，威之愈怒，家人咸集勸，猶不可柔，此女性直強，余馭之殊不得法。」生女六人，光緒十一年（1885）卒於成都，年僅四十一歲。

　　湘綺四子，均嫡出。長子代功，字伯諒，生於咸豐六年（1856），宣統元年，曾充京師學館纂修，撰有《湘綺府君年譜》一書，妻黃氏。次子代豐，字仲章，小名慶來，生於咸豐九年（1859），爲湘綺所鍾愛，指爲幸有佳兒傳詩禮者，作有《春秋例表》，光緒七年（1881），卒於夔州旅次，年僅二十三歲，妻彭氏。三子代興，生於同治十一年（1872），宣統二年，取充拔貢生，妻周氏。四子代懿，生於光緒二年（1876），縣學生員，妻楊莊，乃楊度之妹，光緒廿九年赴日習陸軍。

　　據「年譜」載，湘綺有十女，然《日記》另多出一女名茷，不詳所出〔註 29〕，以下將其十一女列表於后：

〔註 27〕見《詩集》卷一，頁 9。
〔註 28〕見同註 26。
〔註 29〕參和重〈由《湘綺樓日記》看王湘綺的生平〉，《湖南文獻季刊》六卷三期，頁 30。

母系	排行	名	小字	生年	卒年	女婿姓名	備考
嫡	一	非	無非去非娥芳	咸豐四年（1854）	光緒八年（1882）	鄧國瓛	武岡鄧輔綸（彌之）之子
嫡	二	竊	桂宭桂竘竘芳竘莊	同治二年（1863）	民國五年（1916）	胡子瑞	長沙胡伯薊四子
嫡	三	瑨	岑芳	同治五年（1866）		常國篤	衡陽常儀安之子
庶	四	妢	帥芳玉岑	同治七年（1868）	光緒十二年（1886）	鍾文虎	海寧鐘兆五之子
嫡	五	幃	勝茣	同治八年（1869）	光緒二年（1876）		八歲殤
庶	六	滋	蒲芳	同治十年（1871）		黃希濂	長沙黃渝（子壽）之子
不詳	七	莪				鄧達夫	年譜無記載，日記光緒四年、十四年、宣統元年均有記述女婿株卅鑿石人
庶	八	茂	棣芳	光緒元年（1875）		丁體晉	丁寶楨第八子，年譜稱爲七女
庶	九	紈	錦同	光緒五年（1879）		劉煥宸	劉昌澧之子，留日學鐵路
庶	十	復		光緒八年（1882）	宣統三年（1911）	趙謹瑗	武陵人
庶	十一	眞		光緒十年（1884）		陳兆璇	陳士杰（雋丞）之子

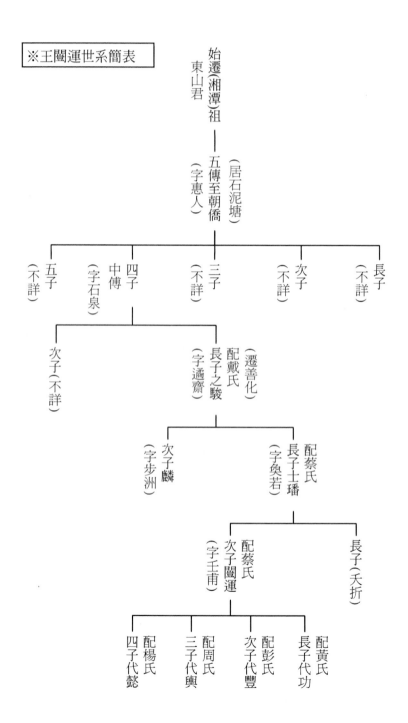

※王闓運世系簡表

二、襟抱際遇

　　湘綺身處亂世，本著傳統士大夫悲天憫人之胸懷，亦想有番作為，曾云：「我欲奮一割，爭命鬥弱強」〔註30〕、「雖非介胄士，按劍望三邊」〔註31〕。二十一歲時，「以時事日棘，究心兵法，有從軍之志，然以節母在堂，孤子當世，未敢請也。」〔註32〕

　　湘綺之欲效鉛刀一割，乃於刻苦勵學、誦讀經史百家後，自信能為經國濟世之業，曾云：「平生自信磊落才」〔註33〕，其〈思歸引序〉亦云：「余少小鈍弱，既冠始學，初覽經史，未及該貫，而長沙有山寇之圍，自此兵連，奄踰一紀。馳逐軍間，稍習時事，當世名公卿謬以文詞相許，姓名達於六州，頗妄自矜伐，喜談遠略，視今封疆大臣竊謂過之。值聖朝闢門甫賢，開薦舉之路，白衣而登大僚蓋數十人，余周旋其間，年望相等，雖不必至督撫，其次亦差得之矣。」〔註34〕遂於咸豐九年（二十八歲）應禮部試，入都，時肅順柄政，聲勢烜赫，震於一時，而湘綺至友龍皥臣、李篁仙已在肅幕中，因之肅順延為上賓，軍事多諮而行。尋文宗崩，孝欽皇后驟用事，誅肅順，目湘綺為肅黨，遂乃踉蹌歸湘，有詩云：「昔尋風雲游上京，當前顧眄皆豪英，五侯七貴遍相識，行歌燕市心縱橫，……尚書賜第花瓓瑜，醉翻酒盞相歡呼，……當時意氣論交人，顧我曾為丞相賓，俄羅酒味猶在口，幾回夢哭春花新。君歸湖口波浪惡，屢干相侯只蕭索；同時得路俱騰驤，往日庸奴又高爵。」〔註35〕正待展翅高飛的宦途，突地折翼而墜，心中憤悱悲慨可見一斑；然而「平生志千里」〔註36〕的湘綺，更大的

〔註30〕見《詩集》卷二，頁10，〈從軍詩〉。
〔註31〕同上註，卷一，頁5，〈述懷〉。
〔註32〕見《年譜》卷一，頁9。
〔註33〕見《詩集》卷四，頁10，〈答蔡吉六詩〉。
〔註34〕見同註26。
〔註35〕見《詩集》卷七，頁5，〈丙寅人日因散恢見高大心變庚中人日見寄詩憶舊游作示知者〉。
〔註36〕同上註，卷二，頁1，〈得南中消息〉四首之四。

挫折來自曾國藩等袞袞諸公的不肯留用。或以爲曾、胡之不用湘綺，是由於嫌忌湘綺之狂妄〔註37〕，此或許是其中一個因素，然主要原因乃坐肅黨之故，張之淦先生云：「湘綺爲肅順門客，其於西后當政數十年間，蹭蹬佗傺，曾左胡諸公莫肯爲之引援者，實坐肅黨故，非盡由其賦才弛跅不能受繩墨也。」〔註38〕所言甚是。

湘綺在未遇肅順前，曾幾次陳軍策予曾國藩，均不被採納，如咸豐四年（1854）十月，「曾軍之攻九江也，⋯⋯湘綺作書上曾侍郎，陳五利五害，謂宜回屯武漢，厚集其陳，始可東下，無根本之虞。曾公以羅君大捷半壁山，水師亦連勝，斷江岸鐵鎖，宜乘銳氣直擣金陵。遂不用其計，⋯⋯其後水師被襲，曾公始服其先見。」〔註39〕咸豐六年（1856）正月，又上〈與曾侍郎言兵事書〉〔註40〕，建議曾國藩撤團防、廢捐輸、清理田賦，以蘇民困而清盜源，亦未見用。咸豐十年（1860）四月，曾國藩被任命爲兩江總督，進駐祁門，湘綺於八月特往晉謁，建議即刻渡江，以固吳會之人心，並「使公弟國荃攻安慶，左宗棠出浙江，與皖相應，乃得形便，若不得已，亦宜駐徽州以固寧國之守」，但曾「念業已上奏，若遽改圖，恐動軍心，⋯⋯遂不聽。已而寧國失陷⋯⋯徽州復陷，賊黨環繞，祁門曾軍幾潰退。」〔註41〕湘綺滿腹治軍經略與建言，一再不被採納，失望幽憤之餘遂作了有名的〈發祁門雜詩二十二首寄曾總督國藩兼呈同行諸君子〉〔註42〕。咸豐十一年（1861）七月，文宗晏駕熱河，發生祺祥政變，湘綺曾上書曾國藩，欲其阻止兩宮垂簾聽政，然「曾素謹慎，自以功名大盛，恐蹈權臣干政之嫌，得書不報。厥後朝局紛更，遂致變亂，湘綺每太息

〔註37〕見羅石補〈曾國藩目爲狂妄的王闓運〉，《春秋》十卷三期。劉心皇〈王闓運的狂放〉，《湖南文獻》七卷三期。

〔註38〕見同註17，頁75。

〔註39〕見《年譜》卷一，頁13。

〔註40〕見《文集》卷二，新興本，頁51～62。

〔註41〕見《年譜》卷一，頁18。

〔註42〕見《詩集》卷六，頁4～7。

痛恨於其言之不用也。」〔註43〕同治三年（1864）十月，湘綺又抱著懷玉求售之心情專程至江寧謁訪曾國藩，仍未見用，乃作〈思歸引并序〉表露「胸中磊落藏五兵，欲試無路空崢嶸」〔註44〕之悲慨，遂黯然而別，定計歸隱，專務著述與講學。

　　湘綺雖歸隱，然憤悱不平之氣猶存胸臆，曾云：「峴莊（劉坤一）以庸微而躋大位，余猶悽惶路旁，所謂賢愚倒置，不平之甚者。」〔註45〕又云：「胡文忠（林翼）能求人才而不知人才，曾文正（國藩）能收人才而不用人才，左季高（宗棠）能訪人才而不容人才，稚（丁寶楨）、蔭（劉長佑）二君乃能知能求而不能任。凡此皆今世所謂賢豪，乃無一得人才之用者，天下事尚有望耶？」〔註46〕並作一聯云：「才志冠同儕，年來尊酒深談，始識胸蟠千古事；吉安從一出，海內藜床獨坐，誰知恨滿五更心。」〔註47〕湘綺既見扼於時，其行爲有時不免由縱橫弛跅轉入於滑稽玩世，如聞袁世凱稱帝，爲之聯曰：「民猶是也，國猶是也，何分南北。總而言之，統而言之，不是東西。」其額曰「旁觀者清」〔註48〕；或有評其爲詼詭善謔、狂放不羈者，然湘綺蓋亦有所激而然，遊戲中輒寓諷世之懷，正良足嘆嗟而無須苛求劇論者也。其《日記》亦云：「余行甚端，而言不檢。以端，故無咎；以不檢，故多謗。良友屢箴而不能改。」〔註49〕因言不檢，外間嘗有誇大其實以污湘綺者，其《日記》曾辯之云：「文心來言：外間傳言，余不入賈祠，以題區不雅也，世人多以疏傲事附之於我，他日必得班作朔傳，壽載孔書，乃足以明耳。」〔註50〕又云：「季懷問：曾滌丈

〔註43〕見《年譜》卷一，頁19。
〔註44〕陸游〈題醉中所作草書卷後〉詩。
〔註45〕見《日記》光緒八年三月八日。
〔註46〕同上註，光緒五年正月四日。
〔註47〕同上註，光緒十三年十一月廿六日。
〔註48〕見《說詩》卷七，頁28。
〔註49〕見《日記》光緒五年五月廿七日。
〔註50〕同上註，光緒二年三月八日。

督兩江，爲余薦之於肅裕庭；又言六雲身價三千金，皆了無其事，何世人之好刻劃無鹽也。」〔註 51〕後不得不云：「他日傳吾言者，有理路則眞，無理路則僞也。」〔註 52〕

三、政治觀點

　　政治對湘綺而言，一直充滿了期待，因爲從沒有眞正嘗過權力的滋味，也就沒有實現過他對政治的理想。他曾憤激地表示因庸臣當國柄，遂「坐令四海成榛蕪」〔註 53〕，也曾批評「湘軍久益敝，外強中實疾；貪將領游兵，爭長互訾謷。」〔註 54〕他身處兵馬倥傯、內憂外患交相侵併的亂世，對種種政治現象也曾多所批評，見解雖不一定高超，卻表達出一個憂時憂國之傳統知識份子的看法。

　　中英鴉片戰爭後，清廷倡行自強運動，同治元年（1862），北京成立同文館，同治二年，李鴻章設廣方言館於上海，廣州也設館訓練外國語文人才。湘綺對此措施採取否定態度，在〈陳夷務疏〉中云：

　　不必論也，言御夷者，皆欲識其文字，通其言語，得其情僞，知其山川阨塞、君臣治亂之迹及其國內虛實之由，其最善者取其軍食以濟我師，得其器械以爲我利，今設同文，意亦在此。而臣獨以爲無益者，夷人始入，非以其入中國之俗，據中國之地，收我圖籍，誦我詩書，知我國政而姑與之和也；以其船大砲精，駛我海口，防之不固，戰而不利，而後得志也。〔註 55〕

他以爲列強之能侵略中國，亦無先設「同文館」以了解中國，只是他們船大砲精，又碰上我方防之不固，遂能得逞；因此中國若要反擊列強，亦不必設同文館，只須直接習其船砲之術，但是「假令中國得其船砲，習其風俗，遂可以深入其阻，埽穴犁庭，則易地而觀，

─────────────

〔註 51〕同上註，光緒五年二月七日。
〔註 52〕同上註，光緒五年五月廿七日。
〔註 53〕見《詩集》卷十二，頁 16，〈後石泥塘行〉。
〔註 54〕同上註，卷九，頁 6，〈獨行謠〉。
〔註 55〕見《文集》卷二，新興本，頁 39。

天下之憂未可量也。」〔註 56〕此實乃「王道」而非「霸道」之思想
所致。又，湘綺稱歐美各國爲「夷」，顯然有華夏民族傳統之優越感，
他不屑以中國之尊去習夷語（在中國歷史上只有漢化運動，如北魏
孝文帝之漢化政策，日本之大化革新），模仿夷人之船砲；他擔心洋
務運動「將令夏變夷，好勇乘海桴」〔註 57〕，擔心禮儀之邦的中國
會變成好戰的蠻夷。他認爲列強之於中國，與苗猺之於中國是同樣
的情況，他說：

> 蠻夷之於中國也，有外，有內。其在外者，如今俄夷諸邦，
> 有立國之本，可以德綏，可以威服者也；其在內者，今諸
> 土司及歸流，諸苗猺自古介居中夏，雖有酋長，而無君臣，
> 不可以臣民畜之者也。〔註 58〕

因此，當郭嵩燾憂心於夷人「必爲患」時，湘綺卻「壹不以爲然」〔註
59〕，云：「中國士大夫好夸張夷人，不知其無人材，尙不及何璟、張
佩綸，無足深慮也。」〔註 60〕並在〈陳夷務疏〉中云：

> 詩曰人而無禮，胡不遄死。英法蹈取死之地，有自敗之時，
> 故臣以爲二者不足憂也。臣聞春秋之義，內其國而外諸夏，
> 內中國而外夷狄。〔註 61〕

湘綺不能忍受有五千年文化傳統的中國竟倒過頭來學習西夷文化，除
大肆攻詆西學之非外，並以爲西學不過是人之好異喜新之常情耳，在
〈致郭嵩燾書〉曾云：「夫好異喜新者，人之情也。利馬竇之學在中
土則新，在彼國則舊；公之學，在中土則舊，在彼國則新。」〔註 62〕
並一一推翻了自強運動各項措施之益處，云：「佳兵之不詳，務貨之
無益，火器能恐人而不能服人，馬頭利分爭而不利混一，鐵路日行萬

〔註 56〕同上註，頁 40。
〔註 57〕同註 54，卷九，頁 11。
〔註 58〕見《文集》卷二，〈擬李鴻章陳苗事摺子〉，新興書局本，頁 33。
〔註 59〕見《日記》光緒十年八月十四日。
〔註 60〕同上註，光緒十年八月十三日。
〔註 61〕同註 55，頁 42。
〔註 62〕見《湘綺樓箋啓》（以下簡稱《箋啓》）卷二，頁 11。

里，何如閉戶之安？舟車日獲萬金，不過滿腹而飽。」〔註63〕

由於堅持華夷之辨，湘綺也反對基督教之傳入中國，他說：

> 中外之防，自古所嚴，一道同風，然後能治，假令法國布
> 堯舜之政，讀周孔之書，分置師儒，佐我仁政，則諸臣將
> 束手坐觀，望風贊歎，以爲眞聖人之國乎？祆教之行，教
> 堂之立，但當問其可行不可行，不當問其教善不善，……
> 何況祆教妖異，約書鄙陋，競競計較，何關損益，臣所謂
> 不論者。〔註64〕

湘綺認爲基督教「僞貌深情，以悅民心，而乃好爲人師，妄自尊大，
嚴絕搢紳，暗誘愚賤，閉門守關，猜備萬端。」〔註65〕這當然也由於
傳教事業與列強侵略交綜錯雜所致。當天津教案發生後，湘綺以爲曾
國藩辦理失策，云：

> 曾侯治天津夷務，有民變之機，殊非佳兆。前十餘年，天
> 津民拒洪寇，人人歎其義勇；今天津民又毀夷館，殺領事
> 官民，豈能爲此亡命掠奪之徒耳？朝廷政失平，則小人思
> 動，假義而起，終激禍患。此事國家如陽罪民而陰縱之，
> 民既笑其懦又輕我，甚不可也；若大申夷而屈民，天下解
> 體又不可也。朝廷有失政，爲民所挾持，大臣士人當疏通
> 而掩覆之，固不可抑民氣，尤不可長民囂，曾侯未足以知
> 之。〔註66〕

甲午戰後，光緒帝與康、梁等推動戊戌變法，而湘綺對康梁師徒
均無甚好感，曾云：「要是康翁黨之言，恐非事實。」〔註67〕並云：「懷
才欲試，人之情也。懷才得試而見用，則患所以立，而憂及身矣！懷
才而不得試，則善妒忿激，不肖者，至悖而思逞，如康有爲之爲。」〔註

〔註63〕見同上註。

〔註64〕見同註56。

〔註65〕見同註61。

〔註66〕見《日記》同治九年七月二十三日。

〔註67〕見同上註，光緒廿五年七月十四日。

〔註68〕見《箋啓》卷六，頁18，〈與陳完夫書〉。

68〕當戊戌政變事發，六君子慘遭死禍，湘綺並不表同情，謂其「宦裔士林，竟至放飆，同會匪之爲」，而「譚嗣同死輕鴻毛，仍蒙篡弒之名，亦不讀書之過。」〔註69〕又云：「康孽均聚於浙，詭祕昌狂，蕩無法紀，時文習氣掃地盡矣！」〔註70〕在戊戌變法中，湘綺尤其反對書院改制學堂，兼習中西之學，時湘綺任衡山書院山長，以爲「中國學堂無萬數，書院乃其大者，徒改其名，何益於事？」〔註71〕，並云：

> 國家學政，本有專官，上失其職，咎不在下；今之改學，
> 則務在糜費，官款無出，專恃民貲，以有事之秋，興不急
> 之務，并心外國，專聘倭師。就一學論之，堂舍器具費至
> 萬金，教習監督薪水數千，購置書器錢亦千萬，一縣物力
> 必不能供。〔註72〕

受傳統教育薰陶之湘綺，其實還未能適應新式之教育制度，亦擔憂外國教會涉足中國教育，使得教育變質，曾上疏言：「詳讀章程，無此學制，今若不聘外國教習，則興學爲無名；聘有洋人，則學徒不可制；且外人所望傳教通商，何必願我富強，代謀久遠？」〔註73〕以傳統國學教育了幾千年的中國，忽然一朝必須仰賴西學以圖存救亡時，實是傳統士人如湘綺者最深沈的打擊，爲了民族的自尊，也就不得不極力反對。

　　湘綺反對溫和的「變法」，但也不贊同激烈的「革命」，以爲革命乃因弟子「廖平治公羊，……倡新說，談革命，遂令天下紛擾」，而「當今處士橫議，本無是非可言，其後奔走國事者，不過如賈人之趨市耳。」〔註74〕並視革命黨人爲「賊盜」〔註75〕、「叛軍」〔註76〕。

〔註69〕見《日記》光緒廿六年八月六日。
〔註70〕同上註，光緒廿六年正月四日。
〔註71〕見《箋啓》卷五，頁5，〈致張學臺書〉。
〔註72〕同上註，卷六，頁16，〈致趙爾巽巡撫書〉。
〔註73〕見《年譜》卷五，頁8。
〔註74〕見《說詩》卷七，頁27。
〔註75〕見《日記》宣統三年十二月十三日。
〔註76〕同上註，民國元年正月十三日。

　　入民國後，袁世凱曾三次電邀湘綺就國史館長職，或告之曰：「袁性猜忌，宜俟至鄂後，即日引疾告歸」，湘綺唱然而嘆曰：「我生不辰，命也，奈何今已戒行期，八十之年，何能輕脫袁招，辭誠懇，亦宜於相見後一窮其情，如用吾言或能救世；今干戈滿眼，居此能安乎？」〔註77〕抑積一輩子之救國大志、縱橫方略，頗欲藉此機會「尊周攘夷」〔註78〕，無奈袁氏乃藉拉攏耆老作爲稱帝之後盾，湘綺亦悟袁氏政權之不可恃，遂離京歸湘。後，門生楊度爲袁氏發起「籌安會」，湘綺亦反對袁氏稱帝，曾與書楊度云：

　　　　欲改專制而仍循民意，此何理哉？……既不便民，國何民
　　　　意之足貴，……總統係民之公僕，不可使僕爲帝也。〔註79〕

　　以上所述乃湘綺幾項主要之政治觀點，亦可知其見解仍未擺脫時代之局限，然此非湘綺之過也，乃特定時代下所造成之視域盲點，今世之人不亦如此乎？

四、講學著述

　　湘綺自負奇才，既以肅黨擯不用於時，所如又多不合，乃退息，無復用世之志，大治群經，惟出所學以教後進，並專心著述。

　　湘綺四十一歲（同治十一年）時在衡州講學。四十七歲（光緒四年）時，應四川總督丁寶楨之邀，入蜀主講尊經書院，《年譜》云：「丁丈稚琪請府君主講尊經書院，因言凡國無教則不立，蜀中之教始於文翁，遣諸生詣京師，意在進取，故蜀人多務於名，遂有題橋之陋。今欲救其弊，必先務於實。以府君生當中興，與曾胡諸公游而能不事進取，一意著述，足挽務名之弊，故以立教殷殷相託焉。」〔註80〕湘綺在蜀任教最久，前後共九年，「自督部將軍皆執弟子禮，雖司道側目，而學士歸心。」〔註81〕啓導四川人文與文風，力反從前制藝帖括繁瑣

〔註77〕見《年譜》卷六，頁 11。
〔註78〕見《日記》民國三年九月廿日。
〔註79〕同上註，民國四年十一月七日。
〔註80〕見《年譜》卷二，頁 19。
〔註81〕見《箋啓》卷二，頁 16，〈與裴樾臣書〉。

之弊，教人去富貴，專經史，講史學，更以德操感人，造就無數弟子，有名者如廖平治公羊、穀梁、春秋、小戴記，戴光治書，胡從簡治禮，劉子雄、岳森通諸經，皆有師法，能不爲阮氏經解所囿，號曰「蜀學」〔註82〕。錢基博亦云：「五十年學風之變，其機發自湘之王闓運，由湘而蜀（廖平），由蜀而粵（康有爲、梁啓超），而皖（胡適、陳獨秀），以匯合於蜀（吳虞），其所由來者漸矣，非一朝一夕之故也。」〔註83〕五十六歲（光緒十三年）時，應郭嵩燾邀，代主長沙思賢講舍。六十歲（光緒十七年），衡州人士復請主講船山書院。七十二歲（光緒二十九年）時，江西巡撫夏時，請其至南昌開辦江西大學堂，並任總教習。七十三歲主講南昌豫章書院。

湘綺一生不僅投入教學，其著作亦非常豐富，《年譜》云：「府君之學，兼包九流，而一歸於經術。」〔註84〕所著有：《湘綺樓詩集》十四卷〔註85〕，《湘綺樓說詩》八卷，《湘綺樓文集》八卷〔註86〕，《湘綺樓日記》三十二卷〔註87〕，《湘綺樓箋啓》八卷，《周易說》十一卷，

〔註82〕參胥端甫〈王湘綺與尊經書院〉，《民主評論》十一卷二期，頁48～50。
〔註83〕見《現代中國文學史》，頁39。
〔註84〕見《年譜》卷六，頁21。
〔註85〕據《年譜》作十八卷，今見者僅十四卷。
〔註86〕據《年譜》作二十六卷，今見者僅八卷。
〔註87〕日記起自同治八年（1869）正月初四日（時三十八歲），迄民國五年（1916）七月初一日，凡四十八年，然其間有闕佚部份十三處：同治八年三月十六日至六月十八日。同治九年正月初一日至正月初四日。同治十一年四月初一日至九日（自注闕從石門至湘潭事）。同治十二年七月十三日至光緒元年六月五日。光緒元年十一月十一日至光緒二年二月初九日。光緒三年九月十一日至同月十六日。光緒四年十月初四日至同月初七日。光緒十年十月二十九日至光緒十三年四月底。光緒十四年五月三十日至同年十二月底。光緒二十年五月初一日至同月初八日。光緒二十二年十一月三十日至光緒二十四年二月底。光緒二十四年八月初一日至同年九月底。光緒三十年五月十一日至同年十二月底。
其體裁內容，多章句餖飣，閭里瑣事，非常眞實。文體則雅俗兼備，莊諧雜出，間以鄉俗俚語，渾名別號，且記事簡略，非同時人莫能

《今古文尚書》二十九卷，《詩補箋》二十卷、《禮經箋》十七卷，《周官箋》六卷，《禮記箋》四十六卷，《春秋公羊何氏箋》十一卷，《論語集解訓》二十卷，《爾雅集解注》十九卷，《尚書大傳補注》七卷，《夏小正注》一卷，《逸周書注》七卷，《穀梁申義》一卷，《老子注》一卷，《莊子內篇注》七卷、《雜篇注》二卷，《墨子注》七十一卷，《鶡冠子注》一卷，《湘軍志》十六篇〔註88〕，《桂陽州志》十七篇，《衡陽縣志》十篇，《東安縣志》七篇，《湘潭縣志》十二篇，《王氏族譜》四卷，《史贊》十七卷，《楚詞釋》十卷（附〈高唐賦注〉一篇），《杜若集》二卷，《夜雪集》一卷（後集一卷、七夕詞一卷）〔註89〕，《湘綺樓詩外集》二卷，《湘綺樓詞鈔》一卷〔註90〕，《八代詩選》二十卷，《唐詩選》十三卷，《唐十家詩選》十六卷，《漢魏六朝文選》若干卷，《詞選》三卷，《王志》四卷，《諸子評校》若干卷，《諸史評校》若

辨，非同地人莫之審。屬於「原始性日記」，具史料價值，且其中附所作詩詞文章，亦可作考定之辨。

〔註88〕 《湘軍志》者，紀曾文正等平寇之書也，文正歿後，其子紀澤以此請於湘綺，時在光緒元年，越七年書成，殊自喜，曾云：「作湘軍篇，頗能傳曾侯苦心，其夜遂夢曾同坐一船。」（光緒四年二月二十一日日記）「作湘軍篇，因看前所作者，甚爲得意，居然似史公矣，不自料能至此，亦未知有賞音否？」（光緒四年二月二十七日日記）然版出，議者譁然，乃以刻版送郭筠仙毀之，文正弟國荃且命王定安別撰《湘軍記》。旋尊經書院諸生復刻之，湘綺語生曰：「此書信奇作，實亦多所傷，有取禍之道，眾人喧譁宜矣。韓退之言修史有人禍天刑，柳子厚駁之固快，然徒大言耳，子厚當之，豈能直筆耶？史臣專以言進退古今，人無故而持大權，制人命，愈稱職，愈遭忌，若非史官而言人長短，則人尤傷心矣。」（光緒九年九月八日日記）其後褒貶交呈，實成近代史書之一公案也。錢基博於《現代中國文學史》中以此書「文辭高健，爲唐後良史第一，言外見意，驕將憚其筆伐，謂有乖故實，購毀其版，欲得而甘心。」（，頁35）

〔註89〕 《夜雪集》乃百首七絕之結集，《說詩》卷一，頁2云：「既過強仕，閱世學道，上說下教，意所不能達者，輒作一絕句，等之稗官小說，取悟俗聽，其詞存日記中，暇一披吟，頗有可采，……因發憤自錄，僅得百首……題爲夜雪集。」

〔註90〕 《年譜》卷三，頁22云：「府君所作詞殆數百首，皆隨手散失，今其存者，殆十之一焉。」

干卷，《八代詩評》若干卷，《阮詩評》一卷，《唐詩評》若干卷，《湘綺樓日錄》若干卷，《祺祥故事》一卷，《尊經書院初集》，《入廣記》一卷，《遊華山記》，《曾子十二篇》等。

第三節　王闓運之交游與弟子

一、交　游

　　湘綺於十五歲時，「自恨孤陋，遂一意於取友」〔註91〕，因此一生行跡所至，結交無數，遍及朝野，不下百來名，尤其游歷於名公巨卿間，有詩云：「當時朱顏騁英妙，亦如百草懷春姿」、「我時未壯心尚孩，欲學揖讓忘蹌趨，褐衣偃仰睨朝貴，高談健啖頗自如」〔註92〕，當年意氣之風發可見一斑。茲分知己文士、名公巨卿、方外之交三類述之於后。

甲、知己文士

　　湘綺時相酬唱之好友中，以蘭林詞社之湘中五子交情最爲深厚長久，詩社成立於咸豐元年（1851），成員除湘綺外，有鄧輔綸、鄧繹、龍汝霖、李壽蓉。《年譜》載：「先是湖南有六名士之目，謂翰林何子貞、進士魏默深、舉人楊性農、生員鄒叔績、監生楊子卿、童生劉霞仙諸先生，風流文采，傾動一時。李文（壽蓉）乃目蘭林詞社諸人爲湘中五子以敵之，自相標榜，誇耀於人，以爲湖南文學盡在是矣。」〔註93〕湘綺亦有詩云：「我年十五讀離騷，塾師掣卷飄秋葉。武岡二鄧來誦詩，正值枚梁名盛時。湘中跌宕六名士，流傳篇什俗點蚩。城南論交得龍李，標置虛聲稱五子。」〔註94〕除五子外，以下另舉丁取忠、陳景雍、李仁元、嚴咸、高心夔、黃淳熙、董文渙、陳士杰、鄭

〔註91〕見《年譜》卷一，頁5。
〔註92〕見《詩集》卷八，頁16，〈董二兵備同年兄文渙餞集龍樹寺作〉。
〔註93〕見《年譜》卷一，頁8。
〔註94〕見《詩集》卷十三，頁17，〈憶昔行與胡吉士論詩因及翰林文學〉。

文焯、樊增祥、沈曾植、易佩紳諸人分別敘述於後。

1. 鄧輔綸

鄧輔綸字彌之，湖南新化（一作武岡）人，生於清宣宗道光八年（1828），卒於清德宗光緒十九年（1893），年六十六。咸豐元年副貢生，官浙江候補道。幼貧，讀於村塾，好爲韻語，與湘綺同學城南書院（道光二十七年），嘗於歲暮同走衡陽風雪中，宿廢寺或逆旅，酌酒談詩以爲樂。壯年兼爲商，性慷慨，好周人急。再出將兵，不獲一展，遂閉戶不出。湘綺曾作〈彌之領軍罷歸奉贈二首〉，其一云：「南山有奇鳥，自謂鸞皇儔，適逢長風起，曠想陵九州。朝辭故山侶，下作塵中游，音響令人驚，燕雀起相讎。縣景桑榆間，回顧嗚啾啾，木槿爭朝榮，靈椿競萬秋。得時各儢儢，失勢共沈浮，物論故不齊，安能慰我憂。」（卷三頁 21）詩學選體，文追漢晉，著有《白香亭詩文集》。湘綺推許爲「五言長城」〔註95〕，並評其詩云：「太阿青湛比芙蓉，銷盡鋒鋩百鍊中，顏謝風華少陵骨，始知韓愈是村翁。」〔註96〕又云：「鄧彌之幼有神慧，而思力沈苦，每吟一句，必遶室百轉。詩學杜甫，體則顏謝，至其東道難、鴻雁篇，古人無此製也。」〔註97〕兩人不僅總角定交，亦結兒女親家。湘綺有〈正月十四日送彌之擬湘東春別四首〉，其二云：「青旂錦纜向中路，影落星江不知曙；懷君恨君不能留，願得將身作霜露。」（卷三頁 1）可見二人感情之深厚。

2. 鄧 繹

鄧繹字保之，一字辛眉，彌之仲弟。諸生，候選知府，嘗從曾文正游，參佐戎幕，書檄之暇，不廢著述。曾主致用精舍，講經史實學。有《藻川堂詩集》，蒼莽中有名雋語，湘綺評其詩云：「逸氣高華格韻超，絳雲舒卷在重霄；當時何李無才思，強學鸚歌集鳳條」〔註98〕，

〔註95〕見《年譜》卷六，頁 16。
〔註96〕見《說詩》卷二，頁 22，〈論詩絕句〉。
〔註97〕同上註，卷二，頁 23。
〔註98〕同註 96。

並云：「辛眉獨謂七子格調雅正，由急於得名，未極思耳。自學唐而進之至於魏晉，風骨既樹，文彩彌彰，及後大成，遂令當世不敢以擬古為病。」〔註99〕湘綺與之唱酬四十年，稱其「仲子夙奇服，長嘯揚清光」〔註100〕，二人友誼真摯，有〈別辛眉二首〉，其二云：「竝驅出東郊，馬樊不肯馳，悲鳴相先後，似欲傷乖離；況我同袍子，念別在斯須。誰言會日近，一息如三時；誰謂歸途易，獨往情已疲。寸心如明月，已合願不虧。僕夫務前征，悢悢與子違。望閭欣溫侍，反轡怨孤睽，二念既合幷，中路又何依。」（卷四頁12）頗有蘇、李依依不捨之情。

3. 龍汝霖

　　龍汝霖字皞臣，湖南攸縣人。舉道光二十六年丙午鄉闈，分選知縣，初權山西曲沃，每視事重門洞開，牘入立判，未幾，政通聲噪。旋宰高平，以明察迭破奇案，奸宄肅然。曾刊《農桑輯要》一書，勸民務本；廢淫祀，革窳俗，增設義塾，請旌烈婦。未幾奉諱歸，猶捐穀千石備荒歉，民立生祠祀之。服除，歷任江西安遠、鉛山諸縣。有《堅白齋詩存》，孜孜以復古為志。皞臣夙與湘綺善，並曾同為肅順門客，湘綺曾詠其人云：「正直日衰少，時俗貴委蛇；龍生狷者心，清剛表其姿。中庸易同流，黜陟難媚時。鎩羽有時振，往志不可追。」〔註101〕另有〈秋雨後夜起作寄龍高平〉云：「涼雨驚桂枝，吹花灑階闈，城南夜窗人，惟君獨天末。別情宛如新，攬鏡忽華髮，長謠獨清醒，何以慰契闊。從政子既勞，學道余已末，仕隱同此心，忉怛送日月。清秋夜初永，因夢度林樾。故山猶可耕，庶來共饑渴。」（卷十頁10）表現出深篤之友誼。

4. 李壽蓉

　　李壽蓉字篁仙，湖南人。丙辰（咸豐六年）庶常，以戶部主事改

〔註99〕同註97。

〔註100〕見《詩集》卷一，頁9，〈五君詠〉之五。

〔註101〕同上註，之二。

捐湖北候補道。爲人放誕自喜,尤擅才名,喜學北魏碑書。就讀城南
書院時,與湘綺相得甚懽,日夕過從,湘綺有詩詠之云:「李生習文
藻,懷華畏檢束。微名眾傾才,縱志寵依辱。美服非不華,媒害慎所
觸。染素豈在己,多歧懼爲俗。」(註102)咸豐九年(1859),供職戶
部主事,爲肅順所重賞;然是年十一月,因行鈔事入獄,湘綺聞之側
然悲感,爲書致肅順代敘其憤,並作〈代幽憤詩〉(卷五頁 12),又
作〈歲盡雪莫寄懷篁仙獄中〉云:「聞爾南冠縶,淒然北信來。故人
時不利,旅食歲相催。籠鳥毛真鎩,寒鴉報可猜。……冬盡一陽復,
詩平萬劫災。慚余擁衾被,無助恥餅罍。……」(卷五頁 15)患難中
真情俱現。

5. 丁取忠

丁取忠字果臣,號雲梧,湖南長沙人。一生以撰著自娛,不求聞
達,而象數一途,尤所深究,嘗自謂少喜步算而苦無師承,每持等凝
思,寢食俱廢,垂四十年,然後古今言算之書稍稍枰集。刻算書二十
一種,曰《白芙堂算學叢書》,自撰有《粟步演草》二卷、《演草補》
一篇、《數學拾遺》一卷。光緒初卒,年逾七十。丁取忠乃媒合湘綺
婚事者,相識亦深,湘綺有〈果臣約會將往適坐感秋因罷去作寄一首〉
云:「日落風氣涼,方知秋已深。瀟瀟眾物意,獨來歸我心。攬之不
盈懷,外慮久余侵。孤坐稍已靜,空堂復崟嶔。良友共此意,未面若
開衿。興寄惜不再,寂寂存其音。飛雲有時棲,因之罷幽尋。」(卷
二頁 12)

6. 陳景雍

陳景雍字希唐,河南商邱人,六世祖陳維崧以文名聞天下。少有
異才,爲文下筆立成,爲詩一日百篇,思汪汪如泉涌火然,好飲酒。
道光二十九年(1849)充選拔貢生,又舉於鄉。咸豐二年(1852)成
進士,即用湖北通山知縣。時太平軍亂,縣瘠苦僻陋,殘破流離,景

〔註102〕同上註,之三。

雍質衣為糧，母宋夫人率婦出簪飾易銀錢，親縫寒衣解省城給守兵。四年，寇圍城，景雍力戰而卒。湘綺與希唐初識於南昌太守鄧仁堃（鄧輔綸之父）府中，即意氣相投，聞死訊，深感悲痛，有〈弔陳通山景雍〉詩云：「寒波回洞庭，落日望通山。沈思閟淒響，念追有餘嘆。婉婉我君子，出宰履世艱。泰消隱賢軌，貞厲隝高翰。蹈刃實仁勇，貆名惜微官。……宿昔廁七賢，神期緬前歡。如何一俯仰，便作生死間。宿草易春榮，劍樹無時攀。慟哭送哀淚，不得沾墳巒。……朝露本脆促，閔凶信非冤。物盡魂已滅，虛名復何安？焉用千載下，哀榮飾空棺。載思城門別，心竭詞亦殫。」（卷三頁 2）哀哀情思，迴環往復。

7. 李仁元

李仁元字伯元，一字資齋，河南濟源人。生於清宣宗道光六年（1826），卒於清文宗咸豐三年（1853），年二十八，道光二十七年進士，彬彬儒雅，以文章稱知名公卿間，任內閣中書，尋改知縣。咸豐元年，授樂平，民俗剽悍，以禮教之，多感悟；有素習械鬥者，得驍健六百人，日加訓練，土匪畏而斂。三年，太平軍亂，至鄱陽與沈衍慶共議兵事，賊圍城，與衍慶並戰死。仁元乃陳景雍甥，共識湘綺於南昌，曾邀湘綺至樂平，後湘綺尋歸長沙，於舟中夢仁元來別，時仁元已死而湘綺猶未聞，可見契闊之深，有〈夢伯元〉詩云：「昨反山林願憔悴，別君不語相見年，知君意氣感我厚，宵來追訪空江前。秋風夾道雲闌干，芙蓉迢遞梧桐殘。袖中縑素詔我讀，粉墨字隱文無端。風塵咫尺豺虎深，波浪慘憺蛟龍睡。劍氣能回壯士魂，儒冠不解平生意。……」（卷二頁 6）既死，作〈乾靈篇遙傷李樂平〉追悼之：「乾靈不虛敵，綱紀在當仁。崢嶸百里鎮，淒涼一代人。滄海方橫蕩，群公各致身，豈謂長星迴，君為大義深。……十九陵雲帖，長安觀國賓，公卿傳動色，文翰欻如神；帝識為楨幹，詞章未等倫。……長纓志不就，金甲血猶寒。四海皆流散，悲君獨在難。……」（卷二頁 8）湘綺並為其刻《壽觀齋詩》，曾評其詩云：「麗句清詞似女郎，風情綿邈

骨堅蒼；如今江樹垂垂發，懷舊傷春一斷腸。」〔註103〕

8. 嚴 咸

嚴咸字受菴，湖南漵浦人，生於清宣宗道光十七年（1837），卒於清穆宗同治四年（1865），年二十八。祖如熤，陝西按察使，為時名宦；父正基，官大理寺卿，亦有文名。咸名家子，性介猛，有奇志，天才超拔，穎悟絕人。十七應鄉試，經策橫恣，盡破程法。咸豐九年至京，不試而歸。詞章沈博雄鷙，然不自熹，喜論兵，願慷慨為烈士。後左宗棠總督閩浙，咸以故人子招置幕府為上客，然被讒而不受重用，遂憤歸，自經死。咸與湘綺乃舊識，曾相約同隱九疑，然竟先卒。湘綺為之刻《受菴詩草》，評其詩云：「東風靈雨詠離憂，入洛歸吟大陸愁；我欲避君天不肯，不然搥碎湘綺樓。」〔註104〕對之推崇備至。

9. 高心夔

高心夔字伯足，一字碧湄，號陶堂，江西湖口人。生於清宣宗道光十五（1835），卒於清德宗光緒九年（1883），年四十九。幼敏瞻爽邁，年十八舉於鄉，二十四成進士。咸同之際，與湘綺同為肅順上賓，論文譚藝，深相契合，湘綺有詩詠其人云：「九江狂生高伯足，平生見人但張目，單衫側帽臨春風，二十紅顏美如玉。行年相校一歲彊，俱騁逸足馳康莊。曹劉阮陸不竝世，文歌琴酒爭軒昂。……」〔註105〕嘗佐李鴻章德州軍幕，兩權吳縣，性剛峻，以治娼過嚴去官，鬱鬱以終。工詩，所作華而緻，栗而純，琢磨訓函，入奧出堅，取境巉刻，有《陶堂志微錄》傳世。湘綺曾評其詩云：「劍氣珠光逞少年，老年長句更芋眠；饒思秀澀開新派，終作楞嚴十種仙。」〔註106〕

10. 黃淳熙

黃淳熙字子春，江西鄱陽人。道光二十七年（1847）進士。歷

〔註103〕同註96，頁21。
〔註104〕同註96。
〔註105〕同註35。
〔註106〕同註96。

湖南綏寧、會同知縣。性沈毅剛直，為時所忌，遂引疾閒居。咸豐
三年，湘撫駱秉章知其賢，強起之。七年，署湘鄉，有異政。九年，
石達開犯湘，淳熙募勇防省城，時出剿賊，破石於掛勾嶺，殲殪甚
眾。後歷三十餘戰，皆捷，累擢知府，所部有二千人，曰果毅營。
十年（1860）從駱赴蜀督師，以所部為軍鋒，擒斬數千，復銳進二
郎場欲平餘賊，中伏，戰歿。詔贈布政使，加贈內閣學士，諡忠壯。
湘綺有詩懷之云：「誰謂知已難，夙昔對賞音。十年忽乖互，千載遂
侵尋。余悲固有涯，事往逝如夢。……無燈臥寥寥，浪激風響深。
君如精魂在，來見江海心。……山川有浮沒，此道不可沈。舉聲不
能言，泣下遂霑衾。」〔註107〕

11. 董文渙

　　董文渙初名文煥，字硯樵，山西洪洞人。咸豐六年進士，改庶吉
士授檢討，體弱才清，歷官甘肅甘涼道。卒於光緒三年（1877），湘
綺有〈東山精舍哭董兵備〉（卷十頁 16）四首悼之，其一云：「寄書
長恨緩，聞死怪郵傳。薤露悲三世，荒城坐七年。官閒虛領郡，體弱
況多煎。倡和音未寂，寒窗孤月圓。」其三云：「瘦骨知吟苦，交情
比宦濃。邊庭幸無事，俗吏偶相容。悵望湖南鴈，獨看城北松。風流
豈終絕，石室有遺蹤。」有《峴樵山房集》，詩境清迥，寄託遙深，
值咸同之際，軍事方殷，多感時之作，湘綺評其詩云：「錦衣玉貌儘
風流，苦思孤吟聽每愁；一片秋心無處寫，為填詩債向秦州。」〔註
108〕並稱其「可與彌之抗行」〔註109〕。

12. 陳士杰

　　陳士杰字雋丞，湖南桂陽州人。生於清宣宗道光四年（1824），
卒於清德宗光緒十八年（1892），年六十八。以拔貢考取小京官，銓
戶部。曾國藩治軍衡州，辟參戎幕。咸豐四年，太平軍圍岳州，與湘

〔註107〕見《詩集》卷六，頁7，〈思黃李詩〉。
〔註108〕同註103。
〔註109〕見《日記》光緒三年，五月六日。

綺議以全軍救湘潭，敗則退保衡州，國藩如其言，果大捷。後專治團
練，號廣武軍，數挫寇鋒，而以捍石達開功最盛，擢知府，加布政使
銜，賜號剛勇巴圖魯。尋除山東按察使，晉福建布政使。士杰方居曾
幕府，與湘綺友善，論兵事多相合，乃約從軍，後因故罷。其後湘綺
十女眞嫁士杰子兆璇，二人情誼益篤，有〈石鼓舟雨卻寄雋丞〉詩云：
「初伏驚秋早，歸舟臥晚風。所嗟人意倦，不共水流東。江海無窮事，
曾胡百戰功。與君閒話盡，今夜聽鳴蟲。」（卷十三頁3）可見一斑。

13. 鄭文焯

鄭文焯字叔問，一字俊臣，小字豫格，號小坡，別號瘦碧，晚
號大鶴山人。山東高密人，爲鄭康成之裔，九世祖國安於清初鎮守
關東海島，從入關有功，編入正黃旗漢軍籍，至文焯，始冠本姓。
生於清文宗咸豐六年（1856），卒於民國七年（1918），年六十三。
幼濡染家學，天資卓絕，爲人倜儻見志節，爲文有奇氣，喜作繪事，
凡花鳥山水人物，著手立就。光緒元年中式舉人，會試屢不售，遂
絕意進取，愛吳中山水幽勝，客居三十餘年。辛亥國變，愴懷身世，
自比淵明，孤憤滿腔，悉於詞發之。入民國，辭謝國史館纂修、金
石學教授等職，而以越人術及鬻畫自給。著有《大鶴山房全集》九
種。湘綺與之時相酬唱，有詩詠其人云：「家世名公子，吳中老客星。
有才供嘯傲，未壯已飄零。頗閱升沈趣，閒看洞闕銘。南飛同海鶴，
比翼渡滄溟。」〔註110〕

14. 樊增祥

樊增祥字嘉父，號雲門，別號樊山，亦號天琴老人，湖北恩施人。
生於清宣宗道光二十六年（1846），卒於民國二十年（1931），年八十
六。稟性聰穎，美姿容，嘗納贄會稽李慈銘，習辭章之學，落筆清麗。
光緒三年進士，遷庶吉士，出補陝西渭南知縣，有賢聲。累官陝西藩
司、江寧布政使。入民國，充袁政府參政院參政。袁氏既敗，乃息影

〔註110〕見《詩集》卷十二，頁 18，〈送鄭叔問文焯下第還吳因訪伯足與李
眉生游處〉三首之一。

舊都，以賣文鬻字爲生，自是不復出。爲詩好爲豔體，工於隸事，巧於裁對，清新博麗，積詩達三萬餘首，有「茶飯詩人」之稱，並有《樊樊山全集》傳世。湘綺有〈結交詩貽陝藩樊承宣增祥〉云：「弱齡慕英彥，結交共屯艱。撥亂未反正，羣公智已殫。徒遭凋瘵民，征繕豈能寬。聞有達政者，高材在卑官。聽訟實知本，政平民氣安。朱紱既就加，百吏皆改觀。關隴今貧僻，不與治亂權。近欲崇節制，苟務兵食完。無信誰與立，奇謀空萬端。薦賢非吾職，但念得見難。歲暮情有餘，感慨同征鞍。」（卷十四頁 15）可知二人交情深厚。

15. 沈曾植

沈曾植字子培，號乙盦，又號寐叟，浙江嘉興人。生於清宣宗道光三十年（1850），卒於民國十一年（1922），年七十三。光緒六年進士，授刑部主事，握江蘇司郎中，兼充總理各國事務衙門俄國股京章。後爲張之洞聘主武昌兩湖書院，盛宣懷亦延主南洋公學講席。後歷任江西廣信、南昌兩知府，安徽提學使，江西按察使，並赴日考察學務。清帝遜位，痛哭不已。民國六年，張勳復辟，詔受學部尚書，事敗，返滬僑居，以觴詠遣日，常以不得死所爲恨。曾植家本寒素，性至孝，在官嚴拒苞苴，直聲滿天下。博極羣書，精律令，遂於佛典，尤深於史學掌故，後專治遼金元三史與西北輿地、南洋貿遷沿革。著有《海日樓詩鈔》，爲同光派健將，《光宣詩壇點將錄》云：「寐叟詩學宛陵、山谷間，出入韓、蘇，遣詞屬事，多取內典，用意深微處，最耐細讀。今詩人之最精悍，最樸鷙者，無出其右。」（頁 5）湘綺有〈寄沈子培〉詩云：「數別娛園又五年，離心來往皖江邊。鶺鴒得侶霄分路，烏鵲橫橋月正弦。瓜果空庭山悄悄，蘼蕪千里思綿綿。遙知拄笏清吟罷，悵望銀河定不眠。」〔註111〕湘綺晚年與之時有贈答，二人意氣頗相投。

16. 易佩紳

易佩紳字笏山，一字子笏，湖南龍陽人，易順鼎之父。生於清

〔註111〕見《日記》光緒三十四年七月七日。

宣宗道光六年（1826），卒於清德宗光緒三十二年（1906），年八十一。咸豐八年舉人，從軍川陝間，積功授知府，官至江寧四川藩司。性負氣，攻任事，官蜀時，與丁寶楨不合，賴湘綺爲解。光緒十年，以援臺灣去。有《函樓詩鈔》、《文鈔》、《詞鈔》，並傳于世。湘綺主尊經書院時，嘗與之唱和，有〈南軒冬晴命酒率然同易郎中作〉（卷十二頁 4）、〈和易藩臺感事詩因成長歌示謀國諸公〉（卷十三頁 13）諸篇。

乙、名公巨卿

1. 肅　順

　　肅順字豫庭，鑲藍旗人，鄭親王烏爾恭第六子。道光中，考封三等輔國將軍，授委散秩大臣、奉宸苑卿。文宗即位，擢內閣學士，兼副都統、護軍統領、鑾儀使。以其敢任事，漸受重用。咸豐七年，擢左都御史、理藩院尚書兼都統，以文宗信任，久而益專，睥睨一切，與其兄鄭親王端華及怡親王載垣相附和，擠排異己，廷臣咸側目。喜延攬名流，朝士如郭嵩燾、尹耕雲及舉人王闓運、高心夔輩，皆出其門。於剿匪主用湘軍，信任曾國藩、胡林翼等。左宗棠被劾，賴其調護免罪，且破格擢用。十年，英法聯軍又犯，車駕倉猝幸熱河，行在事一以委之。十一年（1861），文宗崩，穆宗立，恭親王奕訢與慈安、慈禧兩宮發動祺祥政變，斬肅順於市。湘綺於〈法源寺留春會宴集序〉云：「余爲裕庭知賞，亦兼善尹、郭，而號爲肅黨」，並有詩追憶之，云：「京國多良會，春游及盛時，寧知垂老日，重作五噫詞。尊酒人心醉，繁花鳥語悲。且留殘照影，同照鬢毛衰。……於今憂國少，眞覺世緣空。天地悲歌裏，興亡大夢中。杜鵑知客恨，不肯怨春風。」〔註112〕

2. 曾國藩

　　曾國藩字滌生，號伯涵，湖南湘鄉人。生於清仁宗嘉慶十二年

〔註112〕同上註，民國三年四月廿一日。

（1811），卒於清穆宗同治十一年（1872），年六十二。道光十八年進士，改翰林院庶吉士，授檢討，累官禮部右侍郎、兵部左侍郎，尋丁母憂歸。會太平軍起，在籍督辦團練，編制鄉勇，連復沿江各省，封毅勇侯。後以大學士任兩江總督，卒于官，贈太傅，諡文正，湘綺曾題挽聯云：「平生以霍子孟、張叔大自期，異地不同功，忕定僅傳方面略。經術在紀河間、阮儀徵之上，致身何太早，龍蛇遺憾禮堂書。」〔註113〕文正秉性忠誠，持躬清正，器識宏深，學問純粹，治學兼宗漢宋，謂義理、考據、詞章三者闕一不可，有《曾文正公全集》傳于世。湘綺數游曾幕府，未嘗受重用，有〈從長沙送曾侍郎出師援浙〉詩云：「昔年同擊楫，今日悔藏弓。裂地多分土，因人恥論功。餘生游羿殼，失路向蠶叢。且借班超筆，題名章句中。」（卷四頁13）透露一股無奈之情緒。

3. 彭玉麟

　　彭玉麟字雪琴，號退省庵主人，湖南衡陽人，生於清仁宗嘉慶二十一年（1816），卒於清德宗光緒十六年（1890），年七十五。咸豐年間，洪楊軍起，曾國藩治水師於衡陽，玉麟多所贊畫規制，與楊岳斌分統之，轉戰長江各省，捷湘潭，復武漢，破田家鎮，拔湖口，奪小姑山，復彭澤，連克九江、安慶、蕪湖、江寧，居功厥偉。定長江水師之制，官至兵部尚書，卒諡剛直，贈太子太保。性剛介絕俗，素厭文法，治事輒得法外意，不通權貴，而坦易直亮，無傾軋倨傲之心。善為詩，好畫梅，詩畫皆超俗。湘綺早年嘗與之論兵事，多相合，有〈酒集憶甲寅歲潭岳戰事感舊有作贈彭侍郎玉麟〉詩云：「……江湘昔崩迫，群材競求施，綢繆義君幀，奮迅潭城垂。仁兄總一旅，伐鼓振天維，重陰豁然解，大捷始赫斯……」（卷八頁5），甚推崇之。

4. 郭嵩燾

　　郭嵩燾字伯琛，號筠仙，晚號玉池老人，湖南湘陰人，生於清

仁宗嘉慶二十三年（1818），卒於清德宗光緒十七年（1891），年七十四。幼而神宇清穆，勤於問學，道光二十七年進士，改翰林院庶吉士，累官廣東巡撫。光緒間，官至兵部侍郎，充出使英法比義大臣三年，嘗與龍皞臣書稱：「自南宋以來，控御狄夷之道，絕於天下者，七百餘年，老朽不才，直欲目空古人，非直當世之不足與議而已。」〔註114〕後乞休歸，築養知書屋，學者稱養知先生。嵩燾識遠而乖俗，官高而早罷，文詞清剛而或病其枯，專對弗屈而不稱於世，著作頗富，有《養知書屋詩文集》等。湘綺與筠仙早年時相贈答，交情亦厚，有〈郭筠仙侍郎出使海國寄懷詩一首〉云：「苕苕東北樓，臨虛望日星。念君北辰外，龍節照南溟。世儒多危辱，戚戚守常經，……離居既多憂，矧伊慕闕廷。折衝縱橫事，過化乃餘靈。惟賢益人國，當使巧技醒。語默動招尤，至人貴攖寧。儻能垂光照，四海無晦冥。」（卷十頁 11）

5. 尹耕雲

　　尹耕雲字杏農，江蘇桃源人。道光三十年進士，授禮部主事，累遷郎中，曾佐僧格林沁。咸豐八年，授湖廣道監察御史，嘗剴陳時政，疏凡八、九上，天下稱直臣。初在禮部，肅順頗重之，於是時識湘綺，曾贈湘綺詩：「行藏須早決，容易近中年」〔註115〕，同治元年，率部卒五千從僧格林沁平金樓寨教匪，又克張岡捻巢。尋署河陝汝道，光緒三年（1877）卒於官。著有《心白日齋集》等。湘綺有〈古風答贈尹杏農十一首〉，其五云：「君不見前門車馬如水流，惟有公子百不憂。少年珥貂作中衛，醉游不知丞相吏。明朝謁帝乾清門，片言指陳天下事，意氣敷腴顏色鮮，公卿貴人不敢議。從來遠近成親疏，況我孤直外廷士。」（卷六頁 1）另有〈宴尹御史宅即贈三首〉，其一云：「明良感榮遇，直道在如今。君抱匡時策，能為隱士心。素書隨意讀，青草閉門深。小閣鑪香夜，愁來只獨吟。」（卷五頁 8）

〔註114〕見《花隨人聖盦摭憶全編》，頁 84。
〔註115〕見《年譜》卷一，頁 17。

6. 周壽昌

　　周壽昌字應甫，一字荇農，晚號自庵，湖南長沙人。生於清仁宗嘉慶十九年（1814），卒於清德宗光緒十年（1884），年七十一。道光二十五年進士，改翰林院庶吉士，授編修，累官內閣學士兼禮部侍郎，兩署戶部侍郎。每召對稱旨，然終以論列切直，爲忌者所劾，遂以疾告歸。壽昌學問淹博，才名徹中外，尤嗜史學，著有《漢書注校補》五十六卷，《後漢書注補正》八卷，《三國志證遺》四卷，《五代史證纂誤補續》一卷，《思益堂日札》六十卷，《思益堂詩文集》三十四卷，並輯《歷代宮闈文選》十卷。方湘綺作〈圓明園詞〉，壽昌以爲「筆墨通於情性，回首當年情事，讀之悲慟欲絕」〔註116〕。湘綺另有〈贈翰林周學士壽昌〉詩云：「長沙學士才名羨，澄湘臺下初相見，當時鼓角翻江波，取別匆匆若飛電。……我年未壯君已艾，眾中許我傾流輩。……古來盛名多零丁，看君早入承明庭。……人生得失苦相欺，與君同被時人蚩。一回相逢一回老，惟有詩思如嬰兒。……它年乘興一相見，分作淮南大小山。」（卷八頁 9）寫二人相識之經過，仕隱之差異，與同爲人嗤之憤悱。

7. 張之洞

　　張之洞字香濤，一字孝達，又字香巖，號抱冰、壺公，又號無競居士。督兩廣時，創廣雅書院、廣雅書局，故人稱廣雅先生。直隸南皮人。生於清宣宗道光十七年（1837）卒於遜帝宣統元年（1909），年七十三。同治二年進士，授編修。後督川學，創尊經書院。歷山西巡撫、兩廣總督，後調督湖廣，權兩江，在兩湖最久，創辦京漢鐵路、漢陽鐵廠、萍鄉煤礦、水師學堂等。光緒末爲軍機大臣，官至體仁閣大學士。卒贈太保，謚文襄。爲學主「中學爲體，西學爲用」之說，著有《廣雅堂集》、《輶軒語》、《書目答問》等。湘綺與廣雅宴游數十年，有詩云：「良使閎儒宗，流風被湖介。眾鱗

歸雲龍，潛別感清唳，拊翼天衢旁，嘉期耦相對。……」（卷八頁
11）推許廣雅爲良使。

8. 左宗棠

　　左宗棠字季高，湖南湘陰人，生於清仁宗嘉慶十七年（1812），
卒於清德宗光緒十一年（1885），年七十四。道光十二年舉人。咸豐
初，太平軍起，以四品京官統軍，轉戰浙江、福建等省。後又平陝、
甘，定天山南北路。累官總督，拜東閣大學士，封恪靖侯，卒諡文襄。
宗棠工古文，然爲功業所掩，著有《盾鼻餘瀋》及《奏議》百二十卷
傳于世。湘綺有〈憶左總督宗棠蘭州〉詩云：「重寄塡荒徼，憂時獨
老身。籌邊疆敵大，陳力百寮新。感事休中酒，開懷且過春。涼州多
俊彥，早晚薦名臣。」（卷十頁4）

9. 丁寶楨

　　丁寶楨字稚璜，貴州平遠人。生於清仁宗嘉慶二十五年（1820），
卒於清德宗光緒十二年（1886），年六十七。咸豐三年進士，選庶吉
士，授編修，擢山東按察使、布政使。屢平苗亂、捻匪，加太子少
保。性嚴剛有威，光緒二年署四川總督，嚴劾貪吏，澄肅官方，建
機器局，修都江隄，改鹽法；治蜀十年，盜匪幾盡，聲爲道不拾遺。
卒贈太子太保，諡文誠。湘綺於光緒四年應寶楨邀入蜀主尊經書院，
即宴游唱酬不輟，湘綺有詩云：「雄鎮常經武，新恩命撰徒。息此多
蜡樂，觀稼夏苗鋪。令簡稀隨吏，心清減驛廚。巡邊兼問俗，負弩
莫爭趨。」〔註117〕寶楨卒後，湘綺作〈荷池賞秋有懷成都南郊游宴
追弔丁尚書〉云：「高志長無染，清光自賞秋。芙蓉依綠水，風日似
南樓。異地花徒發，殘生梗共浮。柴門獨歸處，樵唱晚悠悠。」（卷
十三頁3）

10. 薛福成

　　薛福成字叔耘，號庸庵，江蘇無錫人。生於清宣宗道光十八年

〔註117〕見《詩集》卷十，頁 25，〈丁尚書總督四川閱兵西南邊留灌縣過六
　　　　十生日以避察吏稱祝寄詩調之〉四首之一。

（1838），卒於清德宗光緒二十年（1894），年五十七。同治六年副貢生，參曾國藩幕。光緒六年，應詔上〈治平六策〉萬餘言，詞甚剴切。後佐李鴻章幕府，以辦洋務出力，保舉爲知府。復以軍功除浙江寧紹台道，擢湖南按察使，簡派出使英法比義諸國，歸陞左副都御使。福成講求經世之學，工於古文，著有《庸庵文集》、續編、外編、筆記等。湘綺與福成、福保兄弟均爲舊識，有〈三月三日汎海作贈薛福成〉云：「輕寒萬里春無跡，碧海平波芳草色。萬斛浮舟一葉來，素浪驚斜如鷺翼……。」（卷十一頁 16）

11. 吳大澂

　　吳大澂字清卿，號恆軒，又號愙齋，江蘇吳縣人。生於清宣宗道光十五年（1835），卒於清德宗光緒二十八年（1902），年六十八。同治七年進士，授編修，官至湖南巡撫。嘗勘界吉林，立銅柱於中俄交界處，自以大篆勒銘其上。光緒甲午中日之戰，自請督師出山海關，兵敗革職，湘綺有〈愙齋尙書自請渡遼微服至威海日本謀劫之未得傳檄徵兵因贈十六韻〉（卷十三頁 11）紀之。性嗜金石，平生所摹，多至百數十器，因編爲《恆軒吉金錄》；另著有《愙齋詩文集》、《愙齋集古錄》、《古籀補》、《古玉圖》考等。

12. 端　方

　　端方字午橋，托忒克氏，滿洲正白旗人。生於清文宗咸豐十一年（1861），卒於遜帝宣統三年（1911），年五十一。歷任湖北巡撫、湖廣總督、兩江總督。顓志興學，資遣出洋學生甚眾。光緒三十一年，詔赴東西各國考政治，既還，呈〈歐美政治要義〉，議改立憲自此始。宣統三年，以侍郎督辦川漢、粵漢鐵路，因鐵路國有引發革命，遂被殺，贈太子太保，諡忠敏。端方性通悅，不拘小節，篤嗜金石書畫。尤好客，建節江鄂，日有宴集，時湘綺嘗與酬唱，欲留之府中，湘綺遂作〈桓樓歌贈別端總督〉（卷四頁 7）以明江海之志，並勉之「公當養威憲文武，放我長江從白鷗」，欲其致力修政，爲民抒困。

丙、方外之交

1. 釋敬安

　　敬安字寄禪，本姓黃，名讀山，出家後，本師賜名敬安，因然兩指供佛，自稱八指頭陀。湖南湘潭人，先世爲山谷苗裔。同治七年，因家貧，父母雙歿，感慨身世，遂投湘陰法華寺出家，晚年居京師法源寺。民國二年（1913）代表佛教總會至北京請願呼籲勿廢寺產，爲傖父所辱，遂以身殉教。有《八指頭陀詩集》十卷、續集八卷、遺詩一卷，其詩作往往得之禪悟，有〈歸雲〉詩云：「雲樹蒼花疊翠微，道人長掩竹中扉；白雲也識山居味，不待鳴鐘已早歸。」寄禪常雲遊，住四明最久，窺天童雪竇，窮攬霞嶼月湖之勝，發而爲詩，自有出塵絕世之響。湘綺每見其作，未嘗不稱善，並爲其詩集作序，兩人時相過往，爲雲水之交。湘綺有〈三日送寄公上南嶽〉詩云：「茗話良辰永，洲居過客稀。寒雲五峰秀，花雨一僧歸。煮石敲新火，搴蘿補壞衣。上方鐘聲寂，應憶掩東扉。」（卷十三頁 5）寫得輕靈清遠，不染塵緇。

二、弟　子

　　湘綺歷主各書院講席，三十年間，弟子上千名，今僅舉廖平、楊銳、宋育仁、岳森、劉子雄、胡從簡、戴光、陳銳、劉光第、楊度等較有名者陳述於後，以見湘綺教化之功。

1. 廖　平

　　廖平字季平，一字學齋，初號四益，晚年更號五譯，再更爲六譯，原名登廷，字勖陔。四川井研縣人。生於清文宗咸豐二年（1852），卒於民國二十一年（1932），年八十一。幼家貧苦讀，年二十四，入縣學爲諸生，張之洞器之，以高材生調尊經書院。時湘綺主講席，平師之，學乃大進，稱高第弟子。光緒十五年成進士，撰授龍安府學教授，兼嘉定九峰書院山長。後歷綏定府學教授，資州藝風書院山長，成都優級師範、法政學堂等校教員。入民國，先後任四川國學專門學校校長，高等師範、華西大學教授。十三年，歸鄉不復出。平之學，遂於經，

守今文家法，所著有《六譯館叢書》，凡六十六種，兼及醫術堪輿。

2. 楊　銳

楊銳字叔嶠，又字鈍叔，四川綿竹人，生於清文宗咸豐七年（1857），卒於清德宗光緒二十四年（1898），年四十二。嘗肄業尊經書院，師事張之洞與湘綺。光緒二年舉人，官內閣中書侍讀，鯁直尚名節。戊戌年加四品卿銜，充軍機章京，參與新政。孝欽皇后再聽政，被誅，爲戊戌六君子之一。叔嶠文詞淵雅，追蹤六朝，古詩取法謝朓，近體工麗似晚唐，有《說經堂詩鈔》傳于世。

3. 宋育仁

宋育仁字芸子，四川富順人。光緒十二年翰林，官湖北候補道。後任職郵傳部、民政部、禮學館纂修。芸子乃湘綺尊經書院之弟子。有《問琴閣詩錄》，其詩多感時撫事之作，蘊藉編遠，不失雅音。有〈在道〉詩云：「風沙彈劍閱江山，朝暮長征未解鞍。懷古酒杯澆趙土，封侯壯骨夢榆關。蕭蕭寒水荊軻別，莽莽燕臺樂毅還。已感蒼涼千古事，更堪搖落百年間。」

4. 岳森、劉子雄

岳森字林宗，四川南江人。劉子雄字孟雄，四川德陽人。二人皆湘綺尊經書院之弟子，俱通群經，攻文史，均中年死。森拔貢，子雄舉人。森著《考工記考證》、《說文舉例》、《蜀漢地志》。子雄著《古文尚書考》、《禮經表》、《宮室考補》、《穀梁凡例》。二人汲古考文，足繼師說，雖深造弗逮廖平，而通博過之。

5. 胡從簡、戴光

二人亦湘綺尊經書院弟子，從簡治禮，光治書，皆自成家。從簡字敬亭，四川新津人，少貧困，刻苦自勵，三十爲邑庠生，肄業錦江書院，張之洞選爲尊經書院上舍生。爲學融貫禮經、周禮、大小戴禮記，並注疏皆成誦。後成進士，用知縣，乞病歸，家居考禮不復出。著有《禮經考》、《禮經釋例》、《周禮句讀》、《大戴禮記箋》、《讀禮管窺》等。

光字子光，四川合州人，經術不逮從簡，而文詞瑰麗，追琢漢魏，則非從簡所及。以進士官江蘇知縣。後因為詩譏蘇撫恩壽穢事，遭劾革職而永不敘用，乃歸而園居，著書自娛，著有《書古文考》、《書補疏》等。

6. 陳　銳

陳銳字伯弢，湖南武陵人。光緒十九年舉人，官江蘇知縣。工詩詞，著有《抱碧齋詩集》。《光宣詩壇點將錄》云：「伯弢為湘綺弟子，為詩初學漢魏選體，近亦脫然自立，思深旨遠，雖時嫌生硬，尚不失為楚人之詩也。」（頁 6）

7. 劉光第

劉光第字裴村，四川富順人，亦尊經書院弟子。生於清文宗咸豐九年（1859），卒於清德宗光緒二十四年（1898），年四十。光緒九年進士，官刑部主事，加四品卿銜，為軍機章京，參與新政，死於政變，為戊戌六君子之一。重氣節，博學能詩文，筆力雅健，所作甚夥，有《介白堂詩集》。《光宣詩壇點將錄》云：「裴村比部詩多奇氣，鎚幽鑿險，開境獨行，五古意境尤高，戊戌六君子中，晚翠軒外，當以比部詩為最工，讀介白堂集，恍若遊名山大川矣。」（頁 11）

8. 楊　度

楊度字哲子，別號虎公、虎頭陀、虎禪師，湖南湘潭人。生於清穆宗同治十三年（1875），卒於民國二十年（1931），年五十七。早歲肄業於衡山東洲書院，為湘綺高足，其妹嫁湘綺四子代懿。光緒二十三年舉人，二十八年，留學日本，主編《遊學譯編》月刊，介紹西洋政治與學術思想。任留日中國學生總會館幹事長，創《中國新報》，倡言立憲，主滿漢合作。三十三年返國，尋任憲政公會北京本部常務員長。宣統三年，任內閣統計局長、學部副大臣。入民國，任參政院參政、國史館副館長，並承袁世凱意組織籌安會，自任理事長，鼓吹帝制，尋敗。十九年，加入左翼之「自由運動大聯盟」，尋卒。

第三章　王闓運年譜新編與作品繫年

前　言

　　湘綺長子代功撰有《王湘綺先生闓運年譜》一書，按年考述湘綺一生之行事，然其內容混雜時事及個人生活，又缺乏完整而獨立的作品繫年，致參考不便。今乃參酌代功所撰之《年譜》與《湘綺樓日記》、《湘綺樓詩集》、《湘綺樓文集》、《中國歷史大事年表》、《民國大事日誌》等書，重新編定湘綺年譜。體例分時事、行履、詩紀、備註四方面。時事欄知其所處之時代背景；行履欄曉其一生之重要行事；詩紀欄考其詩作之完成年代；再按年編次，期求條舉目張，冀能對湘綺作一概括又全盤的了解。在考定詩作方面，除了《湘綺樓詩集》外，另從《湘綺樓日記》中檢出未收於《詩集》之作品，於下面括號注明見於日記某處。湘綺年譜編列如次：

清宣宗道光十二年壬辰（公元 1832 年）　一歲
〔時事〕二月，廣東訂查禁鴉片章程。六月，英國商船至福建、江蘇、浙江被逐，又赴山東，亦被逐。
〔行履〕是年十一月二十九日生於湖南善化學宮巷內居宅。同年五月，祖父遹齋君歿，時家甚貧，父奐若君輟學為賈，叔父步洲君授徒自給。

清宣宗道光十三年癸巳（公元 1833 年） 二歲

〔時事〕六月，禁廣東外洋貿易以銀及洋銀易貨。

清宣宗道光十四年甲午（公元 1834 年） 三歲

〔時事〕八月，英派律勞卑至廣州查理商務，違例橫戾，不聽勸導，
粵撫命封艙停市，派兵防範。律勞卑遂帶兵船闖入珠江與守
兵互相炮擊，旋退出。

〔行履〕父教以古歌謠及唐五言諸詩，即能識字。

清宣宗道光十五年乙未（公元 1835 年） 四歲

〔時事〕三月，廣東定防範洋人貿易章程八條。　八月，英船至山東
劉公島，嚴禁入口，旋去。

清宣宗道光十六年丙申（公元 1836 年） 五歲

〔時事〕二月，湖南武岡州瑤族生員藍正樽倡龍華會起事，旋敗。

清宣宗道光十七年丁酉（公元 1837 年） 六歲

〔行履〕二月，父奐若君卒。十月，葬奐若君。

清宣宗道光十八年戊戌（公元 1838 年） 七歲

〔時事〕十一月，命湖廣總督林則徐為欽差大臣赴粵查辦海口事件。
以奉天各海口暗售鴉片，命嚴行查禁。

〔行履〕受學於善化李鼎臣，時設塾里巷。讀《論語》，《孟子》。

清宣宗道光十九年己亥（公元 1839 年） 八歲

〔時事〕三月，鎮國將軍奕蓬以吸食鴉片革爵。林則徐沒收銷毀鴉片
二萬零二百八十三箱。五月，訂查禁鴉片章程三十九條及洋
人攜鴉片入口售賣治罪專條。英人於尖沙嘴毆死華人，林則
徐向英領事義律索兇。七月，林以義律抗不交出兇犯，其船
復欲偷售鴉片而遷延不去，命禁絕柴米食物。九月，英船開
炮挑釁，林命反擊，毀其數船。

〔行履〕仍從李鼎臣讀。

清宣宗道光二十年庚子（公元 1840 年）　九歲

〔時事〕二月，重訂禁天主教章程。六月，英陷定海。八月，命琦善
　　　　爲欽差大臣赴粵查辦，採和平手段。九月，革林則徐職。十
　　　　一月，琦善與英談，英要求給還鴉片煙價，開廈門等口通商，
　　　　並割讓香港。十二月，英以所求不遂，犯虎門，陷大角、沙
　　　　角炮台。琦善懼，擅於川鼻與英定約，允其所求。

〔行履〕是歲畢誦五經，能屬文。

清宣宗道光二十一年辛丑（公元 1841 年）　十歲

〔時事〕正月，清廷不承認琦善所訂之約，易以奕山爲靖逆將軍赴粵
　　　　攻剿。二月，革琦善職。英以川鼻之約無效，再犯虎門。六
　　　　月，英以璞鼎查代義律。七月，英犯福建、陷廈門。八月，
　　　　英陷定海、寧波。十月，英擾台灣。

〔行履〕始學時文、帖括。家貧不能延師，遂從叔父步洲君讀，並授
　　　　作文之法。

清宣宗道光二十二年壬寅（公元 1842 年）　十一歲

〔時事〕五月，英軍陷吳淞、上海。六月、陷鎮江，至江寧。命耆英、
　　　　伊里布與英講和。七月，中英江寧條約簽字。十月，江蘇、
　　　　河南捻眾擾及安徽，命周天爵按名搜捕。

清宣宗道光二十三年癸亥（公元 1843 年）　十二歲

〔時事〕六歲，耆英與英璞鼎查訂五口通商章程。八月，中央又於虎
　　　　門訂善後條約。十月，上海開港。十一月，寧波開港。
　　　　是歲，洪秀全初創拜上帝會。

〔行履〕四月，祖母戴夫人卒，將學宮巷居宅斥賣營葬，遂僦屋而居。
　　　　是歲，步洲君假館宜章縣署，從之游學，益厲志於經史詞章，
　　　　昕夕不輟。

清宣宗道光二十四年甲辰（公元 1844 年）　十三歲

〔時事〕五月，福州、廈門開港。六月，中美訂通商條約於望廈。九月，中法訂通商條約於黃埔。

是歲，洪秀全偕馮雲山開始傳教，至廣西。

清宣宗道光二十五年乙巳（公元 1845 年）　十四歲

〔時事〕二月，比利時請通商。四月，命直隸，山東、河南嚴緝教匪、盜匪。六月，命廣東查辦天地會徒。七月，丹麥請通商。是歲，訂上海英租界土地章程。英國東方銀行設分公司於香港。

清宣宗道光二十六年丙午（公元 1846 年）　十五歲

〔時事〕七月，命盛京、直隸、山東、江蘇、浙江、福建、廣東七省講求海防練兵。九月，西班牙傳教士私入湖北，被捕遣回。

〔行履〕是歲，辭步洲君，還家侍母。不喜制舉之業，讀《楚辭》，發憤欲並古之作者。

清宣宗道光二十七年丁未（公元 1847 年）　十六歲

〔時事〕十月，命各省分別拏捕會、捻。湖南瑤民雷再浩、漢人李輝等結會起事。十一月，整理湖南鹽務。雷、李被捕。湖南乾州苗民抗租起事。

是歲，洪秀全再赴廣西。大批華工被運赴古巴。

〔行履〕從業於劉煥藻。識羅熙贊（伯賡）、劉鳳苞（采九）。因羅而知鄧繹（辛眉）、鄧輔綸（彌之）兄弟。

清宣宗道光二十八年戊申（公元 1848 年）　十七歲

〔時事〕四月，命兩廣、湘、贛緝捕天地等會徒。

〔行履〕是歲，始應童子試。與鄧繹、鄧輔綸、李壽蓉（篁仙）、丁取忠（果臣）、龍汝霖（皡臣）定交。移家城南，並定入院（城南書院）讀書之計，時院長為陳堯農，乃鄧繹之妻父也。

清宣宗道光二十九年己酉（公元 1849 年）　十八歲

〔時事〕三月，英香港總督文翰欲以武力進城，未果。法於上海設租

界。十月，湖南新寧李沅發起事，入城殺官。

是歲，經學家阮元卒。

〔行履〕肄業城南書院。因朱昌琳（字恬）介紹而問業於熊雨臚。熊曾告人曰：吾生平未見此才，不獨吾當讓出一頭地，即古來作者，恐亦當退避三舍矣。

清宣宗道光三十年庚戌（公元 1850 年）　十九歲

〔時事〕正月，宣宗死，皇四子奕詝立，是爲文宗，旋命明年改元爲咸豐。四月，允俄於伊黎、塔爾巴哈台通商。五月，兩廣三合會勢熾。六月，上帝會起事於廣西桂平金田村。七月，廣西天地會歷破數縣。九月，命林則徐爲欽差大臣赴廣西剿上帝會，行至途中病歿。十一月，洪秀全破清軍於桂平蔡村。

〔行履〕三月應縣試，知縣李寅萇拔置第一。是歲識彭嘉玉（砥先）。又手鈔《史記》成帙，日夜讀之，蓋自是始欲通經致用，非僅詁訓詞章而已。

〔詩紀〕〈石泥塘是高曾舊居道光三十年闓運入縣學始詣宅訪諸父兄弟宗門衰弱多不能自存者耳目聞見爲此篇〉。

清文宗咸豐元年辛亥（公元 1851 年）　二十歲

〔時事〕二月，洪秀全稱太平王。三月，派大學士賽尚阿督師湖南。五月，太平軍敗烏蘭泰兵於馬鞍山等地。六月，與俄定伊犁通商條約。河南，安徽捻軍活動甚烈。閏八月，太平軍入永安州城，建號太平天國，洪秀全爲天王，封楊秀清、馮雲山、蕭朝貴、韋昌輝、石達開爲東、南、西、北、翼王。

〔行履〕是歲，與龍汝霖、李壽蓉、鄧繹、鄧輔綸成立蘭林詞社，所謂「湘中五子」者。三月，遊邵陽。八月，與龍、鄧遊衡山。

〔詩紀〕〈郡陽山行〉、〈與龍鄧同游衡山舟中作（二首）〉、〈從南岳祠登吸雲嶺〉、〈登南天門宿上封寺〉、〈祝融峰〉、〈朱陵洞

瀑〉、〈擬明月皎月光〉、〈擬客從遠方來〉、〈五君詠并序〉。

清文宗咸豐二月壬子（公元 1852 年）　**二十一歲**

〔時事〕二月，太平軍自永安突圍，敗向榮、烏蘭泰軍，圍桂林，天
　　　　德王洪大全被俘，死。三月，湖南郴州齋教徒等襲署殺官，
　　　　旋敗散。烏蘭泰因傷死。四月，太平軍圍桂林不下，走永州，
　　　　爲江忠源所截，南王馮雲山戰死。五月，湘、鄂行堅壁清野。
　　　　七月，太平軍破郴州，焚學宮，毀孔子木主，攻圍長沙。八
　　　　月，西王蕭朝貴因傷死。十二月，命丁憂在籍侍郎曾國藩幫
　　　　辦湖南團練。命琦善爲欽差大臣，防堵太平軍。

〔行履〕二月往江西南昌，時鄧繹父——鄧仁堃（厚甫）守南昌。與
　　　　孫麟趾（月坡）爲忘年交。識陳景雍（希唐）及其生甥李仁
　　　　元（伯元）。七月，因寇圍省城，自樂平馳歸省母。八月，
　　　　縋入城，與毛運如共議守城事。十月，以時事日棘，究心兵
　　　　法，有從軍之志；然以節母在堂，孤子當室，未敢請也。十
　　　　一月，長沙解嚴，往樂平。十二月，過南昌，除夕與諸友刻
　　　　燭聯句爲祭詩之舉。

〔詩紀〕〈紫玉歌〉、〈憶梅曲〉、〈春日〉、〈江南曲〉、〈倡樓怨節〉、〈後
　　　　憶梅曲〉、〈舟見〉、〈生理篇〉、〈送陳景雍應舉〉、〈壬子七月
　　　　樂平縣作（四首）〉、〈長沙被圍還歸省覬入城書所見〉、〈擬
　　　　美人梳頭歌〉、〈河畔澣衣歌〉、〈代薄命自君之出矣〉、〈明義
　　　　篇〉、〈賦得名士悅傾城（二首）〉、〈作蠶絲（二首）〉、〈雙桐
　　　　生空井〉、〈擬夏夜閨詠南昌遇龍蟬臣（二首）〉、〈壬子祭詩
　　　　神絃〉、〈消寒二詠（1）寒荣（2）冰硯〉、〈詠古贈今人四首
　　　　（1）沈炯贈孫麟（2）鄧攸贈陳景雍（3）竇滔贈李仁元（4）
　　　　陸雲贈鄧繹〉。

〔備註〕湘綺樓詩第一卷收湘綺十八歲（1849）至二十一歲（1852）
　　　　之詩作，除了已考諸詩外，尚有未能肯定於何年所作諸詩於

下：〈擬焦仲卿妻詩一首李清照妻墓下作並序〉、〈戴祠館中
夜起作〉（此首疑作於十七歲）、〈城上月夜〉、〈雨霽〉、〈湘
上二首〉、〈贈彭嘉玉〉、〈寄資欽亮〉、〈述懷四首〉、〈妾薄命
爲楊知縣周氏作〉、〈怨詩代彭笛先婦斬〉、〈愁霖六章〉、〈古
別離〉（此詩疑二十一歲時作）。

清文宗咸豐三年癸丑（公元 1853 年）　二十二歲

〔時事〕二月，太平軍入江寧，改稱天京。分兵破鎮江，揚州。向榮
　　　　駐兵江寧孝陵衛，是爲江南大營。三月，天王命李開芳、林
　　　　鳳祥、吉文元北伐。四月，楊秀清命胡以晃西征。五月，北
　　　　伐軍入河南，攻開封。西征軍破安慶，攻南昌。七月，曾國
　　　　藩所遣湘勇敗於南昌。八月，太平軍北入直隸。九月，西征
　　　　軍下漢口、漢陽，逼武昌。十二月，曾國藩造戰船，練水師。
　　　　太平天國開科取士。皖撫江忠源戰死。

〔行履〕正月，由南昌至樂平。五月，從李伯元至鄱陽。七月初由鄱
　　　　陽還湘。十月，移家湘潭縣城內學坪。十一月，娶蔡菊生（夢
　　　　緹），乃丁取忠媒合也。

〔詩紀〕〈將還樂平留別孫陳鄧〉、〈得南中消息四首〉、〈三村桃花詞
　　　　三首〉、〈牡丹〉、〈昔昔鹽詩傚趙嘏作二十首晚夏見哀柳而歎
　　　　之〉、〈鄱陽縣齋遲伯元〉、〈雄劍篇贈別李伯元〉、〈鄱陽蓮塘
　　　　夜泊〉、〈武羊渡〉、〈臨川西洲袁口〉、〈夢伯元〉、〈燕歌行〉、
　　　　〈多難〉、〈乾靈篇遙傷李樂平〉。

清文宗咸豐四年甲寅（公元 1854 年）　二十三歲

〔時事〕正月，太平軍分兵入湖南，湖廣總督吳文榕敗死。曾國藩出
　　　　師攻擊。二月，太平北伐軍吉文元戰死。四月，曾國藩與太
　　　　平軍戰於靖港，大敗；旋部將塔齊布大捷於湘潭，太平軍分
　　　　走岳州、萍鄉。六月，胡林翼，彭玉麟先後於湘南敗太平軍。
　　　　七月，曾國藩下岳州。閏七月，琦善死，代之以多明阿督江

北軍務。八月，曾國藩下武昌。廣西天地會胡有祿建昇平天國。十月，昇平天國攻湖南，湘勇敗之。十二月，曾國藩大戰石達開於九江，曾被襲，損失頗重。

〔行履〕正月，謁李雲根。四月，彭玉麐（剛直）、陳士杰（雋丞）約從軍，因馮樹堂於曾國藩前言其新婚未有子嗣而作罷。五月，復移家居省城。因洪寇之亂作哀江南賦（載《湘綺樓文集》卷一）。八月，生長女無非。九月，往南昌。十月，客游武昌。十一月，上書曾國藩，勸其屯陣武漢，曾未用，始見襲。十二月，留岳州，登岳陽樓。

〔詩紀〕〈聞笛雨夜仿王昌齡箜篌引〉、〈從軍詩二首〉、〈仿吳邁遠陽春曲〉、〈贈婦詩二首〉、〈長別離〉、〈折楊柳〉、〈至湘岸送皞臣〉、〈暮雨〉、〈果臣約會將往適坐感秋因罷去作寄一首〉、〈秋興十九首〉、〈弔青墨卿巡撫〉、〈亂後過赤壁詠古〉、〈題豐樂亭移辛夷〉、〈鸚鵡州弔禰衡〉、〈江夏贈別黃淳熙〉、〈天門行送夏獻謨〉、〈晴川閣〉、〈月夜二首〉、〈仍聞三首〉、〈關山月〉、〈羽林閨人曲〉、〈少年行〉、〈棗子曲並序〉、〈除夕登岳陽樓贈岳州府魁聯使君〉。

清文宗咸豐五年乙卯（公元 1855 年）　二十四歲

〔時事〕正月，僧格林沁俘林鳳祥。二月，太平軍三陷武昌。三月，胡林翼署湖北巡撫，反攻武昌。四月，僧格林沁俘李開芳，太平北伐軍全部覆滅。七月，雲南回民杜文秀起事。八月，太平軍破胡林翼於參山。九月，石達開破羅澤南於崇陽。

〔行履〕正月，還長沙。二月，至武岡教鄧輔綸弟子讀。四月，母率婦女家人遷居明岡。

是歲，始治三禮。作《儀禮演》十三篇，分章節，正句讀，為注經之始。又選高適、岑參、王維、孟浩然、李白、杜甫、韋應物、儲光羲、錢起、常建各體為唐十家詩鈔，並加圈點

評語。

〔詩紀〕〈正月十四日送彌之擬湘東春別四首〉、〈龍生行送皡臣往南昌兼送李籛仙〉、〈弔陳通山景雍〉、〈擬鮑明遠行路難六首〉、〈擬傅玄曆九秋篇一首〉、〈春游曲〉、〈詠紅藥苗〉、〈擬王元長詠燈〉、〈擬謝宣遠張子房詩〉、〈武岡同保山仙苑寺〉、〈夫夷水曲巉石臨流近城游眺時往愒焉辛眉題曰蒧漪各賦一首〉、〈紫苑洲坐月〉、〈擬傷離新體〉、〈觀穫〉、〈怨詩〉、〈避地明岡詠涓水旁諸山〉、〈遙傷范元亨質侯（三首）〉、〈立冬日感懷十二首〉、〈冬雨寄懷龍李鄧高二首〉、〈彌之過敝縣止而觸之建福寺見贈長歌和作一首〉、〈寄懷辛眉〉、〈除夕前一日立春〉。

清文宗咸豐六年丙辰（公元 1856 年） **二十五歲**

〔時事〕二月，石達開大破曾國藩於樟樹。陳玉成、李秀成大破托明阿，占揚州。三月，羅澤南攻武昌，受傷死。五月，石達開破江南大營。六月，韋昌輝破饒州、逼南昌。七月，向榮死。九月，亞羅船事件起，英巴夏禮借機起釁，轟擊廣州。十月，洪秀全殺韋昌輝。捻匪與太平軍正式合作。十一月，胡林翼破武昌。

是歲，魏源卒。

〔行履〕正月，與書曾國藩言兵事。二月，往武岡。五月，生長子代功。十二月，還明岡山居。

是歲，始治今古文尚書。

〔詩紀〕〈待曉將別〉、〈春別離〉、〈當壚曲〉、〈今別離〉、〈有所思〉、〈送人歸武昌〉、〈又送〉、〈戰城南〉、〈臨江節士歌逢武陵使寄劉采九〉、〈寄龍李京師二首〉、〈春思寄婦〉、〈雉子斑〉、〈楊白花〉、〈雜詩六首〉、〈新秧〉、〈摘薔薇憶山中草〉、〈感舊詩〉、〈玩月作〉、〈七夕立秋作一首〉、〈夜半作〉、〈八月十五夜至

二十夜月〉、〈秋夜曲並序彌之領軍罷歸奉贈二首〉、〈夜半送
客〉、〈出門〉、〈不寐〉、〈夜月過去年與彌之別地二首〉。

清文宗咸豐七年丁巳（公元 1857 年）　　二十六歲

〔時事〕五月，太平天國內鬨，石達開去天京，走安慶。七月，多隆
阿、鮑超破太平軍於黃梅。十一月，英法聯軍，英使額爾金
侵據廣州，俘葉名琛。

〔行履〕是歲，領鄉薦中式第五名舉人。

〔詩紀〕〈春社日往郡陽道中雜詩十首〉、〈贈族兄世緹七首〉、〈感興
詩九首〉、〈豸衣行寄贈魁聯李按察〉、〈長沙省試贈資柏丞劉
采九〉、〈送蔡與循〉、〈與循行日同送陳希唐令弟汎舟下湘別
於明岡渡口余騎送與循至石彎歸行涓岸復遇陳舟遙語而
別〉、〈送錢御史師使回六首〉、〈贈徐樹鈞〉、〈十月初五夜
月〉、〈戲贈黃兆白答蔡吉六詩並序〉、〈過梅花渡山行作〉、〈桂
華曲效江總持體〉、〈別辛眉二首〉。

清文宗咸豐八年戊午（公元 1858 年）　　二十七歲

〔時事〕四月，英法聯軍北陷大沽，清廷命桂良往與媾和。李續賓攻
下九江。奕山與俄簽訂璦琿條約，割黑龍江左岸地與俄。五
月，桂良與英法分別簽訂天津條約，又與美、俄訂約。八月，
陳玉成、李秀成大破江北大營。十月，陳玉成敗李續賓於三
河尖，李死。

〔行履〕正月，往武岡。十一月，與鄧彌之同往南昌，往視曾國藩，
時曾客駐建昌，留居經旬。其時曾幕府中有李鴻章、許振禕
（仙屏）、李元度（次青）。十二月，溯饒水至玉山，經嚴陵
灘至桐廬，渡浙江。除夕登吳山，觀杭州城。

〔詩紀〕〈學劉孝威體送人新昏春歸〉、〈良馬篇〉、〈喜聞官軍收復九
江寄胡巡撫五首〉、〈從長沙送曾侍郎出師援蜀（浙？）〉、〈還
舟泊易彎〉、〈聞三河軍沒〉、〈同彌之夜行馬鞍山〉、〈擬四愁

詩並序〉、〈六憶詩有序（六首）〉、〈歎道旁荆棘〉、〈曾陰〉、〈重遊南昌東湖水亭〉、〈建昌軍中夜月感事作贈曾侍郎時有三河之敗〉、〈撫州廢壘弔林源恩耿光宣〉、〈建昌贈王署府必達二首〉、〈過上饒沈廣信見訪小舟無坐處就岸班荆別後卻寄〉、〈擬鳳凰集南嶽二首〉、〈從南昌至臨川一望平林沙田作一首〉、〈金谿東鄉作〉、〈南城至貴溪多曲徑密林多樹青青時渡川澗水純作銅碧色清淺映底〉、〈溯饒水至玉山〉、〈雨宿江南步始入浙境作〉、〈七里瀨雪中瞻眺二首〉、〈出嚴陵灘至桐廬〉、〈富陽〉、〈錢塘〉、〈宿漁浦潭作寄婦〉、〈夜半渡浙〉、〈除夕登吳山觀杭州城〉。

清文宗咸豐九年己未（公元 1859 年）　　**二十八歲**

〔時事〕四月，石達開與劉長佑戰於湖南。五月，英法北來換約，強入白河，開炮挑釁，僧格林沁禦退之，交涉再起。九月，曾國藩以太平軍與捻眾聯合攻擊安徽諸地，定四路進兵之策。

〔行履〕正月，遊西湖、蘇州、揚州，過淮安，入京。三月，假居晉陽館。四月，以北京人文淵藪，遂寓居法源寺。游肅順幕。八月，生次子代豐。十月，至濟南，寓居山東巡撫文煜署中。十一月，李筮仙因事入獄，爲上書肅順，代敘其憤。

是歲，作〈上征賦〉，治《詩經》，作《詩演》數卷。選漢魏六朝諸家詩爲《八代詩選》，與同人分寫自加評語。

〔詩紀〕〈正月三日汎杭州西湖從靜慈寺過孤山作〉、〈月夜渡江〉、〈春江月夜看新昏車過〉、〈高郵道中〉、〈詠史雜詩八首〉、〈西集法源寺送龍知縣汝霖試用山西兼贈郭編修嵩燾尹御史耕雲郭新從大沽防海營入奏兵狀與尹言夷務故有是贈〉、〈七夕篇〉、〈續孟從事微雲之句〉、〈宴尹御史宅即贈三首〉、〈將之濟南留別京邑諸同好三首〉、〈自京赴濟南途中秋興八首〉、〈汎大明湖登歷下亭至鐵祠作一首〉、〈都轉陳大夫重新歷亭

即賦贈別〉、〈爲蔡與循婦往返二首〉、〈寄懷劉先生熙載〉、〈代幽憤詩並序〉、〈歲盡雪暮寄懷篔仙獄中〉。

清文宗咸豐十年庚申（公元 1860 年）　**二十九歲**

〔時事〕三月，英法聯軍侵據舟山。閏三月，太平軍大破江南大營。四月，曾國藩代兩江總督，進駐祁門，左宗棠襄辦軍務。美國人華爾組洋槍隊備抗太平軍。七月，李秀成至上海，英法守城對抗。英法聯軍侵入天津，桂良往議和約。八月，和議破裂，英法復進擾，文宗奔熱河，命恭親王奕訢留京與英法商談；英法旋至北京，焚掠圓明園及三山。九月，訂中英、中法北京條約。另訂中俄北京條約，割烏蘇里江以東地。十一月，太平軍偪祁門，曾軍幾潰退。十二月，置總理各國通商事務衙門。

〔行履〕正月，居濟南，汎珍珠泉。同何子貞、郭筠仙登歷山、探龍洞，泛大明湖，登華不注山。三月，還京師，居法源寺爲文酒之會。八月，往祁門視曾國藩，陳兵策，未見用。十一月，母蔡夫人歿。

〔詩紀〕〈奉陪郭大兄嵩燾登華不注山兼和贈一首〉、〈元日汎珍珠泉寄懷鄧辛眉兼示婦四首以除夕並夢故有是贈〉、〈奉送山東布政使被命祀泰山祈雪〉、〈感春詩二首〉、〈澄虛榭春宴〉、〈王氏詩有序〉、〈朝暮二首〉、〈贈高松江倬一首有序〉、〈入西山從潭柘寺東澗至山亭〉、〈瀟碧房聽階上流泉〉、〈從戒壇下至可羅村〉、〈歷城龍洞〉、〈登峴首作〉、〈月夜汎漢〉、〈病中大風登龜山望江漢〉、〈古風答贈君杏農十一首〉、〈華山畿〉、〈發祁門雜詩二十二首寄曾總督國藩兼呈同行諸君子〉。

清文宗咸豐十一年辛酉（公元 1861 年）　**三十歲**

〔時事〕七月，文宗晏駕熱河，子載淳嗣，是爲穆宗，初擬明年改元爲祺祥，嗣以肅順等所謀失敗，殺貶數人，慈安、慈禧兩太

合垂簾聽政，明年改元爲同治，命恭親王奕訢爲議政王。八月，曾國詮攻下安慶，太平軍死萬餘人。捻軍張敏行等入山東東部。胡林翼歿。十月，命曾國藩統轄蘇、皖、贛、浙四省軍務。左宗棠入浙督辦軍務。十二月，李鴻章援上海。是歲，各國開使館於北京。

〔行履〕七月，祺祥政變，上書曾國藩，欲其阻止二后垂簾聽政；然曾不用其言。

〔備註〕關於祺祥政變，王闓運有《祺祥故事》載於《東方雜誌》第十四卷第十二號，頁 93 至 96。

是歲，因居母喪，始讀喪禮，而未嘗吟詠。

清穆宗同治元年壬戌（公元 1862 年）　三十一歲

〔時事〕正月，英法決與太平軍爲敵。曾國藩購輪船。二月，捻軍張宗禹攻河南等地。四月，英法與常勝軍助清軍攻佔寧波。陳玉成敗於廬州，死。五月，陝甘回民起事。九月，命選武弁在上海、寧波習外國兵法與製造火器。十一月，李鴻章與英訂會管常勝軍條約。

是歲，設同文館於北京。

〔行履〕三月，至武昌，編次《湖北褒忠錄》，爲胡文忠祠作碑文。十二月，行釋服禮。

〔詩紀〕〈思黃李詩〉（居喪二年始作此詩）。

清穆宗同治二年癸亥（公元 1863 年）　三十二歲

〔時事〕二月，捻軍張樂行被俘死。戈登常勝軍與李鴻章淮軍合作。四月，陝回爲多隆阿所破。石達開自滇入川西被俘。曾國荃圍天京。七月，各國允禁商人接濟太平軍。十一月，淮軍佔無錫。是歲，美國於上海設租界。李鴻章奏於上海機器局附設廣方言館。

〔行履〕居長沙，與陳鍾英（懷庭）、嚴咸（受庵）、左樞（孟辛）等

人倡和。曾欲從多隆阿軍入陝，以道阻，改計粵游。九月，二女桂窊生。十二月，至廣州。與毛鴻賓（任兩廣總督）、郭筠仙（任廣東巡撫）、陳蘭甫（主粵雅堂講席）游。

〔詩紀〕〈答贈陳懷庭鍾英詩〉、〈感離詩贈陳嚴二首〉、〈夏夜〉、〈衡山篇寄懷庭〉、〈益州行贈曾大夫傳理曾君兄弟皆故人黃司使舊客黃公戰沒因代領其軍平賊而歸索予贈詩〉、〈燕歌行〉、〈秋曉風日偶憶淇上〉、〈四景詩〉、〈奉送按察倉司使景恬歸中牟二首〉、〈出成步至南湖澗迎婦空返明日婦始歸作一首〉、〈獨坐感秋贈曹鏡初燿湘詩一首〉、〈耒陽舟中寄懷夢緹〉。

清穆宗同治三年甲子（公元 1864 年）　三十三歲

〔時事〕二月，多隆阿攻盩厔，受傷死。三月，僧格林沁敗捻軍張宗禹。四月，太平天王洪秀全自殺。五月，洪秀全子天貴福嗣位。六月，曾國荃攻破天京（江寧），大屠殺，李秀成被俘。八月，洪天貴福被俘，旋磔死。

是歲，成立廣州同文館。

〔行履〕正月，居廣州。六月，納長妾莫六雲。八月，還長沙。十月，至江寧訪曾侯。循淮揚將遊清苑。十一月，至齊河，慷慨身世，作〈思歸引並序〉。蓋此行初有從宦之志，既有所感，遂定計歸隱。

〔詩紀〕〈擬曹子建雜詩九首（1）明月照高樓（2）西北有織婦（3）微陰翳陽景（4）攬衣出中閨（5）南國有佳人（6）高臺多悲風（7）轉蓬離本根（8）僕夫早嚴駕（9）飛觀百餘尺〉、〈寄題潘氏園〉、〈正月廣州送羅小蘇濤還長沙二首〉、〈鹽井歌送兩廣鹽運蔣司使志章按察四川〉、〈欽差大臣多隆阿將軍挽詞五首〉、〈聞都統舒保戰死德安時多隆阿將軍戰歿於盩厔兩公舊皆湖北名將連月繼殂而寇犯鄖德恐遂長驅乃懼而爲詩二首〉、〈別廣州寄贈徐子遠灝徐在總督幕府前贈余詩〉、

〈東園引〉、〈露筋祠〉、〈江寧留贈總督曾侯詩三首〉、〈晚出石頭城贈別湯裕〉、〈三郎曲〉、〈思歸引並序〉、〈岳陽樓〉、〈漢口舟夜聞雨〉、〈半壁山觀官軍破賊處〉、〈望廬山〉、〈九江〉、〈安慶〉、〈牛渚晚步〉、〈望江寧城夜見鐘山〉、〈獨游妙相菴觀道咸諸卿相刻石〉、〈晚渡瓜步〉、〈登揚州城〉、〈寶應岱祠〉、〈淮關〉、〈過王家營感舊〉、〈大雪夜渡黃河〉、〈平原雪夜〉、〈保定府城遙望京國〉、〈樅陽舟中贈趙惠甫烈文詩一首〉、〈除夕觀保定行宮作一首〉。

清穆宗同治四年乙丑（公元 1865 年）　三十四歲

〔時事〕四月，淮軍始參與剿捻。僧格林沁追捻匪，戰死於曹州吳家店。命曾國藩爲欽差大臣節制攻捻各軍。七月，太平軍殘部多聚於粵東，與左宗棠、鮑超爭戰。八月，李鴻章創江南製造局。十二月，太平軍爲左、鮑所滅。

〔行履〕正月，登恆山。四月，至漢口、溯洞庭、遊君山以歸。五月，至長沙。八月，至石門，買地定居。

〔詩紀〕〈北嶽篇〉、〈飲安陽酒樓作〉、〈南歸過汝墳作贈妻詩一首〉、〈臨洺歌示侍人莫六雲〉、〈題扇詩並序〉、〈湘妃廟〉、〈君山〉、〈乙丑十一月二十八日河北大雪馬上作二首〉（見《湘綺樓日記》頁 23。按：此頁碼乃據學生書局所印日記版本）。

〔備註〕《湘綺樓日記》，以下簡稱《日記》。

清穆宗同治五年丙寅（公元 1866 年）　三十五歲

〔時事〕正月，俄破伊犂。八月，命左宗棠爲陝甘總督。十月，左宗棠奏設福州船政局，令沈葆楨主其事。李鴻章代曾國藩爲欽差大臣，節制湘淮各軍。

是歲，同文館附設天算館授科技。　孫中山生。

〔行履〕二月，往衡陽，寓程春甫宅。四月，三女瑢生。是歲，注《莊子》內篇。

〔詩紀〕〈丙寅人日因散帙見高大心夔庚申人日見寄詩憶舊游作示知
者二首〉。

清穆宗同治六年丁卯（公二 1867 年）　三十六歲

〔時事〕正月，命左宗棠爲欽差大臣督辦陝甘軍務。九月，命馮子材
專辦廣西左江一帶軍務，以鎮壓天地會。十月，派美國卸任
公使蒲安臣往有約各國辦理交涉。十二月，東捻賴文光被滅。

〔詩紀〕〈嚴公孫日本刀歌有序〉。

〔備註〕同治六年至同治七年之行履，因王代功所編之《年譜》因故
缺頁，而《湘綺樓日記》又始自同治八年，是以無法考證，
而部份詩作亦難明其寫作年代。

清穆宗同治七年戊辰（公元 1868 年）　三十七歲

〔時事〕正月，李元度合席寶田軍破貴州黃號教軍。張宗禹入直隸，
京師戒嚴。六月，劉銘傳滅西捻張宗禹於茌平。九月，以西
寧回漢構怨鬭鬥，命穆圖善籌辦。十月，岑毓英敗苗軍，攻
下晉寧、澂江。

〔行履〕九月，四女紛生。

〔備註〕同治五年至七年待考詩作如下：〈邯鄲才人嫁爲廝養卒婦三
首〉、〈烝上春望〉、〈寄題吳先生敏樹北莊詩〉、〈贈馮氏姨子
詩篇〉、〈郭嵩燾劉蓉兩巡撫先後罷歸贈詩一首〉、〈龍渡峰體
連騎田秀冠桂陽秋日登游率然有作〉、〈花園堡秋望作〉、〈秋
雨後夜起作寄龍高平〉、〈桂陽別詩奉酬黃學正洪熙贈餞之作
兼呈州中人士帳飲諸君子〉、〈自龍江渡綠水至煙彭菴乘舟暮
還二首〉（以上諸詩見《湘綺樓詩》第七卷）。

清穆宗同治八年己巳（公元 1869 年）　三十八歲

〔時事〕正月，席寶田破苗軍，攻下鎮遠府。穆圖善敗肅州、榆林之
回軍。六月，馮子材進軍越南。八月，太監安德海私行出京，
爲山東巡撫丁寶楨處死。九月，福州船廠造第一號輪船成。

〔行履〕九月，五女幃生。代黃曉岱御史作疏稿，請立博士以救科舉之弊。十一月，至湘鄉，赴左孟辛之喪。

〔詩紀〕〈贈盜詩四首〉（見二月十六日日記）、〈水莧生田隴畔湘衡俗以和稉爲糍清明節物也余家每從上冢采歸供饋食加籩今歲祠祭妻妾自出田間采之感憶爲詩〉、〈春雨〉、〈登前山〉、〈詠庭中雜花（1）白桃花（2）海棠（3）山茶花（4）紅躑躅（5）白杜鵑花〉、〈春風二首〉、〈長沙贈別李申夫兼呈同集諸公〉、〈前林遇雨〉、〈得王饒州必達書寄酬一首〉、〈至湘鄉赴左孟辛喪馬上作詩二篇〉、〈己巳十二月十一日冒雪還山作〉（見同日日記）、〈寄耕雲索金橘龍井茶五代史詩三首〉（見十二月二十日日記）。

清穆宗同治九年庚午（公元 1870 年）　三十九歲

〔時事〕五月，湘南湘鄉哥老會起事，敗。天津教案起，命曾國藩查辦。左宗棠敗南路回軍。十月，命劉銘傳督辦陝西軍務。湖南湘潭哥老會起事，敗。

〔行履〕正月，至查江訪彭玉麟。二月，至衡陽。代李鴻章擬陳苗事疏。三月，彭玉麟請修衡陽志。四月，假寓西禪寺。本月，與書曾國藩論天津教案。九月，至長沙，長女無非適鄧彌之子國瓛。十一月，還石門山居。

〔詩紀〕〈春分日和龍高平秋日縣居詩（十首）〉、〈擬室思詩一篇代六雲〉、〈春懷詩四十八首〉、〈作小詩二首歸示六雲〉（見二月十二日日記）、〈李福隆招飲觀技酉正歸馬行甚樂作二首〉（見三月二十八日日記）、〈夏日寄懷曹郎中燿湘〉、〈石鼓山閒眺〉（見五月十六日日記）、〈寄莫五丈友之〉、〈衡州城西望雨〉、〈盛暑得雨池上景色已復秋情感而有作〉、〈賦得明月白露光陰往來〉（見八月七日日記）、〈嘉會篇九年十月於長沙作呈龍李二鄧〉、〈心遠樓夜飲呈同座諸公四首〉、〈石

牛塘途中作五首〉、〈雨過空靈灘〉、〈淦田催戍示從弟世
同〉、〈廖君題有春近四絕句偶攜紛女行田以其題作四絕〉
（見十二月十二日日記）。

清穆宗同治十年辛未（公元 1871 年）　　**四十歲**

〔時事〕二月，命左宗棠規復西寧。四月，李鴻章修大沽口炮臺並添
　　　　置洋炮。湖南哥老會破益陽等地，旋敗。五月，左宗棠請禁
　　　　回民新教。

〔行履〕正月，北游，至長沙。二月，至漢陽、汝寧。感天津教案辦
　　　　理失策，作〈陳夷務疏〉。三月，至京師，寓黃曉岱宅，並
　　　　參與會試。四月，與徐叔鴻、張雨珊偕游圓明園。五月，宴
　　　　飲龍樹寺，與會有潘伯寅、張之洞、秦炳文、桂文燦、胡澍、
　　　　許虞颺、陳倬、李慈銘、趙之謙、袁啓豸、董文煥、陳喬森、
　　　　王詠霓、張預、王懿榮、潭宗浚、孫詒讓、閻迺炣等人。六
　　　　女滋生。六月，作〈圓明園詞〉，徐壽衡、周荇農極讚譽之。
　　　　新進士多來問業。七月，出京。作《尚書大傳注》四篇。九
　　　　月，至清江浦、彭城、鎮江、安慶。十月，至湖口、南昌、
　　　　袁州。十一月，還石門山居，並箋《禮記》。

〔詩紀〕〈酒集憶甲寅歲潭岳戰事感舊有作贈彭侍郎玉麟〉、〈青草湖
　　　　曲〉、〈竹老從子默存贈予詩末句云衡岳雲煙洞庭水載將春色
　　　　上蓬萊佳句也聊押韻和之〉（見二月二日日記）、〈題神女祠
　　　　二律〉（見二月六日日記）、〈小泠峽〉、〈早春漢陽曉望作〉、
　　　　〈正陽縣道中作一首縣令張君創立試堂〉、〈重過邯鄲作歌寄
　　　　六雲并序〉、〈過柏鄉魏裔介墓作詩弔之〉（見二月廿六日日
　　　　記）、〈荇農言近人課八韻詩賦得牛戴牛得弓字無合作欲余爲
　　　　之戲作〉（見四月二日日記）、〈贈翰林周學士壽昌〉、〈廿二
　　　　日早起作二首〉（見四月廿二日日記）、〈感興贈謝礨伯〉、〈爲
　　　　彭女作二律〉（見四月廿七日日記）、〈九夏詞〉、〈五月朔日

潘伯寅侍郎南房下直同張香濤編修招陪耆彥十六人宴集龍
樹寺酒罷賦贈潘張各一篇〉、〈陳吉士理泰斯入翰林述其所職
贈之〉、〈福建按察芝岑司使葆亨久宦湘中今以入覲相見南窪
寓館即司使廿八年前習經之地感舊戀時率然有作四首〉、〈食
瓜有作寄夢緹四首〉、〈圓明園詞〉、〈南洼高閣感秋〉、〈七夕
周學士完餞集〉、〈題杜像二首〉（見七月十四日記）、〈董
二兵備同年兄文澳餞集龍樹寺溫編修忠翰作兼葭送別圖張
岳州德容周學士壽昌徐侍郎樹銘張編修之洞及主人皆有賦
贈輒成長句贈董兼別諸公〉、〈天津南望水〉、〈秋風詞〉、〈張
秋河舟望月〉、〈南陽湖采菱〉、〈感事作二首〉（見八月廿八
日記）、〈弔燕子樓四絕句〉（見九月十二日記）、〈泊蕪
湖補憶金山詩寄方子箴〉（見九月廿五日記）、〈淮浦夜飲
歌有序〉、〈小孤山二首〉、〈莫子偲丈挽詩二十韻〉、〈從大孤
入彭蠡望廬山作〉、〈登北固山〉、〈萍鄉贈逆旅主人女〉。

清穆宗同治十一年壬申（公元 1872 年）　　**四十一歲**

〔時事〕二月，曾國藩死。七月，馮子材留兵駐越協助鎮壓。十一月，
　　　　岑毓英攻大理，杜文秀死。
　　　　是歲，首次派三十學童赴美留學。日本宣布吞併琉球。

〔行履〕二月，至衡城晤彭玉麟、陳雋丞、李如崑。五月，移居衡州
　　　　王峋雲宅，以免修志鄉城往返之勞。六月，至長沙臨曾國藩
　　　　之喪。七月，還衡州講學，從遊者眾。九月，作《今古文尚
　　　　書箋》成。十月，三子代興生。十一月，作《衡陽水道志》。
　　　　十二月，叔父步洲君病卒於淦田。

〔詩紀〕〈白雪引〉、〈池上看新柳徘徊往來作小詩贈之二首〉（見二
　　　　月五日記）、〈湘上七夕〉、〈金盆嶺曾太傅墓下作〉、〈鴈峰
　　　　龍祠故亭秋望有作〉、〈秋夜得張永州書率然奉憶〉、〈十月十
　　　　七日宴集題詠〉（見日記）。

清穆宗同治十二年癸酉（公元 1873 年）　**四十二歲**

〔時事〕正月，慈安、慈禧兩太后撤簾，穆宗始親政。五月，岑毓英
平定雲南。六月，初次允外國使臣覲見於紫光閣。八月，肅
州回軍降，左宗棠大肆屠殺。

〔行履〕正月，至淰田臨叔父喪。二月，至衡州，席寶田來議修《東
安縣志》。二十九日宴集東洲花光寺。三月，作《衡陽藝文
志》。至袁州訪李若農。四月，還衡州，作《詩補箋》。五月，
作《衡陽列女傳》。六月，移家石門山居。

〔詩紀〕〈人日立春對新月憶故情〉、〈西憶詩四首（1）憶左總督宗
棠蘭州（2）憶譚布政鍾麟陝西（3）憶左兵備雋代州（4）
憶董分巡文渙鞏昌〉、〈爲意城子題讀書圖二律〉（見二月十
八日日記）、〈寄李雨倉〉、〈江雨田同知東洲春宴〉、〈春游萍
醴道中〉、〈萍鄉道多游女嘉欽義烈有異常貞又傷其不死寇盜
而殞於官將爲作二詩題之石上〉（見三月廿九日日記）、〈過
萍鄉得前年舊寓作二首〉（見四月八日日記）、〈贈李仲約學
士文田時在宜春瑣院論英夷事〉、〈六月十五夜納涼〉、〈七夕
代茗茗牽牛星〉。

清穆宗同治十三年甲戌（公元 1874 年）　**四十三歲**

〔時事〕正月，以法侵越及劉永福抗法而與法越講和。三月，日本擅
攻臺灣生番。四月，派沈葆楨辦理臺灣海防。九月，英使威
妥瑪調停日侵台灣事件。十二月，穆宗死，慈禧立醇親王子
載湉爲德宗景皇帝，仍由慈安、慈禧兩太后垂簾聽政。

〔行履〕二月，至東安修縣志。四月，書成。五月，至長沙。六月，
《衡陽縣志》刊成。七月，作〈獨行謠〉成。八月，至永州
訪張東野。九月，還石門。

〔詩紀〕〈獨行謠三十章四百四十八韻凡四千四百八十五字感贈鄧輔
綸〉、〈張永州府亭八月十五夜集贈〉。

〔備註〕以下諸詩當在同治十三年至光緒元年間作，因《日記》缺同
　　　　治十三年至光緒元年六月五日，是以未能確定：〈題朝陽
　　　　洞〉、〈題華巖洞〉、〈訪零陵三亭芙蓉綠天菴還登高山寺〉、〈澹
　　　　山巖閣上作〉、〈夜泊望夫山戲題〉、〈瀟湘秋夜雨曲〉、〈對芍
　　　　藥憶張孝達二首〉、〈彭侍郎夫人鄒氏挽詞三首〉（以上諸詩
　　　　見《湘綺樓詩集》第十卷）。

清德宗光緒元年乙亥（公元 1875 年）　　四十四歲

〔時事〕三月，以左宗棠爲欽差大臣督辦新疆軍務。四月，薛福成陳
　　　　治平六策、海防密議十條。分命李鴻章、沈葆楨督辦北洋、
　　　　南洋海防。八月，派郭嵩燾爲出使英國欽差大臣，乃正式派
　　　　遣駐使之始。

　　　　是歲，美國人林樂知於上海創刊《萬國公報》。

〔行履〕二月，七女茂生。三月，《詩補箋》成。五月，至長沙。八
　　　　月，與黃文琛、楊海琴、裴蔭森、羅汝懷、黃錫彤、曹燿湘、
　　　　李桓等人文酒談宴。九月，還石門。十一月，至長沙，曾劼
　　　　剛請修《湘軍志》。十二月，還石門。

〔詩紀〕〈錦石怨〉（見八月十三日日記）、〈得董研樵秦州書秋夜起
　　　　作寄贈〉、〈乙亥長沙秋集詩六首（1）黃永州宅集因贈（2）
　　　　九日朱典史宅集（3）九日後二夕楊兵備宅集展重九余登舟
　　　　將發已辭復會留宿張力臣絜園明日舟中作（4）歸舟寄贈裴
　　　　樾岑（5）重九夕寓宅集答贈黃御史（6）退齡寺坐雨贈曹鏡
　　　　初〉、〈郭筠仙侍郎出使海國寄懷詩一首〉。

清德宗光緒二年丙子（公元 1876 年）　　四十五歲

〔時事〕正月，命議籌借洋款，並命各省攤解餉銀以利左宗棠軍行。
　　　　十二月，李鴻章奏派福建船政學堂學生分赴英、法等國學習
　　　　製造、駕駛之術。

　　　　是歲，英商建淞瀘鐵路成，旋由中國收購拆毀。

〔行履〕三月,賃居桂花井報慈寺南寮。五月,石門山居爲水患所毀。八月,湖南鄉試諸生,因上林寺居有洋人傳教,議毀上林寺及郭嵩燾住宅,欲會同府縣營兵嚴行禁止。九月,移居長沙營盤街。四子代懿生。十月,至洞泉沖謁熊雨臚師。十一月,營湘綺樓,並作〈湘綺樓銘〉。五女幗殤。與曹鏡初議開思賢講舍。

〔詩紀〕〈讀海翁詩有所感作清明行一篇〉(見三月九日日記)、〈李烈女詩〉(見四月廿四日日記)、〈大步舟中聞布穀吟〉、〈報慈恩寺南寮作〉、〈懷庭片來告去強起書扇作小詩四首贈之〉(見九月十五日日記)、〈望人家垣內楓柳偶有所感口號一絕〉(見十月十一日日記)、〈和熊師詩三首〉(見十月廿七日日記)、〈哀五女幗殤詞〉(見十一月六日日記)、〈答程虎谿二首〉(見十一月十四日日記)、〈喜雪詩〉(見十二月十五日日記)、〈後喜雪詩二首〉(見十二月廿日日記)。

清德宗光緒三年丁丑(公元 1877 年) 四十六歲

〔時事〕十一月,劉錦棠肅清新疆南路。

〔行履〕五月,始撰《湘軍志》。六月,夏獻雲修賈祠,頻有游宴。九月,暫往東山何尚書宅撰《湘軍志》,以離城避囂。十月,楊息柯招集。

〔詩紀〕〈至蕉溪阽作二詩〉(見四月二日日記)、〈夜作二詩題李菊坡扇上用其菴亭韻〉(見四月十八日日記)、〈五月十八日作書復若愚兼寄詩雨蒼二首〉(見日記)、〈丁丑五日夏按察獻雲招集賈祠薦屈四首〉、〈麓山寺六朝松折後作歌〉、〈七夕雨二首〉、〈題劉藏書圖〉(見八月六日日記)、〈齋宿湘綺樓晨雨感作〉、〈丁丑九日夏司使招集宜園見示新作還山奉酬〉、〈十月九日楊息柯招陪四老三俊集寄廬作閏重陽明日賦詩紀盛兼補酬見和之作〉、〈暫往東山楊性農丈寄詩見訊還城奉

和續紛〉、〈女臘八粥詩二首〉（見十二月十一日日記）。

清德宗光緒四年戊寅（公元 1878 年）　**四十七歲**

〔時事〕九月，命查禁天地、哥老等會。馮子材三度入越。

〔行履〕二月，至東山。作《湘軍志·曾軍篇》。三月，作〈水師篇〉。
　　　　四月，作〈曾軍後篇〉。六月，作〈江西後篇〉。八月，作〈援
　　　　江西篇〉。四川總督丁寶楨約往蜀游。九月，作〈援廣西篇〉、
　　　　〈臨淮篇〉、〈援貴州篇〉。十月，作〈湖南防守篇〉、〈平捻
　　　　篇〉。十一月，《湘軍志》草創畢。始游蜀。十二月，入巫峽，
　　　　至成都，丁寶楨請主講尊經書院。

〔詩紀〕〈聞力臣與佐卿談宦情戲占一絕〉（見正月七日日記）、〈戊
　　　　寅正月十日得陳懷庭書因感南中苦寒對雪有寄二首〉、〈昇中
　　　　作雜詩六首〉（見二月一日日記）、〈過縣贈黃明府〉、〈馬將
　　　　軍歌有序〉、〈東山精舍哭董兵備四首〉、〈送余佐卿北游〉、〈和
　　　　楊石淦桐園即景詩兼憑唐作舟寄研農八首〉（見二月十八日
　　　　日記）、〈三月上巳雨坐湘綺樓題寄懷庭〉、〈送陳御史啓泰迎
　　　　養入都陳婦先已在邸三首〉、〈賈祠集餞劉采九二首〉、〈仲秋
　　　　府學釋奠觀禮二首〉、〈閱東安水道志憶前游慕物外頗有獨往
　　　　之志作詩寄懷〉、〈寄懷黃御史二首〉、〈出洞庭西湖浮澧入江
　　　　有作〉、〈覽古興詠三首（1）巫山高（2）琴歌（3）梁甫吟〉、
　　　　〈淫豫石〉、〈渡風波嶺至梁山二首〉、〈出梁山城平田積水吟
　　　　望有作〉、〈雨上拂耳巖明日過九盤山遇雪〉、〈金堂山曉行
　　　　作〉、〈子箴送詩來依韻和之〉（見十二月二十九日日記）。

清德宗光緒五年己卯（公元 1879 年）　**四十八歲**

〔時事〕二月，以丁寶楨修都江堰辦理乖方，降級留任。五月，命崇
　　　　厚為出使俄國欽差大臣。十二月，張之洞彈劾崇厚喪權辱命。

〔行履〕正月，與丁寶楨論求賢之道。主尊經書院。三月，八女紈
　　　　生。五月，開尊經書局。十月，改定《湘軍志》。十二月，

還長沙。

〔詩紀〕〈補作除夕行成都市遂至洗馬池詩〉、〈爲子箴題話雨圖〉（見二月九日日記）、〈題愚菴先生補經圖〉（見同上）、〈己卯清明日題家書寄懷〉、〈送殷叟還洞庭并序四首〉、〈丁尙書總督四川閱兵西南邊留灌縣過六十生日以避寮吏稱祝寄詩調之因以爲頌時方劾罷按察四首〉、〈夢覺感舊游作〉（見五月一日日記）、〈蒙山上清茶歌〉、〈悼五女幃〉、〈院中翫月〉、〈寄墮林粉與夢緹因題五韻〉、〈夔門歌〉、〈巫峽下青石洞諸峰奇秀圖經所不載留賞興詠〉、〈下新崩灘贈汰工一首〉、〈枝江守雪作〉、〈寄懷二陳詩一首〉。

清德宗光緒六年庚辰（公元 1880 年）　　**四十九歲**

〔時事〕正月，命曾紀澤使俄交涉伊犁事。三月，命左宗棠出駐哈密，指揮伊犁軍事。七月，命李鴻章籌辦直隸防務，曾國荃督辦山海關防務。十月，命李鴻章與日本談判琉球案。
　　　　是歲，李鴻章創海軍，於大沽設造船所。

〔行履〕三月，至成都。四月，評注阮籍〈詠懷詩〉。五月，改《湘軍志》。六月，選唐律詩。十二月，注〈高唐賦〉。

〔詩紀〕〈覽二鄧擬陶詩試效作一首〉（見二月十五日日記）、〈和擬招隱詩一首〉（見二月十九日日記）、〈從孫巢山行至梁山作〉、〈召鮑超事戲題一絕〉（見三月五日日記）、〈晨登杜巖〉、〈補作重修定王臺詩〉（見三月十日日記）、〈涪水道中感春寄謝劉侍郎崑三首有序〉、〈莫提督秋集因論湘軍戰事酒罷作歌〉、〈成都送別黎侍郎培敬有序〉、〈感事寄筠仙二首〉。

清德宗光緒七年辛巳（公元 1881 年）　　**五十歲**

〔時事〕正月，曾紀澤與俄改定伊犁條約。三月，慈安太后死。六月，吉林設機器局製造軍火。
　　　　是歲，成立天津水師學堂。

〔行履〕正月，選白香山五言古詩。三月，出游丹景山看牡丹。選唐
　　　　五言古詩。七月，作《湘軍志・援蜀篇》、〈川陝篇〉、〈營制
　　　　篇，至是《湘軍志》始成。閏七月，次子仲章（代豐）卒。
　　　　十月，《湘軍志》刻成，並離開成都。十二月，還長沙。

〔詩紀〕〈正月十六日中蓮池看新柳夜還行月憶舊游重擬春別四
　　　　首〉、〈憶江淮舊游送薛福保還無錫〉、〈見提督立旗竿挽架甚
　　　　盛作絕句二首〉（見二月廿日日記）、〈送莫總兵鎮建昌〉（見
　　　　二月晦日日記）、〈牡丹〉（見三月十七日日記）、〈訪天彭闕
　　　　因至丹景山〉（見三月十九日日記）、〈保山劉樹義罷豐都客
　　　　死成都其子錫慶年十歲來辭行云從母將寓長安感其進退有
　　　　成人之度作詩送之〉、〈黃學正游印度還言黑水入南海狀兼言
　　　　俄德形勢感賦長句時黃居趙侯洗馬池故並及魏蜀往事〉、〈出
　　　　湔口汎沫至宜賓江口作〉、〈泊縣雒口感亡子歸舟所經淒然有
　　　　作〉、〈登塗山題塗君祠〉、〈巫山天岫峰詩并序〉、〈汎江浦入
　　　　沅始至酉港湖中作〉、〈行馬坡感事懷人作四絕句〉（見十二
　　　　月七日日記）。

清德宗光緒八年壬午（公元 1882 年）　　五十一歲

〔時事〕三月，法、越兵端起。六月，朝鮮生變，派兵入朝鮮。八月，
　　　　命唐炯率兵出駐北越並聯絡劉永福以抗法。九月，中俄伊犁
　　　　界約成。十一月，盛宣懷於上海設電報局，並設電信學堂。

〔行履〕正月，登定王臺。送《湘軍志》刻版與郭筠仙，屬其銷燬，
　　　　以息眾論。二月，至武岡探長女病，作論詩絕句十四首與論
　　　　同時代詩人八首。三月，攜長女返長沙。五月，長女卒。九
　　　　女復生。八月，易順鼎來學詩。九月，至衡弔程春甫之喪。
　　　　十一月，次女桂窊適同縣胡伯薊之子元玉。十二月，招鄧辛
　　　　眉、曹鏡初、黃運儀、李黼堂讌集。

〔詩紀〕〈感哀陳鄞縣詩一首〉、〈遇雨有感作〉（見二月十八日日記）、

〈誦元微之歌詞言唐宮寒食念奴事戲作一詩〉（見同上）、〈老農〉（見同上）、〈誦九章有感作〉（見二月十九日日記）、〈尖山道狹泥堆行者甚困作〉（見二月廿日日記）、〈石羊前三塘民家〉（見同上）、〈偶作一詩和彌之〉（見二月卅日日記）、〈武岡大甸雨中至水口作寄二鄧〉、〈論詩絕句廿二首〉（見日記頁 367 至 368）、〈壬午三月八日作詩二題〉（見日記）、〈彭尚書春巡奉同劉侍郎設餞兼招鄧九郎中午集劉宅輒賦八韻並獻〉、〈七月四日和曾郎詩〉（見日記）、〈心遠樓墓望湘西諸山即送辛眉往武陟〉、〈銅官行寄章壽麟題感舊圖〉、〈重過錦石〉、〈衡陽隱居時交女爲盛廿年來相繼淪喪兼悼子女苗而不秀重望城闉泫然有作〉、〈爲胡均齋縣臣題其妻包氏遺像〉（見十月三日日記）、〈賦得帆隨湘轉宜作一詩〉（見十月四日日記）、〈往衡陽出城帆湘夕過朱亭作〉、〈游仙詩代諸女奠其大姐娥芳作二首〉。

清德宗光緒九年癸未（公元 1883 年）　**五十二歲**

〔時事〕三月，命李鴻章督辦越南事宜，節制雲南、兩廣軍務。八月，命彭玉麟赴粵辦理防法軍務。十月，岑毓英出駐越北督師。十二月，華軍與越軍聯合對法軍作戰。

〔行履〕正月，至定王臺探梅。補選唐七絕詩。三月，應丁稚璜之約入蜀。八月，游峨嵋。九月，重校《湘軍志》，諸生復刻之也。十月，三女璿適常儀安之子國篤。

　　　　是歲，爲故友李仁元刻《壽觀齋詩》，爲嚴咸刻《受庵詩草》。

〔詩紀〕〈答贈袁校經一首〉、〈泊百歲坊烏柏隄下偶作〉（見三月廿八日日記）、〈帆海行送劉伯固往法琅西因寄曾劼剛公使以示參贊陳松生楊商農余初約同往揚州適得蜀書遂先西邁〉、〈將至藕池見遠山一抹似逢故人題一絕句〉（見四月六日日記）、〈紀夢二首〉（見四月十七日日記）、〈虢亭感詠〉（見四月十

八日日記〉、〈自虎牙至牛口作〉、〈孫巢道中見溪瀑縣流口號
二絕〉（見五月三日日記）、〈重過孫巢有作〉（見同上）、〈梁
山道中見兒童抃舞農商辦節物甚有鄉居之樂作二絕句〉（見
五月四日日記）、〈五月薔薇〉（見五月六日日記）、〈三登坡
逢負炭婦〉（見同上）、〈梁山道中有花初夏時滿山谷土人不
知其名圖歸示者先題一絕〉（見同上）、〈入巫峽〉、〈青石洞
望巫山作〉、〈成都南郊看荷花待丁尚書不至明日見示長歌奉
和五十六句〉、〈後閣秋風曲〉、〈歲癸未夏多伏陰川東頗有疾
疫或言得雷當散而令典無禱請之法丁兵備昔巡川東今攝成
縣作文齋告隆隆響應三日霆雷疾雨物氣昭蘇輒賦十一韻以
繼元暉賽雨之作〉、〈七夕後二日稚璜尚書垂示喜雨詩中浣一
日宴寮友於蜀主祠西軒張藩使和詩先成並名篇劇韻有昭明
講席之體因仿梁格韻依原次呈坐中諸君子〉、〈張月卿生日戲
作二詩誸之〉（見十月十八日記）、〈十月晦日口占絕句嘲牛
山〉（見日記頁398）、〈詠花〉（見十一月廿三日日記）、〈枕
上和三詩〉（見十二月二日日記）、〈過蠶窩灘望珠亭至巴縣
作〉、〈成都季冬晴煊頻有宴集乘間覽興偶然有作二首〉、〈華
陽篇喜顧生新歸因談所過山川有感而作〉、〈送張月翁二詩〉
（見十二月廿六日日記）。

清德宗光緒十年甲申（公元 1884 年）　　五十三歲

〔時事〕三月，罷免恭親王奕訢全班軍機大臣。四月，李鴻章與法訂
　　　　約罷兵。閏五月，法誣中國違約，再啓戰事。派劉銘傳督辦
　　　　臺灣防務。六月，法犯臺灣。十月，新疆正式設省，以劉錦
　　　　棠為巡撫。十二月，法軍陷諒山。

〔行履〕二月，去蜀還湘探母疾。三月，率紛、茝兩女復入蜀。十一
　　　　月，莫姬生第十女眞於梁山。
　　　　是歲，孫名健生。

〔詩紀〕〈閒和張撫詩〉（見正月一日日記）、〈青日下峽重詠巫山〉、〈下新崩灘戲作一詩〉（見三月一日日記）、〈泊銅錢望作律詩一首〉（見三月六日日記）、〈詠楊花〉（見四月廿二日記）、〈紅刺〉（見四月廿五日日記）、〈榴花〉（見同上）、〈罌粟〉（見同上）、〈紅花〉（見同上）、〈榕〉（見四月廿七日日記）、〈桂香盈庭再和前作爲半山喜〉（見八月十一日日記）、〈至歡喜院作〉（見九月十二日日記）、〈江聲澧浦作〉、〈訪顧翁門不啓歸作奉贊〉。

清德宗光緒十一年乙酉（公元 1885 年）　**五十四歲**

〔時事〕正月，法占鎮南關。二月，馮子材大勝關前隘並克諒山。三月，日派伊藤博文來交涉朝鮮事，李鴻章與之訂中日天津條約。四月，李鴻章訂中法越南條約。七月，左宗棠死。九月，派醇親王奕譞總理海軍事務。十一月，以英併緬甸，命曾紀澤與之交涉。

〔行履〕三月，徐致祥來問學術政治。四月，于式枚（晦若）來問經世之學，爲之論夷務之主和戰二者之利弊。並與書李少荃言之。八月，四女紛適鍾蓬庵之子文虎。十一月，莫姬卒於成都。

〔詩紀〕〈乙酉四日行東城作〉、〈七日連陰率爾有作〉、〈贈徐侍郎致祥〉、〈清明節宴招易布政集院東軒令子郎中及宋吳生同會明日答郎中作一首〉、〈贈于晦若自南海還蜀旋赴天津幕府〉、〈賦得秋夜新昏聽雨作示紛〉、〈南軒多晴命酒率然同易郎中作〉、〈答寄陳孝廉夒龍〉。

清德宗光緒十二年丙戌（公元 1886 年）　**五十五歲**

〔時事〕四月，丁寶楨死。六月，重慶教案起。中英緬甸條約成。十月，臺灣建省。是歲，成立武備學堂。

〔行履〕三月，攜莫姬柩還長沙。六月，長沙總兵陳海鵬邀集碧浪湖

畔新葺園庭。七月，彭雪琴來談越南戰事。八月，四女衯死。
定東游之計。九月，至漢口、鎮江、揚州、泰安。十月，登
泰山，游大明湖。作莫姬及帥芳（衯）哀詞。十一月，重登
華不注山。十二月，游京師，濟齊河，至德州。

〔詩紀〕〈荼蘼落〉、〈北湖夜集道俗十九人看月遇雨曉步還城作呈同
學〉、〈夜香花月下悼往〉、〈八月十五夜瀛仙閣看月〉、〈十六
夜月〉、〈十七夜月〉、〈夕發湘陰〉、〈方舟橫洞庭〉、〈泰山詩
孟冬朔日登山作〉、〈泰山瀑橋〉、〈雪霽午登日觀〉、〈泰山回
馬嶺柏樹歌〉、〈濟南冬煊獨居感興，擬古十二首均有序（1）
擬西北有高樓（2）擬東城高且長（3）擬行行重行行（4）
擬涉江采芙蓉（5）擬青青河畔草（6）擬蘭若生春陽（7）
擬庭中有奇樹（8）擬苕苕牽牛星（9）擬明月何皎皎（10）
擬今日良宴會（11）擬青青陵上柏（12）擬明月皎夜光〉、〈覽
潘安仁離合詩戲作〉、〈建除詩送崧錫侯遷蜀藩〉、〈八音詩秋
夜夢理曲〉、〈霜月戲成轉韻〉。

清德宗光緒十三年丁亥（公元 1887 年）　五十六歲

〔時事〕二月，總理衙門請興修鐵路。四月，岑毓英架設電線，為黔
西居民阻擾。六月，成立廣州水師學堂。

〔行履〕正月，與李雨蒼同往清苑。　二月，至保定，寓劉樹堂（景
韓）署中。尋至上海，晤劉伯固、曾廣鈞。轉漢口返長沙。
三月，笠雲僧請至碧浪湖修禊。五月，郭筠仙請代思賢講舍。
八月，至衡州東洲書院，游酈湖。

〔詩紀〕〈丁亥二月三日出彰儀門雪中作〉、〈答贈袁章京昶一首袁語
及西藏舊計謬以劉向陳湯相比因傷丁文誠憮然有作〉、〈上海
客舍曉作聽雨〉、〈三日北湖禊集廿八人分韻得司字〉、〈舟中
憶東洲月宴三首〉、〈守淺沱心作二首〉、〈縣城夜雨憶桂陽秋
夜〉。

清德宗光緒十四年戊子（公元 1888 年）　五十七歲

〔時事〕是歲，康有爲奏請改革國政。唐山至天津鐵路修成。

〔行履〕正月，作《湘潭縣志·人物傳》。六月，營盤街居宅失火。八月，葬莫姬於山塘。十月，《湘潭縣志》成。

〔詩紀〕〈後石泥塘行贈開枝族六弟〉、〈翌雲僧堂雪集喜劉希陶侃至〉。

清德宗光緒十五年己丑（公元 1889 年）　五十八歲

〔時事〕二月，慈禧太后歸政。

〔行履〕二月，北游，至漢口、天津。四月，游水西莊海光寺。八月，至上海。游頤園，訪俞樾。游虎丘。九月，游滄浪亭。鄭文焯來請校《廣韻》。十月，黃子壽、劉景韓來問救荒之策。游江南諸地。十一月，還長沙。十二月，欲刊《湘綺樓詞》。

〔詩紀〕〈三月三日汎海作贈薛叔芸福成〉、〈海光寺〉、〈天津水西莊四月桃花〉、〈柳墅〉、〈曾公孫廣鈞選入翰林感寄二首〉、〈天津早秋作〉、〈送鄭叔問文焯下第還吳因訪伯足與李眉生游處三首〉、〈七日晨雨和嵩全詩〉（見九月七日日記）、〈爲槃仲題二首〉（見同上）、〈重游虎丘攜琴載酒采藥而返〉、〈秋雨酬叔問〉、〈蘇州秋雨歎簡黃子壽劉景韓兩司使〉、〈鄭叔問張祥齡相送惠山舟行不及卻先夜至余到黃步還舟見之〉、〈吳無錫具技樂酒船送登惠山還集縣齊作〉、〈丹徒江樓望風作〉、〈洞庭歸舟酬葉損軒大莊吳中贈別詩因及陳芸敏〉、〈膠舟高山望換小船至磊石人云湘君取船守洲其船須春水乃行〉。

清德宗光緒十六年庚寅（公元 1890 年）　五十九歲

〔時事〕二月，簽訂中英印藏條約。曾紀澤死。四月，彭玉麟死。七月，薛福成請以時接見各國使臣。十月，曾國荃死。十一月，定明年開始，於每年正月接見各國使臣。

〔行履〕正月，至山塘，修族譜。二月，議營造新居。六女滋適黃子壽之子希廉。五月，往衡，作〈彭剛直行狀〉。九月，妻蔡夢緹卒。十二月葬妻於善化。

〔詩紀〕〈前甽種荷南池插菰作〉、〈南風上水乘戰船至衡陽作〉、〈石鼓舟雨卻寄雋丞〉、〈荷池賞秋有懷成都南郊游宴進弔丁尙書〉、〈仲冬還山莊〉。

清德宗光緒十七年辛卯（公元 1891 年） 六十歲

〔時事〕正月，各國使臣向德宗逞遞國書，外國使臣覲見之例遂定。四月，哥老會徒於長江各省起事。六月，直隸總督李鴻章於旅順檢閱海軍，兵艦計二十餘艘。

是歲，郭嵩燾卒。康有爲撰《大同書》，宣揚其大同思想，另撰《新學僞經考》、《孔子託古改制考》爲其變法思想建立理論根據。

〔行履〕二月，撰成《王氏族譜》。至衡主講東洲書院。六月，僧寄禪請至羅漢寺齋集。十月，還東洲，爲寄禪作〈羅漢寺壁記〉。

〔詩紀〕〈正月三日南郊山行時妻喪初卒哭〉、〈自山莊還東洲作五首〉、〈爲允齋書扇便作一詩〉（見五月廿九日日記）、〈宿章木寺〉（見十一月十三日日記）、〈夕過昭山望湘水平流如臨池上因作一律〉（見十一月十八日日記）、〈泊暮雲司有村女支更收錢甚急戲作一〉（見十一月十八日日記）。

清德宗光緒十八年壬辰（公元 1892 年） 六十一歲

〔時事〕六月，派薛福成商辦滇緬界務。十二月，重修頤和園成。

〔行履〕是歲，皆在東洲書院授業。

〔詩紀〕〈正月十三日東洲作〉、〈子粹贈詩即和二首〉（見正月十六日日記）、〈和文衡州二首〉（見二月廿日日記）、〈戲贈雋丞〉（見二月廿三日日記）、〈贈陳十一郎〉（見六月十九日日記）、〈夜得李雨蒼詩雨月通押駭人聞見戲作二首嘲之〉（見

閏六月廿二日日記)、〈爲江西樊少尉題幀〉(見八月四日日記頁551)、〈辛眉見過夜還舟宿登樓望送有作〉、〈沈處士贈魚有詩率作奉酬沈前佐易游二藩〉、〈三日送寄公上南嶽〉、〈三月晦日登樓望春〉、〈晴松〉、〈文衡州生日作〉(見十月八日日記)、〈詠硯〉(見十一月十一日日記)、〈十二月朔日作四首〉(見日記頁557)、〈檢陳芸敏御史書遙傷有作〉、〈功興游還來覯東洲喜雪作〉、〈雪中鄭叔獻陳寅伯自方廣還過訪有作〉、〈生日湘東公宴夜還行雪阻風待纜雞鳴始至〉、〈暮雲篇追傷郭兵左嵩燾〉。

清德宗光緒十九年癸巳(公元1893年)　六十二歲

〔時事〕六月，薛福成請豁除海禁舊例。十月，張之洞於湖北設自強學堂。十一月，薛福成與英訂滇緬界務、商務條約。

〔行履〕三月，吳大澂來訪。七月，選唐排律詩。八月，聞鄧彌之死，悵然者久之。九月，七女茝適丁文誠之子體晉。

〔詩紀〕〈始春閒居人事殆絕雲陰晝長獨坐無心題七韻〉、〈王君豫訓導江華見過劇談夜送還船失所泊處仍宿東洲明日臨樓送之題扇爲別二首〉、〈初夏寄浙藩劉景韓〉、〈笠上人浩園齋集述昔游作〉、〈清卿送雪詩來依韻和之二首〉(見十二月廿二日日記)。

清德宗光緒二十年甲午(公元1894年)　六十三歲

〔時事〕二月，朝鮮親日派首領金玉均被刺於上海，日本大譁。四月，朝鮮東學黨亂，中日均派軍赴朝鮮。五月，亂平，日拒撤兵，且欲脅朝鮮獨立。六月，日拘朝鮮王，並犯中國駐牙山成歡之軍。七月，中國對日宣戰。八月，日攻平壤，左寶貴力戰而亡，葉志超敗走。海軍由丁汝昌率艦與日展開黃海之戰。十月，日另枝陸軍陷大連、旅順。命兩江總督劉坤一駐山海關防剿。派張蔭桓、邵友濂赴日講和。

是歲，孫中山創興中會於檀香山。　李慈銘、薛福成卒。

〔行履〕二月，游麓山。三月，至東洲，閱《八代文粹》。案：湘綺在蜀中欲選八代文言政治而本經義者勒成一編，名曰《通道集》，命弟子錄之，諸生因大裒集爲《八代文粹》，以便選擇。十二月，至漢口，過九江，與書直督李中堂言中東戰事。尋至江寧晤張之洞縱談時事。

〔詩紀〕〈甲午二月四日再集浩園寄素道三道人同會齋罷逢張居士要入東寮看畫歸作記日〉、〈徐幼穆招游麓山寺置酒虎岑堂夕送徐與鄭湛侯渡湘仍還赫戲台循屈祠山徑登舟夜泊山下舟中作〉、〈泊油黃麻田作〉（見二月廿八日記）、〈題詩寄易碩甫〉（見五月十八日記）、〈寄湘衡諸女〉（見同上）、〈南風纜行有感而作〉（見六月一日記）、〈午泊山門戲作消暑詩〉（見同上）、〈泊黃田下作〉（見六月二日記）、〈至衡山縣有感前遊作〉（見六月三日記）、〈泊鳥石磯作〉（見同上）、〈過雷石戲作舟暑詠〉（見六月四日記）、〈題陳伯弢扇畫湘綺樓因寄文叔問〉、〈與道士步月湘岸獨還東洲卻望桂館有作〉、〈白露節日晨起納涼〉、〈秋燕憶彌之詩追和〉、〈祁陽周竹香見訪買飯自食而去云將遊衡山走筆追贈祁人不輕食於人余凡四留客而四辭矣〉、〈恪齋尙書自請渡遼微服至威海日本謀劫之未得傳檄徵兵因贈十六韻〉、〈過湘陰作四首〉（見十二月十九日記）、〈胡子夷來作〉（見十二月廿一日記）。

清德宗光緒二十一年乙未（公元 1895 年）　六十四歲

〔時事〕正月，張蔭桓、邵友濂抵日，日不與談和。日軍陷威海衛，丁汝昌自殺。復派李鴻章赴日講和。三月，李與伊藤博文簽訂馬關條約：承認朝鮮獨立，割遼東半島、台灣、澎湖與日本，賠款二萬萬兩。時康有爲在京會試，請求拒和、遷都，變法圖強。四月，台灣人民反對割日，丘逢甲等謀自立爲民

主國。五月，推巡撫唐景崧爲總統，劉永福駐台南抗日。七月，康有爲創強學會。九月，劉永福敗。俄、德、法三國干涉日本，退還遼東半島。孫中山回國，設興中會總部於香港。是歲，康有爲、梁啓超創《強學報》於上海，鼓吹變法。天足會成立於上海。

〔行履〕 二月，居山塘，鈔集己巳（三十八歲）以來日記中所存七律詩題曰《杜若集》。九月，三子代輿補縣學生員。十一月，居長沙，易笏山來訪。

〔詩紀〕 〈清明作詩二首〉（見三月十一日日記）、〈三月十二日作一首〉（見日記）、〈過大步作〉（見三月十三日日記）、〈九日微雨跂足閒吟蕭然多感輒作小詩〉（見六月九日日記）、〈寄問北洋幕府于兵部〉、〈立秋後六月大風南樓看雨〉、〈七夕湘東聞箏歌贈吳沈生〉、〈至大石渡爲任師聘妻母孫許五十節旌作詩一篇〉（見十月十三日日記）、〈出山逢雪舟中作〉、〈和易藩臺感事詩因成長歌示謀國諸公〉。

清德宗光緒二十二年丙申（公元 1896 年）　六十五歲

〔時事〕 二月，成立大清郵政總局。李鴻章赴俄，並訂立密約。七月，梁啓超於上海創《時務報》，鼓吹維新變法。八月，立鐵路總公司於北京，官商合辦。

是歲，嚴復譯成《天演論》。張之洞奏派二人赴日留學，是中國派留學生赴日之始。

〔行履〕 四月，至東洲授課。十二月，還山塘。

〔詩紀〕 〈丙申正月還山五日仍至城宅作三首〉、〈春雨臨湘看諸女偕新婦舟還長沙作〉、〈雨過從姜畬還山莊〉、〈庭中紫躑躅〉、〈瓶中牡丹〉、〈銷夏弟三集聞文衡州送部兼柬隆兵備〉、〈消夏弟五集郡寮多以迎副使先去招胡吉士夏郎中論詩〉、〈十日濛雨竟日作〉（見十月十日日記）、〈泊向家塘〉（見同上）、〈立冬

日湘岸步月看菊乘船還精舍作〉。

清德宗光緒二十三年丁酉（公元 1897 年）　六十六歲

〔時事〕十月，曹州民眾殺二名德國傳教士，德藉口佔據膠州灣。嚴
　　　　復辦《國聞報》介紹西洋學術思想，鼓吹維新。十一月，工
　　　　部主事康有爲上書革舊圖新，變法救亡。

〔行履〕四月，答陳完夫問作詩之法。八月，選錄小詞爲三卷。

〔詩紀〕〈和陳瓊兵備感遇二首〉、〈憶昔行與胡吉士論詩因及翰林文
　　　　學〉。

清德宗光緒二十四年戊戌（公元 1898 年）　六十七歲

〔時事〕正月，康有爲請開制度局，籌劃變法救亡。英視揚子江流域
　　　　爲勢力範圍。二月，德國強租膠舟灣。俄強租旅順、大連灣。
　　　　康有爲等創保國會於北京，宣傳立憲等革新政見。三月，法
　　　　國強租廣州灣，並視雲南與兩廣爲其勢力範圍。日本視福建
　　　　爲其勢力範圍。四月，下詔變法維新。五月，改八股文試士
　　　　爲策論，開辦京師大學堂。改各省省會之書院爲高等學堂、
　　　　府城爲中學堂、州縣爲小學堂，皆兼習中西學術。英強租威
　　　　海衛、九龍半島及附近港灣。六月，康有爲請禁婦女纏足。
　　　　八月，慈禧皇太后再出訓政，幽德宗於瀛臺，革康有爲等職，
　　　　殺譚嗣同、楊銳、劉光第、林旭、楊深秀、康廣仁等六人，
　　　　罷一切新政。

〔行履〕三月，往東洲。不許代功留學日本。弟子楊銳、劉光第入軍
　　　　機辦理新政。四月，訪石門舊廬。八月，至東洲講學。十二
　　　　月，還山塘。

〔詩紀〕〈戊戌芒種訪石門舊廬作〉、〈徐幼穆罷沅陵攝清泉令招同餞
　　　　舊令於東洲南館乘月夜歸作〉、〈餞客夕散廖李自京還過夜
　　　　話〉、〈粟掞孝廉游祝融還示新詩因過清泉寓齋兼贈徐孝穆三
　　　　首〉。

清德宗光緒二十五年己亥（公元 1899 年）　六十八歲

〔時事〕四月，英俄協議劃分在華修築鐵路範圍，長江流域屬英，長城以北屬俄。八月，美國務卿海約翰提出對華門戶開放政策。十二月，慈禧太后立端郡王子溥儁為大阿哥，謀廢德宗。山東義和團起，命袁世凱為山東巡撫鎮壓之，義和團走直隸。是歲，河南安陽殷墟發現甲骨文。

〔行履〕正月，至縣城議昭潭書院學規。八月，鈔唐詩七絕二卷。十二月，至杭州。

〔詩紀〕〈己亥山中度歲雜詩八首〉、〈湘城飲席還船簡朱巡檢〉、〈空冷峽還詩酬衡陽餞席諸君子〉、〈三潭夜雪晨游高莊〉。

清德宗光緒二十六年庚子（公元 1900 年）　六十九歲

〔時事〕四月，剛毅招義和團入北京。五月，以載勛、剛毅為義和團總統，會同官軍攻擊東交民巷各使館。英法等八國聯軍攻陷大沽口。下詔宣戰。六月，聯軍犯天津，直隸總督裕祿自殺。兩江總督劉坤一、湖廣總督張之洞、四川總督奎俊與各國訂互保條約。唐才常於湖南起事失敗。七月，聯軍逼北京。慈禧挾德宗出奔西安。八月，命慶親王奕劻與各國議和。俄佔東北三省。閏八月，興中會鄭士良等於惠州起義，失敗。九月，命李鴻章至北京與各國議和，許各國留兵衛使館及分駐山海關等處，賠款四萬萬五千萬兩。

〔行履〕正月，游淨慈寺、雲棲寺。梁啓超來訪。二月，游蘇州、常州、鎮江。經漢口返長沙。三月，還東洲。四月，往岳州。五月，北上至濟南，游歷山、開元寺。六月，南下還東洲。十月，刻《唐歌行選本》五卷。

〔詩紀〕〈亂後淨慈寺〉、〈人日游雲棲寺〉、〈從石屋過理安寺渡九谿至龍井〉、〈電拏沈編修夜至感作一首〉（見二月三日日記）、〈正月望日吳山餞席〉、〈京口待渡別送者〉、〈二月望日夏口

大雪舟中寄孝達〉、〈歷山望濟南城〉、〈諸貴公子招飲庥亭始
聞北警二首〉、〈沂郊道中喜雨作〉、〈亂踰三月乘輿西出外臣
曾無釋位之義憂心靡投曾夏兩編修僻在桂渝銜命奔問過衡
相見感而有贈〉。

清德宗光緒二十七年辛丑（公元 1901 年） **七十歲**

〔時事〕 五月，命駐外使臣咨送留學生回國，聽候任用。六月，改總
理各國事務衙門爲外務部。七月，廢八股文，改策論，停武
試。李鴻章與各國使臣簽訂辛丑和約。八月，慈禧與德宗回
京。九月，李鴻章死。十月，廢大阿哥溥儁。十二月，張之
洞請命滿漢通婚。
是歲，梁啓超創《新民叢報》於日本，鼓吹君主立憲，與孫
中山之興中會互相抨擊。

〔行履〕 三月，選孟東野詩及中唐後諸家詩。四月，補鈔唐五言古詩。
九月，於山塘召匠築牆作湘綺樓。十二月，十女眞適陳雋丞
之子兆璇。

〔詩紀〕 〈方廣寺至黑沙瀆作〉、〈天柱道中〉、〈辛丑八月十五夜家集
聯句有序〉。

清德宗光緒二十八年壬寅（公元 1902 年） **七十一歲**

〔時事〕 正月，吳汝綸任京師大學堂總教習。七月，頒學堂章程，分
大學堂、高等學堂、中學堂、小學堂、蒙養學堂，大致採行
日本制度。
是歲，蔡元培、章炳麟、徐錫麟、秋瑾創立光復會，鼓吹革
命。

〔行履〕 三月，弟子楊度欲留學日本，止之不可。五月，往東洲，改
書院章略。十一月，作西禪寺中興碑。

〔詩紀〕 〈譚震青移東安因感肥瘠輒贈一首〉（見六月十三日日記）、
〈秋早〉、〈昭君詞〉、〈譚常寧自衡陽就養東安枉詩留別因賦

奉酬〉、〈八月十五夜行月至清泉學舍與廖學正同步西郭還舟
卻賦〉、〈鄰僧來求楹聯並贈一詩〉（見十月五日日記）、〈白
沙榷舍贈南城黃丞二首〉、〈晚菊〉。

清德宗光緒二十九年癸卯（公元 1903 年）　**七十二歲**

〔時事〕十月，設練兵處，編練新式陸軍，以奕劻爲練兵大臣，袁世
凱爲會辦。日俄戰起，清廷宣布中立。十一月，派京師大學
堂學生分赴日本及西洋各國留學。是歲，光復會章炳麟、《革
命軍》作者鄒容相繼被捕。黃興、宋教仁組華興會謀革命。

〔行履〕二月，四子代懿至日習陸軍。八女紈適衡陽劉煥辰。湖北巡
撫端方請遊鄂，亦擬出游以觀時變。七月，答趙爾巽問學制。
九月，江西巡撫夏叔軒欲聘爲江西學堂總教習。十一月，至
江西。南昌守沈曾植招遊。

〔詩紀〕〈遇雨衣濕思鴐瓦油衣之句戲作一首〉（見二月廿六日日
記）、〈題贈王肖谷〉（見同上）、〈二月廿九日作詩一首〉（見
日記頁 782）、〈碻山縣館答贈鄭孝檉〉、〈張督部鄂中餞席二
首〉、〈桓樓歌贈別端總督〉、〈織局樓送客行有序〉、〈舟過鸚
鵡洲逢孝達渡江游琴臺余至金口遇雨偶成奉憶〉、〈送廖藎畡
還山〉、〈沈南昌招集郡齋即五十四年前居停地時將祈雪滀東
湖即事有作〉、〈癸卯秋江西巡撫奏聘立學謁謝辭歸臺司達官
竝出城餞送懼當盛禮謹留詩二首季冬四日上〉、〈賦得息吹更
治朱續夏公子起韻成篇〉、〈喜雪詩二首〉（見十二月五日日
記）、〈還湘作二首〉、〈出宜春境聞野梅香憶鄧辛眉夜度茶山
歌戲詠當壚女〉。

清德宗光緒三十年甲辰（公元 1904 年）　**七十三歲**

〔時事〕七月，英侵西藏，訂拉薩條約。十月，華興會黃興等謀於長
沙起義，事洩。十二月，日佔旅順。

〔行履〕四月，至南昌，任豫章書院總教習。六月，因駁建新學，辭

教習。九月，至百花洲公宴。十一月，至南昌，游散原山。

〔詩紀〕〈九日從江西院司百花洲館集宴曹吉士〉、〈散原山詩〉、〈翠
　　　　崖寺觀洪井風雨池〉、〈尋鸞陂至洗藥湖〉。

清德宗光緒三十一年乙巳（公元 1905 年）　**七十四歲**

〔時事〕二月，日敗俄於奉天，俄軍北走。四月，京漢鐵路南北兩線
　　　　成。七月，廢科舉制度。九月，孫文至日，將興中會與黃興
　　　　派之華興會、章炳麟派之光復會合併為中國革命同盟會，並
　　　　創辦《民報》，宣傳革命。十一月，派載澤等五大臣出洋考
　　　　察憲政。日俄和約，俄將在南滿所攫之利權轉讓與日本。

〔行履〕四月，選唐七言絕句。四子代懿夫婦游日本。弟子張正暘亦
　　　　出洋。九月，出游陝西，先游君山。十一月，游曲江、華山，
　　　　至洛陽、鄭州。

〔詩紀〕〈欲和樊詩韻以羈字開首遂嶇嵾不句俄而得焉立成打油腔五
　　　　首〉（見正月廿六日日記）、〈乙巳三月九夜樓上看月〉、〈喻
　　　　謙史篇歌〉、〈九月八日與陳復心兄弟登君山〉、〈至螺山作〉
　　　　（見九月九日日記）、〈過仙桃鎮感懷周壽山〉（見九月十八
　　　　日日記）、〈岳口暮雨〉（見九月十九日日記）、〈㯅沙陽作〉
　　　　（見九月廿四日日記）、〈安陸道中作〉（見九月廿五日日
　　　　記）、〈泊帽子洲作二首〉（見九月廿八日日記）、〈野菊〉（見
　　　　九月廿九日日記）、〈因黃孫讀春秋傳作〉（見十月一日日
　　　　記）、〈泊巴洲上岸散步〉（見十月二日日記）、〈三日夜大風
　　　　因作〉（見十月三日日記）、〈弔襄陽城作二首〉（見十月六日
　　　　日記）、〈夜泊穀城〉（見十月七日日記）、〈十月十日作一首〉
　　　　（見日記）、〈仲冬九日華祠夜作〉、〈華山西峰〉、〈華山詩〉、
　　　　〈結交詩貽陝藩樊承宣增祥〉、〈灞上別樊山〉。

清德宗光緒三十二年丙午（公元 1906 年）　**七十五歲**

〔時事〕七月，宣布預備立憲，釐訂官制。十月，黃興謀於湖南、江

西分三道起義，事洩失敗。十一月，頒禁煙章程。

〔行履〕正月，廖蓀畡約游濰山。閏四月，游零陵，過浯溪，游觀陽峽等地。八月，檢日記補作壬辰（六十一歲）以後七夕詞十五首，合前所作共六十首。十月，至長沙，作〈碧浪湖新亭記〉。

〔詩紀〕〈游濰山宿密印寺〉、〈與廖蓀畡游濰山作二首〉（見正月十二日日記）、〈蓀畡贈余二雙冬鶩聊賦一律爲濰鴨故實〉（見正月十四日日記）、〈夕看桂撫船過口占一律〉（見三月十九日日記）、〈和譚兵備雨中牡丹二律用原韻〉（見四月二日日記）、〈自浯溪至滴水巖以巖爲勝〉、〈衡山篇藍寧坳望三分石定爲南嶽〉、〈舜陵詩〉、〈淡巖〉、〈入觀陽峽〉、〈自苦竹嶺步下大星壘作歌示周生〉、〈九疑雜詩六首〉、〈桂香已歇偶憶杜若之作再賦一首〉（見八月十日日記）、〈顧役加班徑由陸行作〉（見十一月廿三日日記）、〈感升樊互訐事爲賦一律〉（見十二月十六日日記）、〈下營陽峽〉、〈香零山絕似灩澦石中有七里香即眞蘭草〉。

清德宗光緒三十三年丁未（公元 1907 年）　七十六歲

〔時事〕四月，同盟會於黃岡、惠州七女湖起事，失敗。六月，徐錫麟圖刺皖撫恩銘，被捕就義；秋瑾亦被捕就義。七月，同盟會於欽州、廉州起義失敗。下詔滿漢平等，用人行政不分畛域，藉以緩和革命情緒。十一月，同盟會於鎮南關起義，失敗。

〔行履〕三月，至東洲，端方送呈考察憲政書，復書諷之。八月，新刻《湘綺樓詩集》成。

〔詩紀〕〈北風細雨夜泊寒林站〉（見三月八日日記）、〈端午橋索詩因作二律〉（見三月九日日記）、〈十月九日天心閣宴集二首〉（見三月十日日記）、〈竺如大公祖見贈原韻即以送別〉（見

五月十八日日記）、〈奉題湘江訪舊圖即用寄詩來韻〉（見同
上）、〈答黃小魯詩〉（見同上）、〈道署來報秦子質得提督趙
御史開復縣人復盛也作詩慶焉〉（見六月十八日日記）、〈寄
瞿外部〉（見六月廿日日記）、〈中秋汎月適夏午詒來訪同舟
泝湘繞洲還院對燭作〉（見八月十六日日記）、〈九日邀衡府
諸公陪譚兵備齋集西禪寺〉（見九月十三日日記）、〈蔗畦索
和悼亡詩韻太難押勉作二首〉（見九月廿三日日記）、〈和吳
子修贈詩二首〉（見十一月廿三日日記）、〈補作角山開元寺
詩〉（見十二月九日日記）、〈十二月十六日作一首〉（見日
記）。

清德宗光緒三十四年戊申（公元 1908 年） **七十七歲**

〔時事〕三月，黃興於雲南河口起義，失敗。十月，德宗死，以醇親
王載灃之子溥儀入繼大統。慈禧太后死。尊德宗后爲隆裕皇
太后，命載灃爲攝政王監國，改元爲宣統。安徽新軍熊成基
起義，失敗。十一月，美退還庚子賠款，用於對華文化活動。

〔行履〕四月，湖南巡撫岑春蓂奏薦耆儒，奉上諭授翰林院檢討。辭
索洲講席。五月，作論詩法，示存古學堂後學。十月，因國
喪作哀詞二章。

〔詩紀〕〈檢塵篋得歐陽述詩率和一首題其漫樓〉（見二月三日日
記）、〈摘櫻桃作〉（見四月六日日記）、〈題芍藥〉（見四月
八日日記）、〈夜雨登樓風狂鐙小大似江船聽雨也成詩一首〉
（見五月十八日日記）、〈寄沈子培〉（見七月七日日記）、〈八
月十日作〉（見日記）、〈和譚芝畇詩〉（見九月六日日記）、
〈和廖蔗畦詩次韻一首〉（見十一月六日日記）、〈十一月七
日作二首〉（見日記）、〈夕作對雪詩〉（見十二月廿五日日
記）、〈道臺送詩來請停戰又疊韻詶之〉（見十二月廿七日日
記）。

清宣統元年己酉（公元 1909 年）　七十八歲

〔時事〕二月，宣布預備立憲，以九年爲期。八月，張之洞死。十二月，由中國工程師設計之第一條鐵路——京張路通車，主其事爲詹天佑。

〔行履〕正月，與譚兵備疊韻唱和，好事者刻之，題曰《光宣唱和詩》。二月，九女復適趙謹瑗。五月，應端方邀，至江南游。六月，皖藩沈曾植迎至安慶。十一日還山塘，作〈東游宴集詩〉十首。八月，患疾。十月，湘潭設自治局，至會演說。

〔詩紀〕〈正月四日作二首〉（見日記）、〈看新園欣然作二首〉（見正月七日日記）、〈聞譚言道署新軒牆倒客散明日事也幸不壓死涂中作一首〉（見正月十三日日記）、〈正月十七日作一首〉（見日記）、〈立春元夕未有詩補作二首疊前韻〉（見正月十八日日記）、〈答謝譚張疊韻詩二首〉（見二月四日日記）、〈題三王祝嘏圖〉（見二月七日日記）、〈紈女午發作詩送之〉（見二月十三日日記）、〈泊鶬厓大風簸盪竟夜甘寢吟詩一首〉（見閏二月十五日日記）、〈題仙雲樓二首〉（見三月十八日日記）、〈愛晚亭和陶韻爲一詩〉（見九月九日日記）、〈賀芝畇生日〉（見十一月十四日日記）、〈十一月十八日作三首〉（見日記）、〈胡子陽來送名條唐詩花燭詞僅五首自作五首足之〉（見十二月八日日記）、〈廖生送六雉仿樊山體賦一詩〉（見十二月廿六日日記）、〈芝畇前輩約續消寒之詠和詩未至疊前韻催之〉（見十二月廿七日日記）、〈詩與仲方索酒〉（見十二月廿八日日記）、〈記瞿樓宴集〉（見同上）、〈作謝銀詩送藩臺〉（見十二月除夕日記）。

清宣統二年庚戌（公元 1901 年）　七十九歲

〔時事〕正月，汪兆銘謀刺攝政王，事洩被捕。三月，長沙饑民起事，焚巡撫衙門、教堂、學校。十一月，各省督撫及資政院請頒

憲法，組織內閣，速開國會。

〔行履〕三月，居山塘，聞民變，即日來城，欲爲官紳調處。五月，
還山塘，校八代詩。八月，感染瘧疾、下痢，服白虎湯癒。
十月，至長沙，游麓山。

〔詩紀〕〈作詩調芝耘〉（見正月朔日日記）、〈又和吳韻〉（見同上）、
〈和吳舉人二首〉（見正月三日日記）、〈倚馬和芝耘〉（見正
月五日日記）、〈再和芝耘一首諷之〉（見正月九日日記）、〈和
二吳詩〉（見正月十二日日記）、〈和陳小石四首〉（見二月五
日日記）、〈送子修作一首〉（見二月十日日記）、〈題石濤畫
蘇小妹圖〉（見四月廿六日日記）、〈感事〉（見同上）、〈爲趙
壻書冊錄女事詩作一律殿之〉（見五月六日日記）、〈譚芝耘
索宣威骸仍用斯字韻〉（見七月晦日日記）、〈用斯字韻寄吳
一首〉（見八月七日日記）、〈夜寐不穩作〉（見八月十日日
記）、〈游麓山作〉（見十月十八日日記）、〈李經畦送詩來即
和一首〉（見十月廿日日記）、〈長沙縣集喜雪〉（見十一月十
一日日記）、〈十日小集客散看雪仍用遮字韻〉（見同上）、〈記
異詩〉（見十二月除夕日記）。

清宣統三年辛亥（公元 1911 年）　八十歲

〔時事〕三月，廢軍機處、舊內閣，頒新內閣官制，以奕劻爲總理大
臣。黃興於廣州起義。五月，宣布鐵路國有政策，兩湖、四
川紛起反對。七月，四川成立保路同志會。清廷派端方入川
查辦。八月十九日，武昌新軍起義，總督瑞澂逃，武漢三鎮
光復，擁黎元洪爲都督。九月，湖南、陝西等省紛紛獨立。
十九日資政院選袁世凱爲總理大臣。十月，攝政王載灃退
位。十一月初六日，選孫中山爲中華民國臨時大總統，改用
陽曆，以十一月十三日爲中華民國元年元旦。

〔行履〕正月，電諭加翰林院侍講銜。

〔詩紀〕〈作詩謝子玖〉（見正月五日日記）、〈和吳提學三首〉（見正月八日日記）、〈作雨田百歲詩〉（見正月晦日日記）、〈高壽農送詩來依韻和之〉（見三月十二日日記）、〈詠櫻桃海棠〉（見三月十四日日記）、〈和瞿郎櫻花詩二首〉（見四月一日日記）、〈和遲誇二詩韻報端午橋送瓜〉（見閏六月十七日日記）、〈示蓀畡小詩〉（見十一月十九日日記）。

〔備註〕改元民國後，時事欄改用陽曆；而行履、詩紀欄仍用舊曆，兩曆相差約四十多日。

中華民國元年壬子（公元 1912 年）　八十一歲

〔時事〕元月，臨時參議院成立於南京。二月，宣統退位。選袁世凱為第二任臨時大總統，黎元洪為副總統。三月，公布臨時約法。八月，同盟會改組為國民黨，推孫文為理事長。

〔行履〕正月，因國變，感遇傷今作悲憤詩二首。五月，答賀錫齡問剛柔。答劉惠農問避世之方。六月，答何樹燊問撥亂之方。十一月，至長沙，宋教仁來謁，欲聘職史館以供掌故文獻。十二月，至上海。美國人李佳白於尚賢堂開歡迎會，請其演說。

〔詩紀〕〈悲憤詩二首〉（見正月四日日記）、〈鰌魚詩示諸生〉（見四月十三日日記）、〈看金殿臣詩亦自感人作詩寄之〉（見七月十八日日記）、〈元恭送秋瑾尸棺還浙〉（見八月廿六日日記）、〈黃清惠求詩作〉（見九月廿六日日記）、〈吳司法索和詩走筆次韻二首〉（見十一月十七日日記）、〈和張讓三詩一首〉（見十二月廿二日日記）、〈和小石詩〉（見十二月廿九日日記）。

中華民國二年癸丑（公元 1913 年）　八十二歲

〔時事〕三月，宋教仁被刺死。袁世凱違法向英、法、德、俄、日五國銀行大借款。五月，段祺瑞代理國務院總理。六月，湖南水災。七月，李烈鈞在江西宣布獨立，起義討袁，各省紛紛

響應，二次革命開始。九月，討袁失敗，二次革命結束。十月，國會選舉袁世凱爲大總統，黎元洪爲副總統。

〔行履〕正月，居滬，赴虹辰園日人公讌。廿四日至漢口，夏午詒以袁世凱致書邀約北遊，未允，還湘潭。二月，至東洲講學。三月，往容園，赴南路女子師範學堂之邀。四月，被舉任湘省孔教會長。湘水漲，移避山塘。

〔詩紀〕〈赴小石晏有詩和之〉（見正月六日日記）、〈題倭藏漢甎〉（見正月十七日日記）、〈上元夜歸和樊山步月一首〉（見正月十八日日記）、〈重游泮水後四年再宿桂軒感事二首〉（見六月二日日記）、〈白朮堯衢初十日生日寄詩二首〉（見六月七日日記）、〈七夕立秋作〉（見七月十四日日記）。

中華民國三年甲寅（公元 1914 年）　八十三歲

〔時事〕元月，袁世凱解散國會。五月，袁廢止臨時約法，任徐世昌爲國務卿。六月，中華革命黨於東京舉孫文爲總理。七月，第一次世界大戰在歐洲爆發。十月，日軍佔濟南車站。十一月，日軍陷青島。

〔行履〕二月，三得北京電報及袁世凱書，始允北行。十二日至京，謁袁。赴法源寺餞春會。四月，黎元洪招宴瀛臺。六月，至參政院聽講。七月，蔡鍔過訪。十一月，乘夜車南歸，至漢口作書別袁世凱。袁復書屬遙領史職。

〔詩紀〕〈依杜甫春夜喜雨作一首〉（見正月十日日記）、〈正月廿五日作一首〉（見日記）、〈題焦山圖〉（見三月廿六日日記）、〈題畫作一律〉（見三月廿八日日記）、〈翰林公宴預作一詩〉（見四月十五日日記）、〈題流水音修禊圖〉（見四月廿日日記）、〈岳雲別業爲張埜秋祠因以爲其故宅頻宴於此其後爲南橫街張孝達所居〉（見四月廿二日日記）、〈榮文忠故宅〉（見閏五月十日日記）、〈過信陽感舊游口號一絕〉（見閏五月廿二

日日記)、〈獨坐隱几偶題一首〉（見七月一日日記）、〈爲顧印愚作二首〉（見八月十六日日記）、〈戲詠長安菊〉（見九月十一日日記）、〈喜冬至郊得瑞雪作二首〉（見十一月六日日記）、〈送幼丹〉（見十二月廿九日日記）。

中華民國四年乙卯（公元 1915 年） **八十四歲**

〔時事〕元月，日本向袁世凱提出二十一條要件。五月九日，袁承認日本要求。七月，楊度等承袁旨發起籌安會，鼓吹帝制。十二月，陳其美於滬策動肇和兵艦起義，反對袁氏稱帝。國民代表會選舉袁世凱爲皇帝。蔡鍔、唐繼堯、李烈鈞等在雲南起義，討伐袁氏帝制。

〔行履〕九月，往西禪寺齋集，作〈北極殿〉詩。十月，作〈船山書院記〉。十一月，楊度致書欲其支持帝制，未允。

〔詩紀〕〈木瓜花〉（見二月四日日記）、〈聞楊渠兒榮棍夷事作〉（見九月廿七日日記）。

中華民國五年丙辰（公元 1916 年） **八十五歲**

〔時事〕元月，袁世凱稱帝，改元爲洪憲元年，改總統府爲新華宮。雲南護國軍政府成立，唐繼堯誓師討袁。三月，袁被迫撤銷帝制。六月，袁憂憤而死。黎元洪繼任大總統，任段祺瑞爲國務院總理。十月，馮國璋當選副總統。黃興病逝。

〔行履〕五月，往縣城議練兵事。患疾。七月，作一律贈彭畯伍，爲絕筆作。九月二十四日（陽曆十月廿日）卒。

〔詩紀〕〈周鳳池送芍藥作詩謝之〉（見四月五日日記），〈七夕喜過彭畯伍〉（見七月朔日日記）。

第四章　王闓運之詩論

　　湘綺是詩人，亦是詩評家；而文學理論指導文學創作，因此在研究湘綺詩歌內容前，有必要先了解其詩學主張。湘綺之詩論，主要見於《湘綺樓說詩》一書，此書乃湘綺評論詩句、詩法、及記載詩人故實之作，題王闓運撰，實乃湘綺暮年弟子王簡所編輯。據王簡於此書敘云：「整理先生手澤，分彙收藏，凡有關說詩者，列爲一彙，已得四卷，題曰湘綺樓詩話。及歸田息影，追思侍立命提之訓，趨庭轉述之言，以及高座再傳所託，都講奪席所聞，兼搜紀游之作，並光宣消寒、杜若、夜雪諸外集韻事，博采增入，都爲八卷。以師不用唐後名名書，改爲說詩。」可見湘綺本無意爲有系統地論詩之作，乃弟子王簡有心搜輯加以編排所成。

　　《湘綺樓說詩》雖不以詩話爲名，然實乃詩話之作，因其符合詩話之定義──「詩話是一種漫話詩壇軼事，品評詩人詩作，談論詩歌作法，探討詩歌源流的著作。」〔註1〕，雖其中有極大篇幅記錄湘綺「紀游之作」，亦無漫話詩壇軼事，然歷來詩話內容不外兩類，「一類是品評詩人詩作，考訂字句名物，詮釋名篇佳句，探討詩歌源流、體制和作法，著重在『評論』：一類是記載詩壇掌故、詩歌本事和詩人

〔註1〕見《詩話與詞話》，頁1。

遺聞軼事，著重在『記述』」〔註2〕，《湘綺樓說詩》實屬於「評論」類的詩話著作。

　　《湘綺樓說詩》八卷中，最重要的評論有十三篇，分別是：〈論七言絕句答陳完夫問〉〔註3〕、〈論唐詩諸家源流答陳完夫問〉〔註4〕、〈論詩絕句廿二首〉〔註5〕、〈論七言歌行流品答完夫問〉〔註6〕、〈論歌行運用之妙〉〔註7〕、〈論五言作法〉〔註8〕、〈評陳梅根詩〉〔註9〕、〈論漢唐詩家流派答唐鳳廷問〉〔註10〕、〈答張正暘問〉〔註11〕、〈答陳復心問〉〔註12〕、〈論詩示黃謬〉〔註13〕、〈論作詩之法〉〔註14〕、〈答唐鳳廷問論詩法〉〔註15〕。以下將歸納分析湘綺論詩要點，分三節——本原、體制、創作來探討。

第一節　詩之本原

一、詩的本質——緣情

　　　詩緣情而綺靡〔註16〕。

　　　近代儒生，深諱綺靡，乃區分奇偶，輕詆六朝，不解緣情
　　　之言，疑爲淫哇之語，其原出於毛、鄭，其後成於里巷，

〔註2〕同上註，頁3。
〔註3〕見《湘綺樓說詩》（以下簡稱《說詩》），卷一，頁2-3。
〔註4〕同上註，卷一，頁3-8。
〔註5〕同上註，卷二，頁21-22。
〔註6〕同上註，卷三，頁1。
〔註7〕同上註，卷三，頁1-2。
〔註8〕同上註，卷三，頁3-5。
〔註9〕同上註，卷四，頁21-22。
〔註10〕同上註，卷四，頁22-23。
〔註11〕同上註，卷四，頁23。
〔註12〕同上註，卷四，頁23-24。
〔註13〕同上註，卷六，頁13-15。
〔註14〕同上註，卷七，頁24-26。
〔註15〕同上註，卷七，頁26-27。
〔註16〕《說詩》卷四，頁23，〈答陳復心問〉。

故風雅之道息焉。〔註17〕

「詩緣情而綺靡」出自陸機〈文賦〉，亦是湘綺詩論體系之中心主旨。湘綺認定「詩」是種純粹抒情之文體，「詩」適合抒寫人類普遍而廣泛之感情；這樣的認定，非視詩爲教化工具，故其於《湘綺樓日記》中曾言：「看周茂蘭血疏題跋，凡作詩者皆可厭，蓋忠孝最不宜詩也。」〔註18〕

詩非爲「道」而存在，詩是一獨立完整的文學型式；詩人作詩不該有任何預定之目的，非若白居易作詩是「爲君爲臣爲民爲物爲事而作，不爲文而作也」〔註19〕，而是詩人以其個人生活經驗，隨機、隨感、隨時，隨地皆可作，《文心雕龍·明詩篇》云：「人稟七情，應物斯感，感物吟志，莫非自然。」故詩要抒發的內容不必侷限在「救濟人病，裨補時闕」〔註20〕上；詩人可以因萬重雲中的孤雁〔註21〕，或庭前的「卷卷落地葉」〔註22〕；可以因一場「潤物細無聲」的微雨〔註23〕，或一點「月暗竹亭幽」中的螢光〔註24〕，來抒發他那複雜微妙的種種人生感懷。

當然，湘綺不反對憂國憂時之作，但他不喜歡刻意、直接地教忠教孝，他認爲詩的表現方式要「綺靡」，亦即是婉轉而不直露的。而「緣情」之「情」，非狹隘的淫哇之情，乃是一種個人複雜而普遍的情懷。詩人可以憂國憂時，亦可以抒發一己之喜怒哀樂，但不論有何種感懷，都讓它自然地流露，委婉地表達，一點都沒有「經夫婦，成

〔註17〕同上註。
〔註18〕見《日記》，光緒二年七月廿一日。
〔註19〕見白居易〈新樂府序〉。
〔註20〕見白居易〈與元九書〉。
〔註21〕杜甫〈孤雁〉詩：「孤雁不飲啄，飛鳴聲念群。誰憐一片影，相失萬重雲。望盡似猶見，哀多如更聞。野鴉無意緒，鳴噪自紛紛。」
〔註22〕韓愈〈秋懷詩〉第八首。
〔註23〕杜甫〈春夜喜雨〉：「好雨知時節，當春乃發生。隨風潛入夜，潤物細無聲。野徑雲俱黑，江船火獨明。」
〔註24〕韋應物〈夜對流螢作〉：「月暗竹亭幽，螢火拂席流。還思故園夜，更度一年秋。自慚觀書興，何慚秉燭遊。府中徒冉冉，明發好歸休。」

孝敬，厚人倫，美教化，移風俗」〔註25〕的預設目的，如果一首詩有上述諸項功能，也是讀者「有意」詮釋詩人不自覺流露的感情的結果；如此，詩就不會成為政治或其他學科的附庸，「詩」就是「詩」，它是藝術的一支，它為自己而存在。湘綺之「詩緣情」論乃是個人主義者，而非道學主義者的觀點，前者以為詩是用以表現自我，而非做為道德教訓與社會批判；「個人主義者強調詩中情性的『表現』，不管此表現的情緒在道德上是否引人向上。」〔註26〕

二、詩的功用──養性

湘綺論詩的功用，有以下諸條：

詩以養性，且達難言之情。〔註27〕

詩，承也，持也，承人心性而持之：風上化下，使感於無形，動於自然。〔註28〕

詩者，正得失，動天地，吟詠情性，達於事變。〔註29〕

古之詩，今之會典、奏議之類；今之詩歌，古之樂也。〔註30〕

古之詩以正得失，今之詩以養性情，雖仍詩名，其用異矣。故余嘗以漢後至今詩即樂也，亦足感人動天，而其本不同。〔註31〕

湘綺論詩的功用可分兩部份，其一就作者與讀者言；其二就古今詩歌言。就作者言，因「詩緣情」，用以抒寫個人情懷，故作詩能夠養性，而且詩的情感表達方式是委婉含蓄的，故能「達難言之情」，如此，作詩能宣洩個人複雜又微妙的感情，而能夠舒暢地抒發各種情懷，就能達到「養性」的目的，亦即所謂的「承人心性而持之。」

〔註25〕見〈詩大序〉。
〔註26〕見劉若愚《中國詩學》，頁116。
〔註27〕見《說詩》卷六，頁13，〈論詩示黃謬〉。
〔註28〕同上註，卷四，頁23，〈答陳復心問〉。
〔註29〕見《年譜》卷三，頁26。
〔註30〕見《說詩》卷三，頁1，〈論七言歌行答陳完夫問〉。
〔註31〕同上註，卷七，頁26，〈答唐鳳廷問論詩法〉。

　　就讀者言，賞詩不僅可在無形中自然感受作者所傳達的意念與感情——「風上化下，使感於無形，動於自然」，亦可據自己的生活經驗、文化素養、審美觀點，在對詩有所理解的基礎上進行感知，通過想像、聯想、思維等心理活動，對詩進行再創造，這也是詩歌經常會產生作者始料未及之作用的緣故；如此，讀者亦能達到宣洩情感的「養性」效用。

　　在論及古今詩歌的功用，湘綺以爲古之詩其功用如今日之會典、奏議；而今之詩其功用如同古之樂。所謂的古今，是以陸機〈文賦〉提出「詩緣情而綺靡」爲分界，因在陸機以前，詩成爲獨立藝術的觀念，尚未建立，僅將詩賦予政治目的，是爲政治服務的，如《禮記·王制篇》云：「天子，五年一巡狩。歲二月，東巡狩，至于岱宗，……命大師陳詩以觀民風。」《周語·上》云：「爲川者，決之使導；爲民者，宣之使言。故天子聽政，使公卿至於列士獻詩，瞽獻曲，史獻書。」〔註32〕獻詩之功用，就如同會典、奏議僅具政治性的實用目的，故湘綺云「古之詩以正得失」。但湘綺所論只就賞詩的主政者而言，古人雖無文學獨立之觀念，但所作民歌，在相當程度上，仍以抒一己之情爲主，故近人張之淦先生云：

> 詩言志，歌永言，情動於中而發於言，曠夫怨女閭巷之歌吟，皆以言其情志，詩之本在是。此乃就作詩者言之。古有采詩之官，采之以獻於朝廷，就教化之美惡得失者奏之，而箴規諷諫寓焉。此乃就采詩者言之也。〔註33〕

雖然，古人作詩之動機不能明究，但古代采詩、編詩與讀詩之目的，只爲「經夫婦、成教敬、厚人倫、美教化」，如此即壓抑了詩的地位；只有一元的賞詩途徑，詩歌藝術的獨立過程就顯得異常坎坷。

　　湘綺言今之詩歌其功用同古之樂，因詩與樂二者有著相同的抒情特徵，均是抒發一己複雜情懷最佳之藝術型式，詩緣情，樂亦緣情，

<hr>

〔註32〕見《國語》卷一。
〔註33〕見《遂園書評彙稿》，頁3。

《樂記‧樂本篇》云：

> 凡音之起，由人生也，人心之動，物使之然也。感於物而
> 動，故形於聲。聲相應，故生變，變成方，謂之音。比音
> 而樂之，及干戚羽旄，謂之樂。

> 樂者，音之所由生也，其本在人心之感於物也。是故其哀
> 心感者，其聲噍以殺；其樂心感者，其聲嘽以緩；其喜心
> 感者，其聲發以散；其怒心感者，其聲粗以厲。

表情性是音樂語言的美學特徵，音樂語言主要通過表達感情來描寫對
象，它能夠直接地、深刻而鮮明地表現與交流人的內心感情，故音樂
是一種感情的語言。而在各種文學體裁中，詩之抒情性最強烈，尤其
在形式上，詩具有音樂美的特徵，這體現在詩的語詞音節節奏與韻律
上。故主張「詩緣情」的湘綺會認為今之詩即古之樂，而詩與樂最主
要的功能均使人「感於無形，動於自然」。

　　總而言之，湘綺認為詩的功用能「正得失，動天地，吟詠情性，
達於事變」，但此種功用非來自詩人刻意直接地說教，乃讀者於欣賞
詩人「緣情」之詩的同時，自己引申、詮釋所造成的。

三、作詩的動機──為己

　　因主「詩緣情」，而情是隨物可感、隨觸可發的，因此湘綺認為
詩乃隨感而作，並無任何預定目的；又以為詩之功能在「吟詠情性」，
因此詩亦不為名利、不為取悅他人而作，故湘綺云：

> 今之詩歌，六義之興也，與風雅頌異體。〔註34〕

> 詩有六義，其四為興，興者，因事發端，託物寓意，隨時
> 成詠。……亦以自發情性，與人無干；雖足以風上化下，
> 而非為人作；或亦寫情賦景，要取自適，與風雅頌絕異，
> 與騷賦同名。〔註35〕

風雅頌是詩之體，賦比興是詩之法，湘綺所謂「興」，仍是指法，非

〔註34〕同註30，卷四，頁23，〈論漢唐詩家流派答唐鳳廷問〉。
〔註35〕同上註，卷七，頁24，〈論作詩之法〉。

獨標「興」體〔註36〕；「興」是指作詩在於因事發端、隨時成詠的，而不若風雅頌類的詩是有預設目，〈詩序〉云：「上以風化下，下以風刺上，主文而譎諫，言久者無罪，聞之者足戒，故曰風。……雅者，正也，言王政之所由廢興也。……頌者，美盛德之形容，以其成功，告於神明者也。」湘綺認爲作詩主要是將一己之情懷隨時因感物而吟詠，故類似於騷賦之抒情方式。因詩完全視個人情緒觸發而作，故詩乃爲己作，非爲他人而作，湘綺云：

> 古以教諫爲本，專爲人作；今以託興爲本，乃爲己作。〔註37〕

雖然，古人之詩並非全爲人作，但采詩、讀詩者一致把詩當作教諫來看待；今人作詩雖仍有主「兼濟之志」〔註38〕的諷諭目的，但主張作詩乃「自發情性，與人無干」是湘綺一貫的堅持。爲吟詠情性而作詩，是一輩子的興趣，必恆於爲詩，故湘綺云：「文學一道也，必自不爲人始，不爲人則不好名，不好名則自有恆。」〔註39〕

詩乃隨興之所至、情之所感而作，然人人皆有情，爲免流於濫情，湘綺指出作好詩之要領：

> 情動於中而形於言，無所感則無詩；有所感而不能微妙，則不成詩。生今之世，習今之俗，自非學道有得，超然塵壒，焉能發而中，感而神哉？〔註40〕

要感而能妙，方能作出好詩。

第二節　詩之體製

一、詩體崇五古、五古崇漢魏

〔註36〕張之淦先生《遂園書評彙稿》，頁5，誤會湘綺本意，此亦湘綺語焉不詳之故。

〔註37〕同註31。

〔註38〕同註20。

〔註39〕見《年譜》卷四，頁10。

〔註40〕同註31，卷七，頁27。

在各體詩中，湘綺特崇五古，他以為學詩必先五古，一切法門均自五古出，他說：

> 不先工五言，則章法不密，開合不靈，……既能作五言，
> 乃放而為七言易矣。〔註41〕

湘綺所謂五言即五古也。詩發展至五言，在字句節奏上最四平八穩，《文心雕龍・章句篇》云：「四字密而不促，六字格而非緩，或變之以三五，蓋應機之權節也。」《詩品》序亦云：「五言居文詞之要，是眾作之有滋味者也。」而且五言所表現之情感最為蘊藉溫厚，不若七言之發揚蹈厲、頓挫激昂，王士禎《師友詩傳續錄》云：

> 問五言、七言古章法不同如何？答章法未有不同者。但五
> 言著議論不得，用才氣馳騁不得；七言則須波瀾壯闊、頓
> 挫激昂、大開大闔耳。〔註42〕

> 五言以蘊藉為主，若七言則發揚蹈厲，無所不可。〔註43〕

初學詩先求工穩，欲工穩則宜先學五古，因五古為詩歌最基本之體式，基礎打穩，放而為七言就可駕輕就熟；更由於湘綺主張「詩緣情而綺靡」，而五古詩最適宜表現蘊藉溫厚的情感，因此特喜五古。楊載《詩法家數》云：

> 五言古詩，或興起，或比起，或賦起，須要寓意深遠，託
> 詞溫厚，反覆優游，雍容不迫。或感古懷今，或懷人傷己，
> 或瀟灑閒適。寫景要雅淡，推人心之至情，寫感慨之微意，
> 悲歡含蓄而不傷，美刺婉曲而不露。〔註44〕

湘綺於五古詩又特崇漢魏，一方面由於其個人喜愛漢魏詩拙重之風格，他說：

> 余弱冠方抗意漢魏詩文。〔註45〕

> 唐人詩，淺妙者不少，而拙重者難得，以不知合資質與學

〔註41〕同註27，卷六，頁14。
〔註42〕見《清詩話》，頁187，丁仲祜編，藝文印書館。
〔註43〕同上註，頁197。
〔註44〕見何文煥輯《歷代詩話》，頁731，漢京文化公司。
〔註45〕見《年譜》卷四，頁16。

力爲一也。〔註 46〕

另方面，他的理由是，五古詩發展至漢魏，無論章法、風格均已完備，經陳、隋至唐已另開新派，往律絕發展，五古的顛峰期已過，故學五古，須學漢魏，他說：

> 作詩必先學五言，五言必讀漢魏詩，而漢魏詩甚少，題目種類亦少，無可揣摩處，故必學魏晉也。詩法備於魏晉，宋齊但擴充之，陳隋則開新派矣。〔註 47〕

> 學古必學漢，漢初有詩，即分兩派，枚蘇寬和，李陵清勁，自後五言莫能外之。〔註 48〕

> 唐人初不能爲五言，杜子美無論矣，所稱陳子昂、張子壽、李太白，纔劉公幹之一體耳，何足盡五言之妙？故曰唐無五言，學五言者，漢魏晉宋盡之。〔註 49〕

二、論四言詩

湘綺推崇五言詩，卻不喜四言詩，他說：

> 四言詩者，興家之偶寄，初無多法，不足用功，五、七言詩乃有門徑。〔註 50〕

由於四言詩作品量少，未能蔚爲大宗，故少門徑可尋；而詩人少作四言，或許因四言難作，四言詩須得「文約意廣」〔註 51〕，但創作時「每苦文繁而意少，故世罕習焉」〔註 52〕，是以「雖文辭巨伯，輒不能之」。〔註 53〕

湘綺爲了提高五言詩之地位，竟於探源時以爲五言發展早於四

〔註 46〕〈湘綺樓論唐詩〉，見郭紹虞編《中國近代文論選》，頁 337，木鐸出版社。
〔註 47〕同註 41。
〔註 48〕同註 34，卷四，頁 22。
〔註 49〕同上註。
〔註 50〕同註 48。
〔註 51〕見鍾嶸《詩品·序》。
〔註 52〕同上註。
〔註 53〕楊慎《升菴詩話》卷三，見《續歷代詩話》，頁 825，藝文印書館。

言，他說：

> 太白能詩者，而其說曰：五言不如四言，七言又其靡也。
> 太白四言如〈獨漉篇〉，其靡殆甚，豈古法乎？無亦大言欺
> 人，託于三百篇，而不知五言山於虞時，在三百篇千年前
> 乎？漢人四言，乃是箴銘一類，有韻之文耳！非詩也！嵇
> 康四言則誠妙矣！然是從五言出，蓋五言之靡者也。〔註54〕

詩三百篇，殆以四言為主；湘綺云五言出於唐虞，此乃傳疑之辭，未
能肯定，一般對詩歌流變的認知，大抵如胡應麟所云：「四言變而離
騷，離騷變而五言，五言變而七言。」〔註55〕不過，太白所稱四言與
湘綺所稱之四言，所指並不相同。太白指的是《詩經》，而湘綺則指
漢以下詩人之作；而漢以後，以四言所表現的多是箴銘一類之實用韻
文，故湘綺云：

> 四言與詩絕不相干，作詩必學五言。〔註56〕

三、論絕句

湘綺論絕句有下諸條：

> 五絕、七絕，乃真興體。〔註57〕

> 七言絕句……其調哀急，唯宜箏笛，大雅弗尚也，而工之至
> 難，一字未安，全章皆頓，余初學為詩即憚之，故集中無一
> 篇，間有所感，寄興偶吟，旋忘之矣。既過強仕，閱世學道，
> 上說下教，意所不能違者，輒作一絕句，等之牌官小說，取
> 悟俗聽，其詞存日記中，暇一披吟，頗有可采。〔註58〕

> 七言絕句難作。〔註59〕

> 絕句上乘，所謂羚羊挂角，不著一字者也。〔註60〕

〔註54〕同註35，卷七，頁25。

〔註55〕見《詩藪》內編卷五。

〔註56〕同註41。

〔註57〕同註54。

〔註58〕《說詩》卷一，頁2～3，〈論七言絕句答陳完夫問〉。

〔註59〕同上註。

〔註60〕同上註。

超妙〔註61〕

湘綺謂絕句乃真興體，指的是絕句的特色在「興」，此「興」乃同鍾嶸《詩品》序所云「文已盡而意有餘」之興，亦是楊載《詩法家數》所云：「絕句之法，要婉曲回環，刪蕪就簡，句絕而意不絕。」〔註62〕絕句體製短小，無法作廣細繁複的表達，因此作絕句通常是首句起，二句承，三句轉，結句宕開，沈德潛《說詩晬語》卷上云：「收束或放開一步，或宕出遠神，……王右丞『君問窮通理，漁歌入浦深』，從解帶彈琴宕出遠神也。」〔註63〕結句宕開造成妙處將「如空中之音，相中之色，水中之月，鏡中之象，言有盡而意無窮」的效果。〔註64〕絕句之佳者，須在「離首即尾，離尾即首」〔註65〕的短小篇幅中，讓人有無盡的吟詠與回味，而這正是絕句難作之處，既要縮萬里於咫尺，又須在極短的字句上拓展內容的深度、長度與廣度。

又湘綺云七絕調哀急，是相對於五絕而言。七絕多兩個字，容易使氣，但「氣完而意不盡工」〔註66〕，故為善作蘊藉五言詩的湘綺所憚作。

四、論宮體

歷來學者對宮體文學多加以口誅筆伐，如隋李諤在〈上隋文帝革文華書〉云：

降及後代，風教漸落。魏之三祖，更尚文詞，忽君人之大道，好雕蟲之小藝，下之從上，有同影響，競騁文華，遂成風俗。江左齊梁，其弊彌甚，貴賤賢愚，唯務吟詠。遂復遺理存異，尋虛逐微，競一韻之奇，爭一字之巧，連篇累牘，不出月露

〔註61〕同上註。
〔註62〕同註44，頁732。
〔註63〕見同註42，頁662。
〔註64〕嚴羽《滄浪詩話》，見《歷代詩話》，漢京版，頁688。
〔註65〕王世貞《藝苑巵言》卷一，見《續歷代詩話》，藝文版，頁1110。
〔註66〕見同上註，卷四，頁1170。

之形；積案盈箱，唯是風雲之狀。世俗以此相高，朝廷據茲擢士，祿利之路既開，愛尚之情愈篤。〔註67〕

歷代史書亦一致強調華靡文風為亡國之音，造成社會莫大毒害，如魏徵在《隋書‧文學傳序》云：

梁自大同之後，雅道淪缺，漸乖典則，爭馳新巧。簡文、湘東啓其淫放；徐陵、庾信分路揚鑣。其意淺而繁，其文匿而彩；詞尚輕險，情多哀思，格以延陵之聽，蓋亦亡國之音乎？〔註68〕

姑不論宮體詩在文學上之價值，其實宮體詩的產生反映了特殊階級的特殊生活經驗，說它反映了時代的靡爛則可，若說它造成亡國則有欠公允；因為社會混亂在先，文學表現在後，文學只是生活的反映，因此國亡要歸咎於腐爛的政治體系，不能把責任推給浪漫唯美的文學。吾人今日對待宮體詩（一般指六朝），不宜再以政治角度漫罵之，而應從詩歌藝術的角度來探討它的價值。〔註69〕

湘綺主「詩緣情」，而宮體詩亦以「情」為主要抒發內容，因此他不排斥宮體詩，認為它具有娛樂、抒情的功能，他說：

靡靡之音，自能開發心思，為學者所不廢也。周官教禮，不屏野舞縵樂。人心既正，要必有閒情逸致，游思別趣。如徒端坐正襟，茅塞其心，以為誠正，此迂懦枯禪之所為，豈知道哉？〔註70〕

故湘綺亦曾仿沈約作〈六憶詩〉：

憶來時嫺嫺玉堂邊，眾中常落後，獨進更羞前，賴有香風度，知君逆見憐。

憶去時背人花下去，出戶不回身，臨池卻留步，月明清綺窗，風吹玉階樹。

〔註67〕《隋書》卷六六，〈李諤傳〉。
〔註68〕同上註，卷七六。
〔註69〕有關宮體詩產生之原由、流變、與內涵價值，可參黃婷婷《六朝宮體詩研究》，師大國研所七十三年碩士論文。
〔註70〕見《年譜》卷四，頁17。

憶坐時盈盈故遠人，相看如不避，相近轉難親，低鬟恨釵
重，攬帶惜衣新。

憶起時無力著羅襦，嬌多不言倦，斜坐更嗔扶，宵來夢堪
憶，妝成忘點朱。

憶食時對案影參差，擎甌勞玉指，傳鴛惜脣脂，願作彫胡
飯，朝朝應慰飢。

憶眠時先眠多引被，微笑暫回腰，含嬌恆道起，燈前色轉
新，夢中情難擬。〔註71〕

所寫內容不涉淫蕩，無關色情，故湘綺於〈六憶詩序〉云：

沈休文舊有六憶詩，亦宮體也，詩軼二憶，以意補之。凡
聚會作詩，苦無寄託，老莊既嫌數見，山水又必身經，聊
引閨房以敷詞藻，既無實指，焉有邪淫，世之訾者，未知
詞理耳。〔註72〕

每個人、每個階級都有其一定的生活背景，詩不能限定抒情的種類與
範圍，就如不能限制人人過相同的生活一樣，閨闥之情也是真感情，
只要情真，就可以流露。

　　湘綺所謂「靡靡之音」是婉而多思之細膩情愫，非放肆淫蕩之激
情，他說：

宋、齊、梁游宴，藻繪山川；梁、陳巧思，寓言閨闥，皆
言情之作。情不可放，言不可肆，婉而多思，寓情於文，
雖理不充周，猶可諷誦。〔註73〕

在人類複雜的感情經驗中，閨闥之情也是情的一種，當然可以抒寫，
有時甚至達到癡情之境地，而至理不充周。傅庚生於《中國文學欣賞
舉隅》中云：「寫情能到真處好，能到癡處亦好。癡者，思慮發於無
端也，情深則往往因無端之事，作有關之想也。」〔註74〕思慮發於無

〔註71〕見《詩集》卷四，頁15。

〔註72〕同上註。

〔註73〕見《說詩》卷四，頁23，〈答陳復心問〉。

〔註74〕見，頁43，學海出版社。

端，是無理也；情之愈癡，愈遠於理，然猶可諷誦，如：

> 李益江南曲云：「嫁得瞿塘賈，朝朝誤妾期；早知潮有信，嫁與弄潮兒。」小婦人深不足於「誤」而專注情於「信」，竟云任下嫁於趁潮水來去之海上弄舟之小子，惟涎其乘潮有信無誤而已，他不復計，其情癡可見。乃亦以予人以尖新奇麗之感，致足取也。〔註75〕

閨闥之情不同於色情，在述及宮體詩何時涉入色情，湘綺云：

> 古豔詩唯言眉目、脂粉、衣裝；至唐而後及乳胸骸足；至宋、明乃及陰私，亦可以知世風之日下也。〔註76〕

涉及身體私處，已至玩物喪志，入於下流，此非湘綺主張宮體詩的描寫範圍矣！

第三節　詩之創作

一、主法古而自出

湘綺主張詩歌創作須先法古人之作，他說：

> 嘗言樂必依聲，詩必法古，自然之理也。欲己有作，必先有蓄，名篇佳製，手披口吟，非沈浸於中，必不能炳著於外。〔註77〕

尤其是五古，特崇法漢魏，因而遭陳衍之攻詆：

> 湘綺五言古，沈酣於漢魏六朝者至深，雜之古人集中直莫能辨；正惟其莫能辨，不必其為湘綺之詩矣。〔註78〕

反對摹古者以為，文學不斷地進化，擬古是一種守舊、落伍的心態，顧炎武云：

> 詩文之所以代變，有不得不變者。一代之文，沿襲已久，不容人人皆道此語。今且千數百年矣，猶取古人之陳言，

〔註75〕同上註。
〔註76〕見《說詩》卷二，頁4。
〔註77〕同上註，卷七，頁26，〈論作詩之法〉。
〔註78〕見《近代詩鈔》，頁322，商務印書館。

一一而摹倣之，以是爲詩，可乎？〔註79〕

更有以爲摹古缺乏志氣，徒爲古人執帚耳。薛雪《一瓢詩話》云：

> 學詩須有才思，有學力，尤要有志氣，方能卓然自立，與
> 古人抗衡。若一步一趨，描寫古人，已屬寄人籬下。何況
> 學漢魏則拾漢魏之唾餘；學唐宋則啜唐宋之殘膏，非無才
> 思學力，直無志氣耳。〔註80〕

與湘綺同時代的黃遵憲更嚴厲批評摹古爲食古不化、拘泥守舊、視糟
粕爲瓌寶，甘心沿習剽竊者，他有一首〈雜感〉詩云：

> 大塊鑿混沌，渾渾旋大圜。隸首不能算，知有幾萬年。羲
> 軒造書契，今始歲五千。以我視後人，若居三代先。俗儒
> 好尊古，日日故紙研。六經字所無，不敢入詩篇。古人棄
> 糟粕，見之口流涎。沿習甘剽盜，妄造叢罪愆。黃土同搏
> 人，今古何愚賢？即今忽已古，斷自何代前？明窗敞流離，
> 高爐爇香煙。左陳端溪硯，右列薛濤箋。我手寫吾口，古
> 豈能拘牽。即今流俗語，我若登簡編，五千年後人，驚爲
> 古斕斑。〔註81〕

以上諸批評均針對法古之流弊而發，當然有其正面意義。然而作詩爲
何要法古呢？《冷齋夜話》云：

> 詩意無窮而人之才有限，以有限之才追無窮之意，雖淵明、
> 少陵不得工也。〔註82〕

黃庭堅〈答洪駒父書〉亦云：

> 自作語最難。老杜作詩，退之作文，無一字無來處，蓋後
> 人讀書少，故謂韓、杜自作此語耳。古之能爲文章者，眞
> 能陶冶萬物，雖取古人之陳言入於翰墨，如靈丹一粒，點
> 鐵成金也。

創新語言，本就不易，而取古人已用之字入詩，「一則此字曾經古人

〔註79〕見《日知錄》卷七。
〔註80〕見《清詩話》，藝文版，頁853。
〔註81〕見《人境廬詩草》卷一，頁6，世界書局。
〔註82〕見釋惠洪《冷齋夜話》卷一。

選用，必最適於表達某種情思，譬之已提鍊之鐵，自較生鐵為精。二則除此字本身之意義外，尚可思及出處詞句之意義，多一層聯想。運化古人詩句之意，其理亦同。」〔註83〕其實法古著重在學習屬文的方法與鍛字鍊句，是作好詩的形式手段，非作詩的終極目的；若把手段當成目的，難免產生流弊，湘綺亦知曉此點，故他把法古當作基礎工夫，鎔鑄自創才是他的目的，他說：

> 文有時代而無家數，詩則有家數易模擬，其難在於變化。
> 於全篇模擬中能自運一兩句，久之可一兩聯，又久之可一兩行，則自成家數矣。〔註84〕

> 余盡法古人之美，一一而仿之，鎔鑄而出之。〔註85〕

其實，凡是詩人皆須擬古，皆已法古，只是程度不同罷了，「在詩中，不受過去的任何恩澤的完全獨創性這種東西是不存在的」〔註86〕，文學的發展是有「代變」，但文學的發展也有一貫性、連續性。一個詩人，不論他稟賦有多偉大的獨創力，仍要受制於傳統，故欲創新須以傳統為基礎才能達到；「一般人最怕聽到『復古』二字，一聽到『復古』就被認為是落伍，於是『創新求變』自然亦成為藝術創作上的不二法門。事實上，『創新』談何容易，它與『傳統』間的關係又豈是截然分立的？」〔註87〕張夢機先生亦云：

> 或謂作詩不可摹擬，此似是而非之論也。凡為詩者，其始也，必求其所從入；其既也，必求其所從出，是知摹擬實為文學創作必經之路。〔註88〕

就詩的語言而言，孰不擬古？問題是誰注入了新的內容，新的個人經驗，與新的組織形式。杜甫之所以成為詩聖，在於他能鎔鑄傳統而自

〔註83〕見繆鉞《詩詞散論》，頁21，開明書店。
〔註84〕見《說詩》卷四，頁23，〈答張正暘問〉。
〔註85〕同上註，卷七，頁26，〈論作詩之法〉。
〔註86〕同註26，頁238。
〔註87〕見巴東〈張大千畫藝側看〉，《中國時報》七十七年五月三十一日，影劇版。
〔註88〕見《近體詩發凡》，頁39，中華書局。

出，故《滄浪詩話》云：「少陵詩憲章漢魏，而取材于六朝。至其自得之妙，則前輩所謂集大成者也。」〔註89〕

　　法古「不應該滿足於奴隸性的模倣以及對作詩法則的機械應用。然而，越是浸透在過去的詩中，越是研究前人的藝術，他越能獲得對語言文字之作用的洞察力，而成功的機會也越大。」〔註90〕湘綺主張摹古不在字模句擬的僵硬形式上，而須從古人作品中得其神理，他說：

　　　擬古之嚴飭者，莫如晉代諸家。然成家又不在字模句擬，
　　　而在於得其神理，……陳、隋諸作，原於蕭氏父子，爲專
　　　模字面，遂少風致。〔註91〕

而所謂「得其神理」，就是去體會古人所言之眞理，從而亦培養自己的識見，俟自己爲詩，亦能如古人一樣道理充周，他說：

　　　觀古人所以入微，吾心之所契合，優游涵詠，積久有會，
　　　則詩乃可言也。其功似苦，其效至樂。〔註92〕

　　　必道理充周，則詩文自古，此又似易而愈難，非人生易言
　　　之境也。〔註93〕

但要做到如同古人之道理充周，非短時間可至，須慢慢吟詠體會；如此，作詩亦即「養情性」，他說：

　　　學詩當遍觀古人之詩，非積三、四十年不能盡知古人之工
　　　拙。以三、四十年之工力治經學道必有成，因道通詩，詩
　　　自工矣。若性好文采，樂於吟詠，則由詩悟入，亦自捷徑，
　　　而非可強求也。〔註94〕

這就類似韓愈〈答李翊書〉所云：「將蘄至於古之立言者，則無望其速成，無誘於勢利，養其根而竢其實，加其膏而希其光。根之茂者其實遂，膏之沃者其光曄」。

〔註89〕同註64，頁697。
〔註90〕同註86，頁150。
〔註91〕同註46，頁336。
〔註92〕見《說詩》卷七，頁27。
〔註93〕同註84。
〔註94〕同註92。

在湘綺整個法古理論中，有一點值得玩味的是，其法漢魏（尤其指五古）而不法唐宋。此除了個人喜愛漢魏蘊藉溫厚之詩風外〔註95〕，另有兩種可能的心態，其一是認為詩格一代不如一代，唐宋不如漢魏，如同胡應麟所云：「三百篇降而騷，騷降而漢，漢降而魏，魏降而六朝，六朝降而三唐，詩之格以代降也。」〔註96〕其二是欲並轡古人、超越李、杜。湘綺的擬古詩諸如〈擬焦仲卿妻詩一首李青照妻墓下作〉〔註97〕、〈擬四愁詩〉〔註98〕、〈擬曹子建雜詩九首〉〔註99〕、〈擬室思詩一篇代六雲〉〔註100〕、〈擬古十二首〉〔註101〕等均不下漢魏詩人。湘綺表面上亦步亦趨，追摹古人，事實上卻是深具野心，企圖與古人一較高下，遂致一點一滴絕無取巧，極盡「仿古」能事，來作為創作的基礎，進一步直逼高峰的攀登。又隋、唐以後、李白、杜甫並稱大家，唐以後詩人難以超越，唐以下詩風均受其影響；若再法唐宋必仍受制於李、杜，故湘綺欲法漢魏，尋求向上一路以圖超越李、杜，此種欲為大家的志氣，就如同張戒《歲寒堂詩話》所云：

> 人才高下，固有分限，然亦在所習，不可不謹。其始也學之，其終也豈能過之；屋下架屋，愈見其小。後有作者出，必欲與李、杜爭衡，當後從漢、魏中出爾。〔註102〕

二、主以詞掩意

湘綺認為作詩須「以詞掩意」，此乃自「詩緣情而綺靡」之論點上發展出來的，以詞掩意非不重意，而是不讓意直接顯露；就作者而

〔註95〕見本章第二節之一所述。
〔註96〕同註55。
〔註97〕見《詩集》卷一，頁1。
〔註98〕同上註，卷四，頁14。
〔註99〕同上註，卷六，頁12。
〔註100〕同上註，卷七，頁18。
〔註101〕同上註，卷十二，頁8。
〔註102〕見《歲寒堂詩話》卷上，《續歷代詩話》，藝文版，頁543。

言，是把情曲折婉轉地表露於詩句上，他說：

> （詩）貴以詞掩意，託物起興，使吾志曲隱而自達，聞者
> 激昂而欲赴；其所不及設施，而可見施行，幽窈曠朗，抗
> 心遠俗之致，亦於是焉；非快意騁詞，自狀其偏頗，以供
> 世人之喜怒也。〔註103〕

要曲折達意，最好的辦法是託物起興，比興的好處，李東陽《懷麓堂詩話》云：

> 所謂比與興者，皆托物寓情而爲之者也。蓋正言直述，則
> 易於窮盡而難於感發。惟有所寓託，形容摹寫，反覆風詠，
> 以俟人之自得。言有盡而意無窮，則神爽飛動，手舞足蹈
> 而不自覺。〔註104〕

而且，善用比興，有助於把抽象的事物具體化，把深奧的義理形象化，把普通的東西詩意化，把一般的形象典型化，從而構成詩的動人意境。

　　就讀者言，因詩人的意隱，賞詩時就多了份神祕朦朧的趣味，萊辛（Jean acine）說：「藝術家的作品之所以被創造出來，並不是讓人一看了事，還要讓人玩味，並且長期的反覆思索。」〔註105〕另外，也因爲詩意不明顯，造成了詩的深度與廣度；讀者除了探索詩人原意外，也可以加入因自己的生活經驗所產生的見解，於是一首詩的存在，遂產生千千萬萬種的意境，詩的魔力就在此。在不同的時間、地點，不同的情緒狀態下，讀同一首詩，永遠會有不同的感觸，此乃所謂的「多義性」〔註106〕，亦即詩義的不確定性，不確定才能充滿各種可能的詮釋。

　　湘綺因主詩應以詞掩意，因此不喜意顯之詩作，他說：

> 詩之旨，則以詞掩意，如以意爲重，便是陶淵明一派，……

〔註103〕見《說詩》卷四，頁23。
〔註104〕見《續歷代詩話》，藝文版，頁1645。
〔註105〕錄目《文學理論資料彙編》，頁347，華諾出版社。
〔註106〕詩之多義性有兩種成因，其一：一首詩可由個人作多種譯解。其二：一首詩可由多人作各自之詮釋。

學阮、陶只可處悲憤亂世，若富貴閒適便無詩。〔註107〕

湘綺以爲處亂世因心情激昂，尚可顯露悲憤之意；若在平時仍詩意淺露，則無任何詩趣可言矣。

三、不主議論

湘綺因主「詩緣情」，相對地不喜詩中議論，他說：「詩者，持也，持其志，無暴其氣；掩其情，無露其詞。直書己意，始於唐人，宋賢繼之，遂成傾瀉。歌行猶可粗率，五言豈容屠沽！」〔註108〕

對於詩中議論所衍生之流弊，他說：

> 李白始爲敍情長篇，杜甫亟稱之而更擴之，然猶不入議論。
> 韓愈入議論矣，若無才思，不足運動，又往往湊韻，取妍
> 鈞奇，其品益卑，駸駸乎蘇、黃矣。〔註109〕

這如同《滄浪詩話》詩辯條下所云：「以才學爲詩，以議論爲詩，夫豈不工，終非古人之詩也，蓋於一唱三嘆之音，有所歉焉。且其作多務使事，不問興致，用字必有來歷，押韻必有出處，讀之反覆終篇，不知著到何處。其末流，甚者叫噪怒張，殊乖忠厚之風，殆以罵詈爲詩。詩而至此，可謂一厄也。」

湘綺不喜詩中議論，對於自中、晚唐至宋所開啓發展的議論入詩相當地詆肆唾棄，主要是他認爲詩歌創作應堅持抒情傳統，表現方式應「以詞掩意」，然而，從唐朝開始，中國詩似乎也展開了它對外在客觀世界的覺察與記述，開始逸離了抒情言志的傳統，而大量往議論述事方面發展了。直到清末，所謂「合詩人與學人爲一」的同光體出現後，詩人又脫離了溫柔敦厚和性靈的講法，力倡宋詩。〔註110〕而宋詩的特色是強調詩歌應具有類似文章一般的敍述功能，著重「賦」

〔註107〕見《說詩》卷六，頁14。
〔註108〕同上註，卷七，頁26。
〔註109〕同上註，卷三，頁1。
〔註110〕參龔鵬程〈雜事詩的性質與發展〉，《中央大學人文學報》第六期，頁49-68。

的表達方式〔註111〕，但卻會減低詩的抒情特質。

湘綺反對詩中議論是針對其衍生種種流弊而主張的，其實，若議論中帶有情韻，也並非不可，沈德潛《說詩晬語》卷下有云：

> 人謂詩主性情，不主議論，似也而亦不盡然。試思二雅中何處無議論。杜老古詩中，奉先詠懷北征八哀諸作，近體中蜀相詠懷諸葛諸作，純乎議論。但議論須帶情韻以行，勿近傖父面目耳。戎昱和蕃云：「社稷依明主，安危托婦人」，亦議論之佳者。〔註112〕

詩中議論之所以令人生厭，當由於其抽象性、概念性使人無法有鮮明生動的感受；更由於議論須見解高超，才能服人，但沒有人能保證其見解永遠與時俱新，超人一等。因此，要在詩中議論，須以具體形象的描寫，通過比喻等藝術手法來代替抽象概念的陳述。而且以具體形象寫抽象之理，能使詩保有永恆的價值，因為詩人把意念凝聚在形象的語言之內，各個時地的讀者就因這形象的描寫（表面上看不出詩人的議論）賦予自己的議論，詩的生命於是就不斷地綿延。

四、主格律

作詩主法古，亦必然主格律，格律能馭情，使不放肆，湘綺云：

> 余幼時守格律甚嚴，矩步繩趨，尺寸不敢失，及後貫徹，乃能屈刀為鏡，點鐵成金。〔註113〕

> （詩）主情，必有格律，不容馳騁放肆，雕飾更無論矣。〔註114〕

尙格律有助模倣古人，假如一個人能夠儘量與古代詩人一樣使用格律，那麼他的詩至少與模範有幾分相似，對於以後成為優秀詩人將是

〔註111〕關於宋詩之特色，可參繆鉞《詩詞散論》，頁16～32之〈論宋詩〉，吉川幸次郎之《宋詩概說》，龔鵬程《文學與美學》第六章〈宋詩的基本風貌：知性的反省〉。

〔註112〕見《清詩話》，藝文版，頁682。

〔註113〕見《說詩》卷三，頁3。

〔註114〕同上註，卷七，頁27。

事半功倍的。翁方綱《復初齋文集》有云：

> 法之立本者，不自我始之，則先河後海，或原或委，必求
> 諸古人也，夫惟法之盡變者，大而始終條理，細而一字之
> 虛實單雙，一音之低昂尺忝，其前後接筍，乘承轉換，開
> 合正變，必求諸古人也。乃知其悉準諸繩墨規矩，悉校諸
> 六律五聲，而我不得絲毫以己意與焉。〔註115〕

善加追摹古人之格律，是學詩之初步基礎工夫；然如何在定法之中靈活運用，才是詩人所該突破的，《涵芬樓文談》有云：

> 大抵文章之道，其妙處不可教人，可以教人者，惟法而已。

> 法者，如規矩繩尺，工師所藉以集事者也。無法則雖般輸
> 之能，無所用其巧。

> 法之所在，守其常不可不知其變，明其一不可不會其通。〔註
> 116〕

學死法是爲達到活法之境界，這也是湘綺所追求的目標──「屈刀爲鏡」、「點鐵成金」。否則，一生作詩均謹守格律，不敢也不能突破格律限制，那作詩實在是既痛苦又累人了。死法、活法之分，就如沈德潛《說詩晬語》所云：

> 詩貴性情，亦須論法，雜亂而無章，非詩也。然所謂法者，
> 行所不得不行，止所不得不止，而起伏照應，承接轉換，
> 自神明變法於其中。若泥定此處應如何？彼處應如何？不
> 以意運法，轉以意從法，則死法矣。試看天地間水流雲在、
> 月到風來，何處著得死法？〔註117〕

五、尚藻采

湘綺主「詩緣情而綺靡」，是亦尚藻采，他說：「當其下筆，先在選詞，斐然成章，然後可裁。」〔註118〕「詩涉情韻，議論空妙超遠，

〔註115〕卷八，頁1。
〔註116〕見吳曾祺《涵芬樓文談》，明法第八。
〔註117〕同註112。
〔註118〕見《說詩》卷七，頁26。

究有神而無色，必得藻采發之，乃有鮮新之光，故專學陶、阮詩，必
至枯澹。」〔註119〕

　　因尚藻采，故不喜白描之詩，他說：

　　　　白居易五言純用白描，近於高彪、應璩，多令人厭，無文
　　　　故也。〔註120〕

精美的辭藻，易使人耳目為之一亮，然辭藻畢竟為「意」服務，不能
拾本逐末，忽略了意念的表達。

　　湘綺之詩論除了以上三節——論「詩之本原」、「詩之體製」、「詩
之創作」外，另有「述詩學流派」與「詩家品評」，因張之淦先生於
《遂園書評彙稿》一書中輯錄甚詳〔註121〕，本文不再贅述。

〔註119〕同上註，卷三，頁4。
〔註120〕同上註，卷一，頁8。
〔註121〕見，頁13-47。

第五章　王闓運之詩歌創作

第一節　王闓運之詩作統計歸納

　　湘綺一生所著詩篇，主要收於《湘綺樓詩集》一書中，共分十四卷，計五百九十五題，九百六十首。另載於《湘綺樓日記》中，亦有二百六十七題，三百九十八首。總計湘綺詩作，至少有八百六十二題，一千三百五十八首。在體裁方面，以五古數量最多，共五百九十二首，此符合其詩論──「詩體崇五古」〔註1〕，湘綺推崇五古，創作五古亦最多，可知其理論與實際創作相吻合，而其五古語言樸質勁健，感情渾厚蘊藉，神韻緜緜，規摹漢魏，駸駸乎不下鮑謝。其次，五律共二百六十一首，七律有二百零八首，數量亦不少，然於《湘綺樓詩集》中並未收錄七律。湘綺律體，鍊字鍛句，工整細緻，常見綺麗英爽之作。七絕亦有一百四十四首，雖然湘綺曾言「七言絕句難作」、「余初學爲詩即憚之」，並自嘲所作七絕「等之牌官小說」〔註2〕，然其七絕大多婉曲回環，清新流麗。五絕數量極少，只作了五首。七古有一百二十首，均瑰瑋飛騰，波瀾壯闊，雄俊鏗鏘，宣鬱達情，不專於一字一句求工，而以整篇氣勢佈局見勝。其他體裁，四言三首，六言二首，

〔註1〕見第四章第二節之一所述。
〔註2〕以上所引，見《說詩》卷一，頁2〜3，〈論七言絕句答陳完夫問〉。

雜言二十三首。總計在古體詩作了七百四十首，近體詩有六百一十八首。

在題材歸納方面，計酬贈詩三百五十七首，感懷詩三百零六首，閨情詩一百三十首，行旅詩一百零三首，遊覽詩九十七首，詠物詩六十四首，送別詩六十二首，紀事詩五十五首，詠史懷古詩五十二首，傷弔詩三十首，論詩詩二十三首，其他難以歸類詩作七十九首。在這些題材中，所表現之內容不外是社會亂離、苦悶傷感、離恨別情，與閒適情懷。為明確瞭解湘綺詩作中各類體裁、題材之數量與所佔比重，茲將統計結果列表於後，以供參考。

表一：《湘綺樓詩集》所載詩作統計表

題材　數　目題　裁	感懷詩	酬贈詩	閨情詩	遊覽詩	行旅詩	送別詩	紀事詩	詠史懷古詩	詠物詩	傷弔詩	論詩詩	其他	合計
五言絕句	0	1	3	0	0	0	0	0	0	0	0	1	5
七言絕句	3	0	9	0	0	4	0	0	0	0	0	0	16
五言律詩	45	40	6	15	18	24	36	12	16	10	0	8	230
七言律詩	0	0	0	0	0	0	0	0	0	0	0	0	0
五言古詩	163	107	83	67	44	17	3	23	21	17	0	26	571
七言古詩	15	37	20	4	3	10	9	7	3	1	1	0	110
四言詩	2	0	0	0	0	0	1	0	0	0	0	0	3
六言詩	0	0	2	0	0	0	0	0	0	0	0	0	2
雜言詩	6	4	7	0	1	1	1	0	1	0	0	2	23
總計	234	189	130	86	66	56	50	42	41	28	1	37	960

表二：《湘綺樓日記》輯出詩作統計表

題材　　數目　題裁	酬贈詩	感懷詩	行旅詩	詠物詩	論詩詩	遊覽詩	詠史懷古詩	送別詩	紀事詩	傷弔詩	其他	合計
五言絕句	0	0	0	0	0	0	0	0	0	0	0	0
七言絕句	31	26	9	6	22	6	4	1	2	0	21	128
五言律詩	13	9	3	0	0	0	2	0	0	2	2	31
七言律詩	113	28	24	15	0	2	4	4	2	0	16	208
五言古詩	6	6	1	1	0	3	0	1	0	0	3	21
七言古詩	5	3	0	1	0	0	0	0	0	0	0	0
四言詩	0	0	0	0	0	0	0	0	0	0	0	0
六言詩	0	0	0	0	0	0	0	0	0	0	0	0
雜言詩	0	0	0	0	0	0	0	0	0	0	0	0
總計	168	72	37	23	22	11	10	6	5	2	42	398

表三：王闓運詩集、日記之詩作合計表

題材　　數目　題裁	酬贈詩	感懷詩	閨情詩	行旅詩	遊覽詩	詠物詩	送別詩	紀事詩	詠史懷古詩	傷弔詩	論詩詩	其他	合計
五言絕句	1	0	3	0	0	0	0	0	0	0	0	1	5
七言絕句	31	29	9	9	6	6	5	2	4	0	22	21	144
五言律詩	53	54	6	21	15	16	24	36	14	12	0	10	261
七言律詩	113	28	0	24	2	15	4	2	4	0	0	16	208
五言古詩	113	169	83	45	70	22	18	3	23	17	0	29	592
七言古詩	42	18	20	3	4	4	10	10	7	1	1	0	120
四言詩	0	2	0	0	0	0	0	1	0	0	0	0	3
六言詩	0	0	2	0	0	0	0	0	0	0	0	0	2
雜言詩	4	6	7	1	0	1	1	1	0	0	0	2	23
總計	357	306	130	103	97	64	62	55	52	30	23	79	1358

第二節　王闓運詩之題材

　　湘綺自十七歲寫詩，至八十五歲病歿前，未曾間斷，可謂終生以作詩為樂，雖然，他是位傳統學者，但卻以詩做為個人生活的基本表達語言，故其寫作之題材頗為豐富，幾乎任何情境皆可緣事興發。而詩中不僅限於個人壯志未酬之感慨，落筆處亦時時流露出對社稷興衰、家國隆夷之嗟嘆，正如易君左氏所言：「他雖墨守古法，一成不變，然所作與時事有關者仍多，格調雖古，題材從新，這是一個特色。」〔註3〕墨守古法，指的是其力崇漢魏，此已於前章述及；題材從新，是指湘綺能夠觀察到劇變時代的脈動，直接間接地將感時憂國抒發於各種題材中，不論是酬贈、感懷，亦或是行旅、遊覽，均多亂離之思。然有些學者竟有著眼於其擬古詩作而大加撻伐，無視湘綺濃厚地憂國情懷，實有欠公允，如胡適之先生曾言：

> 太平天國之亂是明末流寇以後的一個最慘的大劫，應該產生一點悲哀的或慷慨的好文學。……王闓運為一代詩人，生當這個時代，他的《湘綺樓詩集》卷一至卷六正當太平天國大亂的時代（1849-1864）；我們從頭讀到尾，只看見無數擬鮑明遠、擬傅玄、擬王元長、擬曹子建……一類的假古董；偶然發現一兩首「歲月猶多難，干戈罷遠遊」一類不痛不癢的詩；但竟尋不出一些真正可以紀念這個慘痛時代的詩〔註4〕

劉大杰氏亦云：

> 他作詩卻一意擬古，詩人同時代離得很遠，那一個激變的社會，並沒有在他的作品裡留下真實的影子。〔註5〕

湯木安氏也說：

> 咸同之間，王闓運文章學術，俱有薪傳，其為詩多屬擬古，

〔註3〕見易君左〈清末民初四大詩人〉，《暢流》二十五卷第一期。
〔註4〕胡適〈五十年中國之文學〉，收於《胡適文存》第二集卷一，頁188，遠東圖書公司。
〔註5〕《中國文學發展史》下卷，頁292，古文書局。

不作憂時感世之言。〔註6〕

在《湘綺樓詩集》中，以擬古爲題的約八十首，多屬閨情內容，亦多見於前六卷。但就如前章所言，湘綺擬古是爲鎔鑄而開廓，亦如王瑤於〈擬古與作僞〉一文所云：

> 他們爲甚麼擬作別人的作品呢？因爲這本來是一種主要的學習屬文的方法，正如我們現在的臨帖學書一樣。前人的詩文是標準的範本，要用心地從裡面揣摩、模倣，以求得其神似。〔註7〕

湘綺早期擬古雖時有形模之滯，然後期之作如〈擬古十二首〉（卷十二），已有並轡古人之功，此時作擬古詩之動機，或如王瑤所言：

> 作者也想在同一類的題材上，嘗試著與前人一較短長，所以擬作的風氣便越盛了。追蹤張班，左思有三都賦，張載有擬四愁詩。……因之較量作者們才能的高下，或作露才揚己的方法。〔註8〕

胡適等諸位先生認爲湘綺不作憂時之詩，主要是以爲湘綺之詩作表達得不夠強烈，不夠悲憤，然此正爲湘綺詩風所致。湘綺詩所表現之感情，多爲渾厚蘊藉，沈密凝重，少有漫罵憤激之作，如〈題豐樂亭移辛夷〉：

> 久行武昌城，瘦日連荒榛。空亭一登望，淒然廬舍存。飛鴉啼樹顚，聲苦獨我聞。深井不敢窺，新有烈士魂。此邦遘三亂，有吏愁無民。軍書急徵求，贏老迨米薪。玉蘭盛時花，餘枿冬巳新。且宜從我歸，或免兵火焚。

全詩藉著客觀實景的摹寫，適切地傳達出兵火下人民之憂苦，更藉著辛夷花開，反映出在多難的時代下，生命的完好是如此地不可能。此詩因婉轉地運用比興技巧，使得欲噴薄而出的感情轉爲含蓄微露，造成一股蒼涼悲慨之氣；諸如此類之詩作，在前六卷中不下百

〔註6〕《詩之作法與研究》十一章，正中書局。
〔註7〕見〈中古文人生活〉，頁117，收於《中古文學史論》，長安出版社。
〔註8〕同上註，頁120。

首，怎會「不作憂時感事之言」呢？之所以使胡適等人不認爲湘綺
那些感情蘊蓄的詩歌，爲憂時感世之作，此牽涉到賞詩者（文藝批
評者）的主觀態度，他們預先存有什麼樣的時代就該有什麼樣內容
的詩之想法，而忽略了就算同一時代背景下仍會有不同個性的人存
在；他們只注意到共性──時代性，而忽略了殊性──個性，而一
個詩人的作品，通常是時代性與特殊性的融合。依胡適先生所言，
在清末動盪的時代中，所有詩人應該都要創作出像鄭珍的《巢經巢
詩》才算對時代有所交待〔註 9〕，也才能成爲好詩。但湘綺終非子
尹，雖同處相同的時代，然因個性不同，詩風亦異；而詩風的不同，
並不能用以評斷詩歌藝術的高下。

　　湘綺詩的題材相當廣泛，大抵可歸爲十一類：曰感懷詩，曰酬贈
詩，曰閨情詩，曰行旅詩，曰遊覽詩，曰詠史懷古詩，曰詠物詩，曰
紀事詩，曰送別詩，曰傷弔詩，曰論詩詩。以上的分類，或就詩題、
或就內涵、或就形式來區分，各類題材之間難免會有部分疊合或雷
同，但基本上是以每首詩之特殊偏重點加以歸類。

一、感懷詩

　　凡是詩人對於自己的遭遇，或是因社會變遷、家國隆夷，或是因
親友間的聚散，或是因客觀時序景物興替之感觸，所寫出來的詩篇，
均屬感懷詩。人心至靈，或感物而動，或感事而動，或感人而動，或
感景而動，蓋志有屈伸得失，時有治亂安危，景有雄渾幽寂，凡此皆
能興人之情性。感懷詩的興感範圍極廣，是詩人情緒主觀的流洩。《文
心雕龍·物色篇》云：「春秋代序，陰陽慘舒，物色之動，心亦搖焉。
蓋陽氣萌而玄駒步，陰律凝而丹鳥羞，微蟲猶或入感，四時之動物深
矣。」又云：「是以詩人感物，聯類不窮。流連萬象之際，沈吟視聽
之區；寫氣圖貌，既隨物以宛轉；屬采附聲，亦與心而徘徊。」充滿
各種複雜情緒的詩人，偶遇各種人生情境，情感必然流溢而出，遂能

〔註 9〕見同註 4。

創作出一篇篇感人之詩作。

　　湘綺之感懷詩，充滿蒼涼悒鬱之基調，此乃由於其一生顛躓所致，耿介之志既傷，臨淵吟澤遂不免有憔悴之音。沈理下僚，一直是中國傳統知識份子的悲哀，也是歷來文學作品吟嘆之主要題材。湘綺有關一己身世之感懷詩篇如〈建昌軍中夜月感事作贈曾侍郎時有三河之敗〉云：

> 南城橋外屯千幕，夜月微黃沙漠漠。從來征戍有邊愁，不待穹廬北風惡。書生叩闕請從軍，早被疆臣妒策勳。馬謖自緣輕進敗，李嚴仍道轉糧勤。崎嶇五載成何事，拜疏還山甘退避。踊金寧免世嘲譏，割鉛還與人驅使。蹤跡從來似轉蓬，不教西去遣來東。冗軍坐甲量沙易，虎帳論文列坐同。何王二守工文翰，賓僚李許才名擅。各出偏師挑大敵，好築長城防野戰。麻姑山翠映轅門，列戟清香撲酒尊。鐙影依稀似茅屋，羽書過後即桃源。共識仙郎心寂寞，胡床坐嘯羌戎卻。休言失水困長鯨，獨向寥天看黃鶴。起兵主簿見艱難，暫到邊州話歲寒。未得短衣隨李廣，且共圍棋詣謝安。(卷四頁 17)

此時不歸酬贈而歸感懷，乃因其內容主要在敘述欲投曾國藩而效鉛刀一割，但卻不為重用的感慨。曾國藩辦團練，盡納湘中人士，獨漏湘綺，怎不使湘綺「獨向寥天看黃鶴」！詩中雖勉文正，實亦自傷！又如〈獨行謠感贈鄧輔綸〉（卷九），乃追敘一生行事之困頓，兼及家國之變遷動盪，全詩共分三十章，凡四千四百八十五字，易君左曾言：「是傳誦一時之作，也是他得意之作。……古人五言中就沒有一個有他這種偉大的氣魄的。」〔註10〕

　　其有關家國隆衰、社會變遷之感懷如〈石牛塘途中作五首〉，其一：

> 故宅沿明代，艱難託子孫。石牛空識主，駟馬不容門。苴莽人先老，苕亭屋尚存。寒塘休照影，青鬢曉霜繁。(卷八

〔註10〕同註3。

頁 3）

面對故宅，使人緬懷先人營生之不易，而時移境遷，自己也已霜鬢斑斑。屋因風雨而老，人因奔波而衰，老屋與疲憊的身心令湘綺深深地感嘆，感嘆寒塘曾映照過的時空。此詩有序云：「余先世卜宅石牛塘，近三百歲。庚戌（道光三十年）經行，曾賦長句，至今二十年，爲族子所賣，先不相告也。既無求田之志，兼少買山之資，躑躅門前，感懷灑灑。」又如〈仍聞三首〉，其一：

> 黃鶴樓邊月，流光每到衣。暮鴉仍不定，孤鴈幸知歸。寂
> 寞心難退，風塵事漸非。仍聞九江郡，持久未巡圍。

此詩作於咸豐四年，曾國藩正與石達開酣戰於九江，湘綺雖未能披甲揚戈，但關懷戰事的心情猶如浩月；雖退居風塵事外，憂國的鬱悶正似遠天之孤鴈。再如〈悲憤詩〉：

> 北望郵塵千里昏，杜陵憂國但聲吞。豎子無成更堪嘆，群
> 兒自貴有誰尊。元紀沐猴妖讖伏，樓燒黃鶴舊基存。請君
> 莫灑新亭淚，且復清春指杏村。（其一）

> 家家守歲歲仍遷，愁對清尊畫燭然。大壑藏舟驚半夜，六
> 龍回日更何年。憲期縮短難如願，游宦思鄉且未旋。若補
> 帝京除夕記，料無珂盡詠朝天。（其二）〔註11〕

此二首乃辛亥革命，國體更改後所作。時社會仍洶洶不已，而國體初改，人心尚未能調適，使得身爲舊派人士之湘綺有無所適從之感。對於革命，湘綺一直是不贊同的，因此詩中亦唾罵革命黨人之行爲。

其感舊懷人之篇章如〈寄懷辛眉〉：

> 空山霜氣深，落月千里陰。之子未高臥，相思共此心。一
> 夜梧桐老，聞君江上琴。（卷三頁 12）

〈夜月過去年與彌之別地二首〉，其二：

> 竹路經過舊，流螢似去年。岸欹仍動石，橋遠欲飛煙。別
> 恨青谿外，秋風紫苑前。持竿猶未慣，且莫問漁船。（卷三
> 頁 22）

〔註11〕見《日記》，民國元年正月四日。

湘綺與鄧輔綸、鄧繹兄弟定交一生，早年共硯於城南書院，並組蘭林詞社相互唱和，友誼深刻而雋永。至友如茶亦如酒，可以共享人生之喜悅與悲苦，此二詩流露出湘綺與二鄧間清新而濃密的真實友情。再如〈春思寄婦〉：

> 近來離別慣，歸夢不能多。每聽流鶯語，知君斂翠蛾。春生楊柳外，江隔洞庭波。思與落花去，浮沈可奈何。（卷三頁 16）

〈耒陽舟中寄懷瘳緹〉：

> 北風度回鴈，君處定先寒。水逼孤舟冷，愁連繡被寬。空房留獨久，瘦骨壓衣難。欲問相思意，窗前五葉蘭。（卷六頁 12）

征旅之人容易思鄉，思鄉之中最易思婦，因夫妻是人倫間最親密的關係，日夜相處，憂歡與共。湘綺一生行履，有如蓬草，在外作客，常心懸家中妻子，此二詩以婉約之筆觸輕輕流露出夫婦相思之情，詩中設想妻子亦懷念自己，從對面著筆，使自己懷人的愁思顯得具體而深切，有若杜甫〈月夜〉詩之表現手法〔註12〕。觀蘭思人，以景作結，思意縣縣，亦可見其夫婦之情似淡實濃。

　　其有關時序景物興替之感懷，如〈莫雨〉

> 莫雨疏疏過，清鐘了了聞。影驚槐葉去，涼趁竹枝分。獨坐徒多感，哀時且論文。愁心兼靜意，來往覺紛紛。（卷二頁 12）

周圍的環境極清靜，只聽到黃昏時稀疏的雨聲與鐘聲，只看到槐葉落，竹枝斜，獨坐的湘綺在如此闃寂的環境中，內心的愁緒卻洶湧地攪動。又如〈秋興十九首〉，其一：

> 涼秋下空野，林木無時安。微風動密葉，策策見汝寒。春榮理必凋，早晚會萎殘。胡爲恃元化，迫我以憂患。日月善流遷，變故非一端。空抱葵藿志，永愧松柏艱。悟彼南山人，喀然涕已潸。（卷二頁 12）

〔註12〕杜甫〈月夜〉：「今夜鄜州月，閨中只獨看。遙憐小兒女，未解憶長安。香霧雲鬟濕，清輝玉臂寒。何時倚虛幌，雙照淚痕乾。」

秋天肅殺的氣氛，令人觸目驚心，愁思飛興；而世事竟如秋天，使湘綺的雄心壯志亦如同葵藿般地受到摧殘，他想學習松柏的堅毅，只因人間難得有春天。再如〈感興詩九首〉，其一：

> 屬心惜頹年，閒居忘徂序。守靜知夜長，聊復循所慮。屣履周步櫩，寥寥獨游顧。殘月缺始生，依我玉階樹。不知新秋改，但覺涼風屢。草蟲何悲鳴，已似怨寒露。玉衡無停指，微質豈不故。寂愴深道者，精微發玄素。固節非余良，古賢以茲度。安見陵上柏，冬春無所慕。(卷四頁3)

雖然想忘卻時序之更迭，但多愁的湘綺卻因涼風再起而不能入眠，看著殘月升起，想著古賢之豁達，竟惆悵於草蟲之悲鳴。際遇之坎壈，使得湘綺難以開懷。又如〈春懷詩四十八首〉，其二十：

> 平旦登青丘，壘壘墓與墳。青草被岡隴，寂寞送千春。年年臨窀壙，此路行復親。寧知人與世，排突猶一晨。思欲置妻子，偃臥松柏鄰。驚風暗白日，還駕增酸辛。(卷七頁22)

湘綺心情之悒鬱不因春天的來臨而有絲毫改善。平旦登高一望，盡是壘壘孤墳，只有青草恆伴，內心難免有所警悟，想歸臥松柏以終，但世路坎坷，只是倍增酸辛。

二、酬贈詩

　　凡是宴酬、唱和、贈答之詩篇，均屬酬贈詩。此類詩多半以詩題為分類依據，而其內容多為純粹應酬之作。湘綺酬贈詩創作最多，共三百五十七首，乃由於交遊廣闊之故，無論是知音僚友，或名公巨卿，難免相互酬酢以連絡感情，亦藉此以炫耀詩才，因此，此類詩篇少有真情實感，也最為人詬病。明都穆《南濠詩話》云：「古人詩有唱和者，蓋彼唱而我和之，初不拘體製，兼襲其韻也。後乃有用人韻以答之者，觀老杜、嚴武詩可見，然亦不一一次其韻也。至元白皮陸諸公，始尚次韻，爭奇鬥險，多至數百言，往來數十首，而其流弊至於今極矣，非沛然有餘之才，鮮不為窘束，所謂性情者，果可得而見耶？」(註13)

〔註13〕見《續歷代詩話》，頁1615，藝文印書館。

又云：「東坡云：詩須有爲而作。山谷云：詩文惟不造空強作，待境而生，便自工耳。予謂今人之詩，惟務應酬，眞無爲而強作者，無怪其語之不工。」〔註 14〕雖然，部份酬贈之作亦兼抒一己之懷或憂時傷世之情，然其流弊終有如元遺山所云：「窘步相仍死不前，唱酬無復見前賢；縱橫正有凌雲筆，俯仰隨人亦可憐。」〔註 15〕

　　唱和既有如上述之弊，但歷代詩人爲何仍熱衷此道，其動機爲何？劉若愚先生云：「自宋代以來，許多文學家寫的詩既不是由於深刻的道德動機，也不是由於強烈的感情衝動。對他們，以古典的格律寫詩，是一種高雅的消遣和證明學養的一個方法。」〔註 16〕在古代的中國社會，詩人屬於特殊的知識階層，詩作得出色，無疑將會大大地提昇個人聲望；而選擇文人讌集時展現才華，是最佳宣傳的時機。

　　湘綺的酬贈詩，亦多缺乏眞情實性的糟粕，然仍有部分是藉酬贈之名以抒一己之懷者，如〈酒集法源寺送龍知縣汝霖試用山西兼贈郭編修嵩燾尹御史耕雲〉：

> 朝作白頭吟，夕代東武謳。西風一夜起秋色，滿堂賓客增離憂。送君西上太行道，滹沱連雲沒秋草。人生富貴須少年，倏忽窮愁至將老。京華來往十四春，布衣疏食家仍貧。只言白璧報知己，惟見黃金賜近臣。一旦繁華人事改，百道鯨波噴滄海。匣中寶劍三四鳴，萬戶侯封不相待。坐中有客奏兵機，絕國蕭條無是非。空開西域蒲桃酒，且盡牆東鸚鵡杯。持杯卻問霜臺客，祇恐中興有遺失。致君堯舜公等知，七疏書成萬人惜。卑官落拓更可憐，嗟君欲去知君賢。莫辭便作折腰吏，何時得種公家田？從來形勢稱三輔，太原雄關任腰膂。借問年年汾水秋，即今誰作并州虎？此別東西各自悲，古寺鐘鳴來客稀。惟有鳴蟬聒人意，夜來唧唧在高枝。(卷五頁 6)

〔註 14〕見同上註，頁 1614。
〔註 15〕見元遺山〈論詩絕句〉第廿一首。
〔註 16〕見《中國詩學》，頁 121，幼獅文化事業公司。

龍汝霖是湘中五子之一，郭嵩燾、尹耕雲亦曾同湘綺共佐肅順，因此在宴集中流露出傷別情懷，也感嘆自己雖遊歷於名公巨卿間，卻仍布衣疏食，未能建立功名。再如〈張督部鄂中餞席〉二首，其一：

> 再喜東南定，重叨餞飲歡。新亭十年淚，白髮兩人看。浪煖催王鮪，春榮放牡丹。深杯情話永，未覺夕陽殘。（卷十四頁8）

此篇作於光緒二十九年，時湘綺七十二歲，張督部乃張之洞，時六十六歲。兩位白髮老人因東南諸省歷經動亂而再度平定時，舉杯歡飲，悲喜交雜，憂國之心仍未稍懈。又如〈張永州府亭八月十五夜集贈〉：

> 零陵山水都，郡齋風雅林。浮雲去從古，明月來自今。解遘得賞會，亭池共登臨。叢蕉翳夕光，孤桂朗秋陰。流燿靜几席，微風開我襟。西山翠蒙蒙，馮郭瞰林岑。從來遊宦子，欣怨一何深。升沈若弦望，推代倏相尋。且適目前意，孰知來者心。酒醒白露下，高樹望辰參。（卷十頁6）

此篇呈現一片閒逸豁朗之氣象，微風徐來，山翠蒙蒙，圓月流光，孤桂飄香，此時舉觴，縱有千萬愁緒，也將暫時忘卻矣！再如〈秋雨酬叔問〉：（時寓蘇州南園）

> 涼雨夜來過，桂花香入床。起坐晨風秋，秋興清且長。東游踐嘉招，談言樂無方。一夕阻過從，寒煙滿高堂。處靜有餘歡，興言誦來章。擺落世上事，意與雲鶴翔。江湖曠寬閒，游隱恣徜徉。暇則琴酒中，豈謂俗禮妨。若尋南山阿，蘭菊自芬芳。（卷十二頁19）

此詩有淵明之風。湘綺晚年時與鄭文焯唱酬，二人皆有意跳離熙攘之凡俗，消遙山林，過著徜徉之琴酒生活。全詩樸質自然，不假造作，情感真摯，文字清俊，襟懷曠闊。

湘綺其他酬贈詩作，如〈彌之過敝縣止而觴之建福寺見贈長歌和作一首〉（卷三頁11）、〈長沙贈別李申夫兼呈同集諸公〉（卷七頁14）、〈成都南郊看荷花待丁尚書不至明日見示長歌奉和五十六句〉（卷十一頁17）、〈七夕湘東聞箏歌贈吳沈生〉（卷十三頁12）等，亦不乏真

情實性。

三、閨情詩

　　湘綺詩中約有一百三十首是描寫閨閫之思、男女之情的詩篇，謂之閨情詩。其中以「擬」稱題的，如〈擬美人梳頭歌〉，約有七十首，另有以樂府舊題虛擬纖巧穠麗之怨情，亦有部分乃描述其自身與妻妾間之感情。

　　湘綺創作閨情詩之動機，可見第四卓第二節之四，認爲其有抒情之功能，遂「聊引閨房以敷詞藻，既無實指，焉有邪淫？」〔註17〕，況其其擬古亦爲鎔成，《文心雕龍‧體性篇》云：「宜摹體以定習，因性以練才。」而其模擬諸篇，於驅詞命意之際，仍自有風姿，茲舉其擬曹子建之作與原詩並觀。

曹子建〈雜詩〉之一：

> 明月照高樓，流光正徘徊。上有愁思婦，悲嘆有餘哀。借問嘆者誰？言是宕子妻。君行踰十年，孤妾常獨棲。君若清路塵，妾若濁水泥。浮沈各異勢，會合何時諧？願爲西南風，長逝入君懷。君懷良不開，賤妾當何依？

湘綺之擬作〈明月照高樓〉：

> 春風入晨林，愁思方無端。悲來命清瑟，歎響激櫺軒。良期曠三載，迴路阻且艱。君子勞遠役，使妾長孤閒。芳蘺隔江沚，蔓草秀中園。會合儻有時，容華難久觀。願因浮雲逝，萬里致君前。不惜自媒苦，恐君心未然。（卷六頁12）

湘綺之擬子建詩，或許由於個人之喜好，或許也由於二人皆有懷才不遇、壯志難酬之痛苦心境使然。子建不受曹丕、曹叡之信任，湘綺不爲曾國藩賞識，因此均藉夫婦相離，暗寓懷才不遇之心曲。湘綺詩中，凡稱「擬」者，乃以爲其詩可與原作相頡頏，自認造詣在伯仲之間。至其中年後，有稱「代」者，如〈七夕代苕苕牽牛星〉（卷十頁6），則自信已超越古人。按《說文》：「代，更也。」「代」有替代、取代

〔註17〕見《詩集》卷四，頁15。

之意。茲舉原作以觀。〈古詩十九首〉之十：

> 迢迢牽牛星，皎皎河漢女。纖纖擢素手，札札弄機杼。終
> 日不成章，泣涕如零雨。河漢清且淺，相去復幾許？盈盈
> 一水間，脈脈不得語。

湘綺之擬作：

> 婉婉初昏月，豔豔河漢光。閒庭朗已靜，冥思一何長。人
> 情悅嘉會，天路恨無梁。跂彼自永久，良期念有常。年年
> 含勞望，遙遙待夜央。歡怨未及已，流飆轉晨涼。耿耿還
> 獨寐，撫事心洋洋。參辰忽以沒，明發起旁皇。

湘綺因有著曲折的心路歷程，使此詩之含意更具深度，在篇幅上也擴
增許多，然在字法上仍模擬古詩之疊字法，意境上亦呈現古詩之質
樸，正如陳衍所言「雜之古人集中直莫能辨」。

　　湘綺閨情詩，感情均綿密細膩，如〈河畔澣衣歌〉：

> 荊釵綠鬢貧家女，浣女向曉臨江渚。江水沈沈動遠波，素環
> 斜領相看語。自言二十初嫁年，夫婿從軍昨戍邊。新昏離別
> 那可說，夕烽遠近從人傳。攬妾嫁時衣，時淺衣尚新；牽君
> 別時袖，袖綻恐難紉。江聲破碎衣聲軟，人道洗多紅色淺。
> 已拼衰老顏色故，何須更惜青黃轉。思君不見淚霑襟，襟上
> 愁痕入水深。江水長流待君飲，君知妾淚在君心。(卷一頁16)

此寫新婚夫婦，因戰爭而離別，遂產生無盡痛苦的相思。此詩不只寫
情，亦描繪出典型的社會實象，貧家女子的淚，也是成千上萬女子的
淚。又如〈今別離〉：

> 別來五日春水深，桃枝成碧花欲明。開簾望東風，遠近傷
> 我情。君腸斷，妾心老，繡衣羅裳著春早，愁如細雨連煙
> 草。去年離別鶯始啼，今年啼鶯別處飛。垂楊復何心，從
> 風飄絮來天涯。浮雲皎月意不盡，絕思還空帷。(卷三頁14)

煙花三月的離別，因著東風、細雨、煙草、鶯啼、垂楊等客觀景物的
烘托，使思婦之情致更加委婉地表露出來。再如〈出城步至南湖澗迎
婦空返明日婦始歸作一首〉：

> 涼風惜露寒，芳草漸無依。誰能坐相憶，始念與子違。耦

步出城闉，行行望湘圻。野曠夕飆屬，日落青林微。川梁
既睽絕，驚浪使我疑。佳人失良約，暮色久敝帱。徒知來
帆盡，佇立未敢歸。思深忘道長，空返覺路遲。別數恩愈
濃，豈吝一夕期。無謂我獨勞，嘉時不可希。（卷六頁10）

此篇流露出湘綺夫婦間深摯之情感，他惶惶不安地等候妻子，在涼風
中佇立，望著江上來船，卻因「過盡千帆皆不是」，只得悵然而返。

四、行旅詩

　　凡在旅途中因所見所感而作，且詩題上通常有地名或日期的詩
篇，皆屬行旅詩。行旅詩介乎遊覽詩與感懷詩之間。雖然在行旅中
常亦順便欣賞沿途景物，但這不同於遊覽詩把遊山玩水當做活動的
主要目的，後者內容也以寫景為主，模景也較深刻；而在心境上亦
自有異，行旅在外通常是為了某種特定原因不得不離鄉背景，因此
情緒上常較抑鬱複雜，不若遊覽山水是為解除鬱悶而達到自由與暢
快。行旅詩也不同於感懷詩，雖然也會因沿途景物而產生種種感觸，
但行旅詩的寫作時空是特殊的——羈旅在外，不若感懷詩的廣泛而
普遍。

　　湘綺二十歲後，即常行旅在外，所作行旅詩約有百首，其一貫特
色是感情沈鬱，氣象蒼茫。如〈春社日往郡陽道中雜詩十首〉，其一：

作客真成計，逢春定別家。故園風過柳，殘月夜依花。歧
路馬猶顧，輕波鷗自斜。離心共芳草，著處便天涯。

其二：

日斜春羃羃，山盡路遙遙。野鶴爭雲疾，池鵝得雨驕。舊
家看老樹，新水漫官橋。何處堪充隱，從君寄一瓢。

其四：

馬後草萋萋，來時綠滿蹊。遠山千樹雨，去路子規啼。澗水
人家外，炊煙春谷西。行人忘早暮，報午賴雞鳴。（卷四頁1）

此組詩含蓄地吐露時常離家作客的疲累。湘綺為何「逢春定別家」？
為何「作客真成計」？其實是年輕欲有所為的心情所驅馳，時湘綺年

方二十六歲，南北奔波，只爲懷璧求售，因此上舉三詩，雖「言在耳目之內」，卻「情寄八方之表」〔註18〕。又如〈雨過空靈灘〉：

> 煙岫濛濛白，秋楓瑟瑟青。歸帆開霧雨，細浪響空靈。水驛雙鬟報，灘聲一枕聽。霜鱸不易得，隨處問漁汀。（卷八頁4）

此詩寫乘帆所見所聞之江灘景致，灘聲撩人輕愁，煙岫霧雨使人神思幽遙，心境雖淡，卻不開朗。再如〈泊銅錢望作〉：

> 枝江回澧復通沅，二浦重湖自吐吞。積水浮天春更遠，輕雲擁月晝難昏。滇黔亂後閒征邅，今古湖回疊浪痕。唯有汀洲渺無際，年年依舊長蘭蓀。（日記光緒十年三月六日）

〈泊烏石磯作〉：

> 碧天無暑浪無花，檣燕風輕纜力加。山影欺人半川黑，月眉窺我一彎斜。蘆洲退鷁驚雙鷺，石瀨飛龍下五鴉。野宿夢回聞戍鼓，涑開津吏正晨枒。（日記光緒二十年六月三日）

〈夜半渡浙〉：

> 雪渚雁鳴風，夜江雞唱寒。寂聽動哀響，寥亮滿江山。羇情苦飛越，憑虛忽超邊。餘情媚菰蒲，素碧隱霜蓮。曉色物曖曖，莫歲思綿綿。本知虛舟達，誰云舍筏賢。（卷五頁4）

〈漢口舟夜聞雨〉：

> 漢水門前路，尋常慣獨行。復聽今夜雨，不似昔年聲。點滴驚寒夢，江湖損道情。扁舟始遊倦，明燭照愁生。（卷六頁22）

以上諸詩，均傳達出湘綺羇旅之苦悶情懷，縱志馳思，委曲而有深致。

五、遊覽詩

凡因遊歷眺望山巒川流、郊野田園、城郭林苑所寫之詩篇，皆屬遊覽詩。遊覽之範圍不只局限於翠微碧湍之山水，其他經過人工點綴之著名風景區，或宮苑、莊園之景色亦包括在內。遊覽詩通常是作者遊歷陌生地域的主觀記敘，所謂「陌生地域」，是指詩人脫離了日常生活固有的生活空間，屬於一種特殊體驗；因此，遊覽詩之

〔註18〕見鍾嶸《詩品》。

內容除了模山範水之外，通常也夾雜一些人世滄桑的感漢或人生哲理的抒發。但是，呈現耳目所及的山川園林之美，則必須爲詩人創作的主要目的。

　　湘綺遊覽詩以五古居多，而內容則以山水爲主，基本情調則類似謝靈運，均以苦悶的心情走向山水尋求解脫與發洩。白居易〈讀謝靈運詩〉云：「吾聞達士道，窮通順冥數。通乃朝廷來，窮即江湖去。謝公才廓落，與世不相遇。壯士鬱不用，須有所洩處。洩爲山水詩，逸韻諧奇趣。大必籠天海，細不遺草樹。豈惟翫景物，亦必攄心素。往往即事中，未能忘興諭。因知康樂作，不獨在章句。」湘綺「與世不相遇」的悒鬱是同康樂一樣的，如〈七里瀨雪中瞻眺〉二首，其一：

> 江濤積冬春，寒雪更昏晝。饑禽久無聲，郢曲猶一奏。荒林似如昔，竦嶂遙相走。落石麗雲錦，峰巒攢華秀。乘流逐岸轉，溯颺苦寒驟。苦辛爲誰故，屯邅未云負。謝公逐已夭，嚴子終頤壽。山澤願雖同，名道詎兩副。觀此將淒其，虛舟庶能宥。（卷五頁2）

同樣的七里瀨，有著同樣奮飛不得的詩人在瞻眺，而觸目所聞無非悲楚——「誰謂古今殊，異代可同調」〔註19〕。報國不成是湘綺一生最大的遺憾，於是走向大自然，可以得到情緒的宣洩、自我的伸張，而使愉悅再現。在廣闊的空間裡，可以沖淡難過鬱悶的心情，所謂「登山臨水袪煩憂」〔註20〕。湘綺亦云：「已然則登山臨水，情寄於眺望，迎鴈送凫，詞託於流連。雲日可以騁娛，風雨可以助恨。」〔註21〕又云：「登高遠眺逸思多，興酣抗響同高歌」、「青天四望心目寬」〔註22〕，也曾憬悟道：「流賞風月之前，指畫山川之外，當斯時也，殊不知榮辱何因而生，哀樂何從而見，況乎他人之成敗，一時之勝負乎？」〔註

〔註19〕見謝靈運〈七里瀨〉。
〔註20〕見元遺山〈西園詩〉。
〔註21〕見《詩集》卷三，頁30，〈夜秋曲序〉。
〔註22〕見同上註，卷五，頁14。
〔註23〕同上註卷八，頁7，〈重過邯鄲作歌寄六雲序〉。

23）其遊覽佳構，如〈武岡同保山仙苑寺〉：

> 芳辰無近尋，林薄愜幽趾。瞻巖契仙棲，轉石漱清沚。高
> 梧上離離，輕藤下纚纚。鳥鳴綠陰外，山納疏窗裡。雲構
> 自回環，修修虛塈寒。誰工削成壁，空青自然關。靜緣結
> 遙樹，沖襟激深湍。情閒易為賞，塵纏誰與刪。卜築余何
> 羨，布穀飛平田。微風山徑冥，惟言樵采還。（卷三頁 6）

〈青石洞望巫山作〉：

> 神山夙所經，未至已超夷。況茲澄波攞，翼彼祥風吹。真靈
> 無定形，九面異圓虧。晴空穴內蒸，積石露嵌奇。江潮汨無
> 聲，浩蕩復逶迤。呼風陵紫煙，漱玉汲瓊脂。賞心不期游，
> 誰識道層騩。若有人世情，暫來被塵羈。（卷十一頁 16）

〈前林遇雨〉：

> 江南秋色佳，出門盡青山。高軒三日雨，始見楓林丹。薄
> 遊不期遠，攬秀上平原。東峰暮雲合，飛瀑過我前。齋閣
> 靜蕭蕭，欲往迷蒼煙。松桂橫來徑，陰森自相連。行止貴
> 吾意，誰能待丘樊。荷裳冒雲濕，葛履踐寒還。牧人何笠
> 望，稚子出林諠。快快遊非屯寒，坦道信所便。寄言永懷
> 客，車輻徒罷煩。（卷七頁 15）

〈岳陽樓〉：

> 疊浪浮天盡，層樓出地開。出明落日外，秋榜洞庭來。平水
> 魚龍瘦，清霜鴻鴈哀。危闌莫頻倚，華髮暗相催。（卷六頁 22）

此詩開頭筆勢雄勁，橫空而起，頸頷二聯寫景蒼茫壯闊，結以憂老
傷逝，興味悠然，結構嚴謹，誠為歷來詠岳陽樓之佼佼者。又如〈海
光寺〉：

> 東衛闌錡舊，琳宮像飾新。鐘音華梵外，棠樹淺深春。散
> 步思芳草，閒僧話貴人。海軍非得已，繩武在南巡。（卷十
> 二頁 17）

此詩前六句恬澹平和，結尾則以世事猶擾嚷於梵寺外收束，筆法突
兀，令人驚醒！

　　湘綺遊覽山水之作，成就極高，張之淦先生曾云：「湘綺山水之

作，遠追康樂，數百年來，一人而已，大足爲後生法式。」〔註24〕洵爲的論。

六、詠史懷古詩

　　詠史懷古詩，指的是詠述歷史上之人、事、物的詩篇。詩人常因見古跡而懷古事，閱載籍而思古人。事有興盛衰靡，人有聖智奸愚，故詠史懷古之詩，或述昔時盛況，或嘆今日蕭條，當山河依舊而人事全非之時，撫今思昔，詩人嗟惜怨慕之情，不覺油然興起。此類詩通常寓含詩人主觀的議論和寄託，而不只客觀地平舖直敘，劉若愚先生云：「中國詩人對歷史的感覺，其方式很像他們對個人生命的感覺一樣。他們將朝代的興亡與自然那似乎永久不變的樣子相對照，他們感嘆英雄功績與王者偉業的徒勞，他們爲古代戰場或者往昔美人而流淚，」〔註25〕詩人本就多愁善感，當登臨古跡，舉目憑眺，常會興起如杜牧所言「六朝文物草連空，天澹雲閑今古同，鳥去鳥來山色裡，人歌人哭水聲中」〔註26〕之感嘆。歷史不斷地向前延伸，過去的種種，於今觀之，除了感慨也令人反省，詠史懷古詩通常在理性評斷與感性抒懷的流洩中，令人興起一波波地冥想與追思。

　　有些因遊覽名勝古跡而作的詩篇，若內容主要爲詠懷古事，即不入遊覽詩而入詠史懷古詩的範圍。湘綺詠史懷古詩共五十二首，均高華瑋麗，如〈詠史雜詩八首〉，其二：

　　薄暮游燕郊，思古登高臺。浮雲乘海氣，悽愴從東來。滄波不可望，仙駕在蓬萊。曾聞古徐生，一往不復回。秦王擁六龍，帳殿臨蒼崖。樹羽照千里，鞭石遂莫追。不見安期瓜，但睹驪山灰。人事終已矣，天道長悠哉。（卷五頁5）

其四：

　　李斯臨東市，仰視白日光。悲風卷沙礫，慘澹交衢旁。黃

〔註24〕見《邅園書評彙稿》，頁60。
〔註25〕見同註16，頁82。
〔註26〕杜牧〈題宣州開元寺水閣〉。

犬亦何恨，身死墮國綱。群盜滿關東，讒巧在君旁。鷹隼
不虛擊，何爲誤見傷。利害寵辱間，反覆鳥有常。陵谷在
俄頃，千載用慨慷。（卷五頁 6）

此二篇乃對人事移易，寵辱難常的感慨。秦王之霸業，已灰飛煙滅；
而李斯的生死，自己又豈能預料？是非成敗，轉眼只餘禾黍。歷史給
人智慧，也給人澄澈的心靈。又如〈獨游妙相庵觀道咸諸卿相刻石〉：

成敗勞公等，繁華悟此間。依然一片石，長對六朝山。花竹
禪心定，蓬蒿戰血殷。誰能更游賞，斜日暮鴉還。（卷六頁 24）

因一片刻石，憶道咸以來之戰；見蓬蒿猶染戰血，游覽的心情也益加
沈重。再如〈弔燕子樓〉：

煙鎖彭城暮色秋，繞城無復舊河流。唯餘節度東樓月，照
盡繁華照盡愁。（日記同治十年九月十二日）

燕子樓，乃唐貞元中，張建封鎮徐州時所築，以納愛妾關盼盼，現址
在今江蘇省銅山縣西北。彭城即銅山縣。歷史上的恩怨情愁、繁華落
寞，只有東樓上的明月可以做見證，是乃本詩之主旨。另如〈夜泊穀
城〉：

襄陽形勝鎮南荊，九代繁華有變更。舊鎮樓高秋易冷，大
隄人去月空明。臥龍何處尋茅屋，放虎無端誤穀城。今古
英雄多少事，臥聞流漢夜濤聲。（日記光緒卅一年十月七日）

穀城在今湖北襄陽縣西北，形勢險要，爲兵家必爭之地。此篇緬懷歷
代英雄如諸葛孔明與曹孟德等爭奪襄陽的史事，而如今，只餘江上濤
聲猶自澎湃。

七、詠物詩

天下之物盛多，如花草果樹、禽獸蟲魚、山石水澗、日月風雲、
與日常器具，無所不有，無所不包；凡以此類實物爲主要描寫對象的
詩篇，均屬詠物詩。詠物詩著重於吟「物」的個體，而非泛詠眾物組
合的「山水」或「風景」。〈四庫全書總目詠物詩提要〉述及詠物詩之
性質及其演變情況云：

昔者屈原頌橘、荀況賦蠶，詠物之作，萌芽于是，然特賦
家流耳。漢武之天馬，班固之白雉、寶鼎，亦皆因事抒文，
非主於刻畫一物。其托物寄懷見於詩篇者，蔡邕詠庭前石
榴，其始見也。沿及六朝，此風漸盛，王融謝朓至以唱和
相高，而大至多於隸事。唐宋兩朝，則作者蔚起，不可以
屈指計矣。杜甫之比興深微，蘇軾黃庭堅之譬喻奇巧，皆
挺出眾流，其餘則唐尚形容，宋參議論，而寄情寓諷，旁
見側出于其中，此其大較也。〔註27〕

然而，詩人爲何要詠物？《韓非子·解老篇》云：「道者，萬物之所
然也，萬理之所稽也。理者，成物之文也。道者，萬物之所成也。」
道是自然和社會規律的概括，它是客觀的，且普遍存在於萬物之中；
物無大小，皆有道在其間，所謂「一沙一世界」，詩人在感物體物時，
自會有所發現與領悟，此乃詩人詠物之心理基礎。

　　詠物詩之基本工夫在於能精確地描繪物狀，《文心雕龍·物色篇》
云：「近代以來，文貴形似，窺情風景之上，鑽貌草木之中，吟詠所
發，志雄深遠，體物爲妙，切在密附。故巧言切狀，如印之印泥，
不加雕削，而曲寫毫介。」但詠物亦忌黏皮著骨，見物而不見人。
一首上乘的詠物詩要不黏不脫，不獨工於物象之摹繪，更須能夠傳
神，《易·說卦》云：「神也者，妙萬物而爲言者也。」傳神乃指詩
人能對客觀物象的個性特徵作獨特之掌握。除此之外，並且能注入
詩人的主觀感情，情寓物中，物因情見。鄭明娳先生云：「物本身並
無情或趣可言，它的情趣是作者外鑠上去的，由作家的有情之眼去
看，用有情之心去體會，而賦予了萬物以生命、以光華。這就是物
趣，其能源仍然由人『情』而來。」〔註28〕沒有「情」之物，是無
法產生趣味而感動人的。黃師永武云：「詠物詩的地位與價值，不僅
是低層的物質世界，而是在更高層次的生命世界與心靈世界。沒有
生命與心靈的投入，詠物詩將變成乾枯的紙剪的機械物象，而絕少

〔註27〕卷一百六十八，頁9。
〔註28〕見《現代散文類型論》，頁99。

動人的情調。」〔註29〕

　　湘綺詠物詩有六十四首，其中以詠花草居多。葉嘉瑩先生云：
「『花』之所以能成爲感人之物中最重要的一種，第一個極淺明的原
因，當然是因爲花的顏色、香氣、姿態，都最具有引人之力。人自花
所得的意象最鮮明，所以由花所觸發的聯想也最豐富。此外還有一個
重要原因，則是因爲花所予人的生命感最深切也最完整的緣故。」〔註
30〕湘綺詠花詩如〈晚菊〉：

　　　　叢菊榮冬晚，臨階瀾漫黃。待霜無退色，烘日有餘香。豈
　　　　惜供瓶几，還宜伴筆床。尋常籬下看，不及過時芳。

此詩以淡筆寫晚菊之顏色、香味，巧致多姿。菊是花中君子，具高潔
耐寒之性，陶淵明喜菊餐菊，湘綺亦有自比之況味。另如〈摘櫻桃〉：

　　　　紅果甘香熟最先，摘看猶帶露珠圓。蒲桃太俗難相比，芍
　　　　藥初開許並肩。曲宴已無唐故事，轉蓬曾詠蜀詩篇。年來
　　　　內熱冰消久，不羨金盤薦五筵。（日記光緒卅十年四月六日）

此詩首聯寫櫻桃之最早熟，形象新鮮生動，頷聯則以對比側寫蒲桃、
芍藥來烘托櫻桃之高貴，頸聯則用杜甫〈野人送朱櫻〉一詩之典故，
暗寓自己轉蓬地際遇，末以豁朗放曠收束，曾次井然，寄託遙深。其
他如〈芍藥〉：

　　　　玉盤猶似卅年香，一朵雲英壓眾芳。晨露乍收鶯未醒，微
　　　　風纔颭蝶先忙。三春冷淡留蹤跡，小閣輕盈伴曉妝。謝脁
　　　　只吟紅藥句，幾曾月下賞清光。（日記光緒卅四年四月八日）

〈牡丹〉：

　　　　十二玉闌斜，衣香滿院花。晴烘春作霧，鐙照月成霞。帶酒
　　　　嬌三日，驚紅豔一家。吳妃最豐鬋，對鏡不如他。（卷二頁2）

〈白杜鵑花〉：

　　　　夜月明如玉，空山不辨花。雲來一庭暗，風去百枝斜。恨
　　　　君啼淚在，不遣照窗紗。（卷七頁14）

〔註29〕見《詩與美》，頁174，洪範書店。
〔註30〕見《迦陵談詩》，頁290，三民文庫。

均筆觸輕盈，細膩清雋。

八、紀事詩

　　凡就特定事件或時事所詠誦舖敘的詩篇，均屬紀事詩。紀事詩不只申吐詩人內在之情懷，更要指向一樁客觀事件或詩人所處之外在世界。在感懷詩裡也有憂時傷世之作，但那是普遍而廣泛的情懷，不是針對某一人事，或特定政治事件所感發的。

　　湘綺雖身居江海，但仍心懸社稷，對於現實社會之種種黑暗，常以淋漓傾瀉的筆調，作嚴厲之批判，且旁寓曲訴，刺刺不能自休，藉以發人深省。如〈擬焦仲卿詩一首李青照妻墓下作〉（卷一頁 1）描述李青照這對貧賤夫妻爲權貴莠民壓迫而死之悲慘實況，反映封建社會中富豪的淫亂恃勢，官吏的昏庸無能，政治社會的骯髒齷齪，音節踔厲激昂，筆寓強烈諷刺。此詩之序云：「嘉慶十一年，冬，十有一月晦日，湖北傭人李青照妻，爲主逼逃，復遇彊暴，攜子赴湘而死，夫亦自經，經墓讀碑，作詩云爾。」詩曰：

> 雙鳧不能飛，十步兩連翩。張氏有好女，辭家來李門。頭上青絲髮，纖纖兩頭盤。約略蛾子眉，參差掠鬢鬍。雙耳若連璧，荷葉承珠環。紅白左右麗，不用粉與朱。斜肩若垂玉，回腰帶輕襦。素手出廣袖，青綉緣領裙。……妾是貧家婦，貧婦無華妝。脫我嫁時衣，著我青絹裳。上機織縑素，中廚治羹湯。里鄰謂新婦，新婦固不同。東家言佼好，西家言賢良。朝烹穀作糜，夕持絮作衣，無衣常苦寒，無穀常苦飢。……無衣猶可寒，無食難爲生。……昨日東鄰言，主君遠游宦，便可與同行，莫令此事散。……引婦入拜見，主君大歎美，平生實未見，舉止自生光。……朝辭金口去，暮至赤壁山，不聞鄰人語，但聽鼓吹喧。暮發石頭驛，早至洞庭湖，不聞夫婿言，但聽主君呼。主君呼婦前，寧可相順從？珊瑚爲卿枕，玳瑁爲君床。婦謝主君言：賤妾甘困窮，況乃事夫久，大義不再更。主君大拊掌：真復違我旨，汝是貧賤人，復言何道理，昨日爲人奴，今

日在官傍，何不早作計，汝何不自量。……妾是愚賤婦，不堪賢主君。始語向夫婿，轉身自催藏。……偕行出匆匆，匆匆遺槖囊。謂卿暫待此，吾當復暫往。恐距一分散，奔走不成行。……莫爲異鄉婦，舉首迷東西。觀者不轉眼，問者來相欺。……城邊惡少年，三五生崎嶇，詭言其夫至，象揥作要期，紿婦更渡湘。四人於小舟，謂婦汝無然，孤身欲何爲？潛行苦多畏，聞此心膽壯，激我義烈情，吐我心鬱快，長號啼向天，哽咽涕盈眶。舉首謝夫婿，相見在泉壤。……妾事今當死，妾死君獨生，死者不可再，生者壽命長。懷中一尺兒，抱頸相向啼，不得從君去，但可隨妾旁。舟邊一尺波，烈婦命長終。是日大風雨，青天爲不陽，青照得聞此，沈痛割肝腸。

當青照「鳴冤赴縣門，報縣捕奸凶」，縣令竟認爲「民命小小事，況乃異鄉客」，青照無奈，只得「吞聲顧樹下，自挂南枝南」。死諫終使得「縣令聞此事，忸怩無容顏」，卻因屈於權勢，「但捉岸上兒，不上使君船」，遂就此不了了之，唯有城中父老爲青照夫婦造塋合葬。湘綺經其墓前，乃「作詩誦清風」〔註31〕。此詩形式格律雖模倣〈孔雀東南飛〉，但題材內容是新創的，雖同爲夫婦雙殉，然焦仲卿夫妻爲傳統不合理之家庭倫理所逼；李青照與張氏則係污穢社會所害。前者不見史傳，後者則是眞實事件，不過劉蘭芝與張氏的婦女形象，均呈現堅毅不屈、眞骨凌霜的高尚情操。

湘綺另有一首紀英法聯軍之役的巨製——〈圓明園詞〉（卷八頁13）：

宜春苑中螢火飛，建章長樂柳十圍。離宮從來奉游豫，皇居那復在郊圻？舊池澄綠流燕薊，洗馬高梁游牧地。北藩本鎮故元都，西山自擁興王氣。九衢塵起暗連天，辰極星移北斗邊，溝洫滇淤成斥鹵，宮廷映帶覓泉原。潭泓稍見丹棱泂，陂陀先起暢春園。暢春風光秀南苑，霓旌鳳蓋長

〔註31〕 案：《清史稿》卷五百十一，列傳二百九十八，列女四，有李青照妻張氏傳。

游宴，地靈不惜甕山湖，天題更創圓明殿。……純皇纘業
當全盛，江海無波待游幸。行所留連賞四園，畫師寫仿開
雙境。誰道江南風景佳，移天縮地在君懷！……秋獮俄聞
罷木蘭，妖氛暗已傳離坎！吏治陵遲民困痛，長鯨跋浪海
波枯！始聞計吏憂財賦，欲賣行宮作轉輸。沈吟五十年前
事，曆火薪邊然已至。揭竿敢欲犯阿房，探丸早見誅文吏。
此時先帝見憂危，詔選三臣出視師。宣室無人侍前席，郊
壇有恨哭遺黎。年年輦路看春草，處處傷心對花鳥。……
鼎湖弓劍恨空還，郊壘風煙一炬間。玉泉悲咽昆明塞，惟
有銅犀守荊棘。青芝岫裡狐夜啼，繡漪橋下魚空泣。……
湖中蒲稗依依長，階前蒿艾蕭蕭響。枯樹重抽盜作薪，游
鱗暫躍驚逢網。……即今福海冤如海，誰信神州尚有神？
百年成毀何匆促，四海荒殘如在目。丹城紫禁猶可歸，豈
聞江燕巢林木。廢宇傾基君好看，艱危始識中興難。……
相如徒有上林頌，不遇良時空自嗟！

李日剛先生曾云：「（湘綺）七言最著者，莫若同治十年所作〈圓明園
詞〉一百六十二句，韻律調新，風情宛然，乃斅唐元稹之〈連昌宮詞〉，
不為高古，於湘綺集為變格。然要其歸引之於節儉，而以監戒規諷終
其篇，最得體要。」﹝註32﹞此篇形式上雖效〈連昌宮詞〉，然自有其
時代精神，氣勢磅礡，寓意深沈，大筆如椽，壯浪恣肆。圓明園在北
平西北郊，康熙四十八年建，賜與雍正為藩邸。園地有二十餘里，乾
隆時增築，摹仿江南名園勝景，點綴其間，共造四十景，有十八座大
門，宏麗堂皇，聞名中外，有萬園之園的美譽。咸豐十年（1860）秋，
英法聯軍攻破京師，入園劫掠珍寶，放火焚燒，殿宇盡煨為廢墟。湘
綺此詩即記述此事，並諷刺為政者奢侈浪費，政治不修，導致社會動
盪，列強交侵！

　　〈擬焦仲卿詩一首〉與〈圓明園詞〉堪稱湘綺紀事詩之雙璧，閃
爍晶瑩清光，令人目眩神搖。其他如〈喜聞官軍收復九江寄胡巡撫五

﹝註32﹞見《中國詩歌流變史》，頁809，文津出版社。

首〉（卷四頁 13）、〈王氏詩〉（卷五頁 18）、〈馬將軍歌〉（卷十頁 5）、
〈諸貴公子招飲歷亭始聞北警二首〉（卷十四頁 3），成就亦高。

九、送別詩

　　廣義言，送別詩可屬於感懷詩，但送別詩著重於描述離別時那種
剎那間的傷感情緒。人是感情的動物，與親朋好友的離別，常是百感
悽惻，恍若有亡。江淹〈別賦〉云：「黯然銷魂者，唯別而已矣」、「是
以別方不定，別理千名，有別必怨，有怨必盈，使人意奪神駭，心折
骨驚。」

　　湘綺送別詩有六十二首，除少數送予達官顯要，流於應酬外，其
餘與好友的分別，均寫得婉折迴環，細緻感人。如〈送人歸武昌〉：

　　　寂寂思江漢，尊前罷楚歌。故家萬木盡，孤棹夕陽多。旅夢
　　　愁先到，春風不重過。月湖隄上柳，啼眼奈愁何。（卷三頁 14）
〈又送〉：

　　　久客終無籍，今歸亦自迷。亂山疲馬去，春雨一鳩啼。舊恨
　　　空江水，餘生視柳梯。不知鄉國路，祇是聽征聲。（卷三頁 14）
以上二詩均以依依牽人的柳絲，象徵多情的惜別。劉禹錫〈楊柳枝詩〉
云：「長安陌上無窮樹，唯有垂楊管別離」，自古以來，詩人常以千條
萬縷的柳絲，欲繫攬住揮袂而去的行人，卻往往只是徒增隱痛。另如
〈夜半送客〉：

　　　宵駕尋野煙，前山暗深樹。隔岸聞犬聲，知君渡江去。秋
　　　夜螢火稀，孤光引歸路。（卷三頁 21）
〈正月廣州送羅小蘇濤還長沙〉：

　　　作客春常早，新歡別更難。扁舟送君去，三日海風寒。雲渡
　　　滇陽峽，香歸楚地蘭。茲行莫回首，嶺外物漫漫。（卷六頁 14）
亦皆愁緒渾茫，若微波之漪漣，漸漸擴散宕開。

十、傷弔詩

　　凡是哀輓、傷悼故舊之詩篇，均屬傷弔詩。送別是「生離」，傷

弔則屬「死別」，均表達人類極度凝重悲傷的感情。湘綺傷弔詩僅三十首，除少數哀輓之作有應酬形式外，餘如悼友傷子之詩篇，均沈痛幽頑感人。如〈哀五女幰殤詞〉：

> 八歲長依母，瀕危苦戀余。孝經初上口，古篆偶尋書。身小衣恆薄，眉長髮喜梳。世緣同一幻，憐爾別魂飛。（日記光緒二年十一月六日）

〈衡陽隱居時交友爲盛廿年來相繼淪喪兼悼子女苗而不秀重望城闉泫然有作〉：

> 久生亦何爲，逝者待我悲。神識尚不泯，英靈盡來儀。昔美衡陽游，耆彥數追隨。地遠少世情，談笑論當時。高詠有遺音，林岫見徘徊。蛟雨沈石門，山館化沙埃。倉卒一紀餘，群公各見遺。猶勉百年志，不異君子期。灑淚臨流波，寒雨爲我來。名賢有天終，殤子又何哀。但恐邦寶盡，他時怨吾衰。顧瞻歲寒松，聊付理化推。（卷十一頁14）

〈撫州廢壘弔林源恩耿光宣〉：

> 列郡悲蠶食，諸軍各雁行。至今孤壘在，誰殉二忠亡。秋草寒羈望，春蘭弔國殤。盱流驚東逝，不及寸心長。（卷四頁18）

其他如〈乾靈篇遙傷李樂平〉（卷二頁 8）、〈暮雲篇追傷郭左兵嵩燾〉（卷十三頁7），莫不辛酸沈痛，言情款款，直是眞情流露之作。

十一、論詩詩

凡以詩歌型式評論詩歌文學之篇章，謂之論詩詩。湘綺論詩詩共廿三首，有七古一首：〈憶昔行與胡吉士論詩因及翰林文學〉（卷十三頁17）。另有廿二首七絕（附於光緒八年日記末），分別評論元好問、劉基、高啓、何景明、李夢陽、李東陽、王世貞、李攀龍、袁宗道、鍾惺、譚元春、嶺南三家（梁佩蘭、陳恭尹、屈大均）、王夫之、錢謙益、朱彝尊、吳偉業、施閏章、王士禎、孫星衍、洪亮吉、黃景仁、袁枚、蔣士銓、趙翼、李仁元、董文煥、陳逸山、高心夔、嚴咸、陳鍾英、鄧輔綸、鄧繹諸人。

其論元遺山云:「裁剪蘇黃近雅詞,略加鉛粉畫娥眉;猶嫌俗調開元派,傳作明清院體詩。」湘綺素不喜遺山詩,曾云:「遺山初無功力而大家,取古人之詞意而雜糅之,不古不唐不宋不元,學之必亂。」〔註33〕又云:「遺山本筠碧小品,擬韓孟勁弓,始復紛糅,自謂變化,猶亦謹守繩尺,微作狡獪而已。」〔註34〕此乃湘綺個人之喜惡耳。

其論王船山云:「江謝遺音久未聞,王何二李枉紛紛;船山一卷存高詠,長伴沅湘蘭沚芬。」湘綺對船山詩褒多貶少,曾云:「自唐宋至明,詩人萬家,湘不得一二,最後乃得衡船山,其初博覽慎取,具有功力;晚年貪多好奇,遂至失格。……船山不善變,然已為湘洲千年之俊。」〔註35〕

論詩絕句自杜甫〈戲為六絕句〉始,中經遺山〈論詩絕句三十首〉,後遂衍為潮流〔註36〕。詩人以絕句體論詩多半為逞才使氣,欲以短短二十八個字概括評論,非得有相當功力不可。而以詩論詩,亦證明自己非僅詩評者,亦是出色詩人,這就有如曹植〈與楊德祖書〉所云:「蓋有南威之容,乃可以論於淑媛;有龍泉之利,乃可議於割斷。劉季緒才不能逮於作者,而好詆訾文章,持摭利病……。」欲說服人而避免如劉季緒之遭譏,以詩論詩是證明自己能力的最佳手段。

以上將湘綺詩之題材,分為十一大類,並舉其佳者數首為例,亦可見湘綺功力之深厚,寓古樸于渾茂,運奇恣以溫麗,足為晚清詩壇之大家。

第三節　王闓運詩之修辭特色

湘綺一生以作詩為抒情養性之用,其論詩力主「選詞」,不喜枯

〔註33〕見《說詩》卷七,頁26。
〔註34〕同上註,卷四,頁21。
〔註35〕同上註,卷四,頁15。
〔註36〕可參周益忠《論詩絕句發展之研究》,師大國研所七十一年碩士論文。

淡之白描〔註37〕，似陸機〈文賦〉所云「其會意也尚巧，其遣詞也貴妍」，故其詩之用字造句，工於鍛鍊。在創作初期，主張「取古人成作，處處臨摹，如仿書然，一字一句必求其似」〔註38〕。其所謂古人，乃指漢魏詩家，曾云：「五古必期似漢人，今且不能似子建，欲學子建，且先士衡」〔註39〕，並因此編錄《八代詩選》，故其詩之用字造句，深受漢魏詩人之影響，然湘綺終能「盡法古人之美，一一而仿之，鎔鑄而出之」〔註40〕，汪師雨盦嘗稱其詩「華藻紛披，屬詞典重」〔註41〕，正可見其修辭特色之所在。茲就巧製疊字，喜用重複句與散文句，善營幽冷孤寒之情境，工於摹情寫景等四者論述於次。

一、巧製疊字

　　疊字，又名重言，是以兩個相同的字來摹擬物態人情。當單字不足以盡其態，則以重言疊字來表現。疊字在音響上有極微妙的功用，既可使語氣完足，意義完整，又可使聲調動聽，達到「以聲摹境」的效用。〔註42〕自詩經、楚辭以還，經漢魏六朝、唐宋諸名家，疊字一直被詩人廣泛地運用於描情、寫景、摹聲、狀物上，以重疊之音樂性及視覺特性加深詩歌之意義及表現力。《文心雕龍‧物色篇》云：「故灼灼狀桃花之鮮，依依盡楊柳之貌；杲杲爲日出之容，瀌瀌擬雨雪之狀；喈喈逐黃鳥之聲，喓喓學草蟲之韻，……並以少總多，情貌無遺矣。」然疊字要下得貼切巧妙又不陳腐，並非易事。宋葉少蘊《石林詩話》卷上云：

> 詩下雙字極難，須使七言、五言之間除去五字、三字外，精神興致全見於兩言，方爲工妙。……要之當令如老杜「無

〔註37〕見第四章第三節之五。
〔註38〕見〈湘綺樓論文〉，錄自《中國近代文論選》，頁328，木鐸出版社。
〔註39〕見《說詩》卷二，頁22。
〔註40〕同上註，卷七，頁26。
〔註41〕見〈六十年來之詩學〉，收於《六十年來之國學》文學部第四編，頁208，正中書局。
〔註42〕見黃師永武《中國詩學‧設計篇》，頁191，巨流圖書公司。

　　邊落木蕭蕭下，不盡長江滾滾來」，與「江天漠漠鳥雙去，風雨時時龍一吟」等，乃為超絕。近世王荆公「新霜浦漵綿綿白，薄晚林巒往往青」，與蘇子瞻「泡泡爐香初泛夜，離離花影搖欲春」，皆可以追配前作也。〔註43〕

疊字的運用，貴在新穎，變化無窮，如果一說「楊柳」就沿用「依依」來形容，一說「雨雪」就沿用「濛濛」來描摹，便落入阬塹，缺少神味。

　　湘綺詩無論古今體，不分五七言，均極喜用疊字，數量之多，幾達篇篇為之的程度，而常以對偶形式表現。姑不論其單句疊，如「軒軒五樓亭」（飲安陽酒樓作）、「雞鳴膠膠明星小」（壬子七月樂平縣作），其雙句疊又可分句首疊字，句中疊字，句尾疊字，連用疊字四者，或描寫聲音顏色，或形容神情狀態，均有栩栩如生之感。

其句首疊字，能造成強烈突兀之視覺效果，如：

　　「陰陰風動地，拍拍水欺城。」（雨坐湘綺樓題寄懷庭）

　　「悠悠千浪積，側側片帆輕。」（夢乘舟渡江）

　　「依依十日飲，嫋嫋一帆歸。」（舟中憶東洲月宴三首之三）

　　「宛宛雌虹蜷，荒荒烈飆休。」（朱陵洞瀑）

　　「邕邕鳩鳥鳴，萋萋曙光顯。」（三月晦日登樓望春）

　　「沈沈積石寒，曖曖殘陽昏。」（登南天門宿上封寺）

　　「瑩瑩浮粉見，的的點衣遲。」（長垂雙玉啼）

　　「喧喧冠蓋會，逐逐塵俗尵。」（過蠱窩灘巴縣作）

　　「片片微雲河漢明，纖纖莫雨六街清。」（七夕篇）

　　「泠泠修竹當廢池，寂寂迴廊繞空殿。」（彌之過和作）

其句中疊字者，有突出之感，造成高潮跌宕之效果，如：

　　「草木苕苕恨，樓臺步步疑。」（得南中消息四首之一）

　　「一幅襜襜錦，君看寸寸絲。」（織錦竇家妻）

〔註43〕見何文煥輯《歷代詩話》，頁411，漢京版。

「芳草看看綠，初花窈窈香。」（雨霽）

「消長時時變，盈虛漸漸推。」（歲盡雪莫寄懷筼仙嶽中）

「洞壑陰陰晚，巖花細細愁。」（春社日往邵陽途中雜詩十首之五）

「古埃離離黑當路，平沙漠漠白黏天。」（臨洺歌示侍人莫六雲）

「春色萋萋連去浪，晴光灩灩動離杯。」（和默存）

「今日嗷嗷對哀鴈，更聞喞喞哭群厖」（端午橋索詩作）

「嬉春處處墦間洒，垂白年年客裡身。」（過大步作）

「秋日高高壁壘靜，涼風獵獵旌旗柔。」（莫提督秋集作）

「秋風梳柳條條綠，漢水澄波漸漸藍。」（三日夜大風因作）

其句尾疊字者，造成餘音繞樑、綿延不絕之聲響效果，如：

「泥痕看點點，春思始遲遲。」（空梁落燕泥）

「橫流時蕩蕩，魂路乃營營。」（武羊渡）

「盛名雖赫赫，儒服只逡逡。」（雨田百歲詩）

「高梧上離離，輕藤下纏纏。」（武岡同保山仙苑寺）

「日黃沙漠漠，風急野蒼蒼。」（立冬日感懷十二首之十一）

「分棹激泠泠，飛雪增淅淅。」（錢唐）

「巖虛石莘莘，霄峻松修修。」（春日下峽重詠巫山）

「甘泉烽火夜炯炯，河橋部曲風蕭蕭。」（豸衣行）

「大禮郊壇遲歲歲，冬祠簫鼓自家家。」（詠花）

其一句中連用疊字者，造成迴環動盪的音響效果，如：

「悄悄輕寒拂拂風」（夜泊寒林站）

「平林淒淒霜漫漫」（秋夜曲）

「年年夜夜少顏色，遙遙夜夜悲別離。」（擬鮑明遠行路難六首之二）

「琤琤摵摵止還作，怨瓦明鐺俱有情。」（瀟湘秋夜雨曲）

「屈作南朝一名品，泠泠灑灑生清風。」（麓山寺六朝松折後作）

「珊珊濺濺下灘浪，千聲迸送孤舟前。」（江聲）

「南看十里柏陰陰，肅肅泠泠無妄心。」（太山回馬嶺棉樹歌）

二、喜用重複句與散文句

1. 重複句

　　所謂重複，乃指在一句或數句內重用一字或數字，如「一留一去情無限，三更四更星自轉」（京口待渡別送者），重用「一」、「更」字。本來行文遣詞，文家均注意避免重出，如《文心雕龍‧練字篇》有「權重出」之主張，云：「重出者，同字相犯者也。詩騷適會，而近世忌同，若兩字俱要，則寧在相犯。故善為文者，富於萬篇，貧於一字，一字非少，相避為難也。」但有時卻不以重複為嫌，反以重出為能。重複句在節奏上類似音樂的重複形式，產生迴環往復、流暢圓滑的旋律效果，使情感的表達，在聲音的重複、意義的重疊裡充分流露出來。湘綺詩使用重複句者甚夥，有整篇使用者，如〈人日立春對新月憶故情〉：

> 萋萋千里物華新，湘春人日不逢人。園中柳枝已能綠，汀洲草色暗生塵。立春人日芳菲節，此日行吟正愁絕。倚闌垂淚看初春，臨水低頭見新月。初春新月幾回新，幾回新月照新人。若言人世年年老，何故天邊歲歲春。尋常人日人常在，祇言明月無期待。故人看月恆自新，故月看人人事改。也知盈缺本無情，無奈春來春恨生。遠思隨波易千里，羅帷對影最孤明。故人新月共徘徊，湘水浮春盡日來。黃鶴樓前漢陽樹，湘春城角定王臺。休言月下新人艷，明年對月容光減。鸞鏡長開亦厭人，燕脂色重難勝臉。庭中桃樹背春愁，春來月落夢悠悠。唯見迎春卷珠幔，誰能避月下江樓。樓前斜月到天邊，樓上春寒非昔年。遠水餘光仍似雪，空山夜碧忽如煙。如煙似雪光難取，明月有情應有語。從來照盡古今人，可鄰愁思無今古。（卷十頁3）

全詩針對詩題「人日立春對新月憶故情」之「人日」、「立春」、「新月」重複使用，表達纏綿婉轉之情感。此詩之使用重複句，如行雲流水，

已臻化境，令人嘆為觀止！其於一句或數句內重出字者，如：

　　「春日照春衣，春心不自知。」（春日）

　　「想音音不存，思影影非故。」（遙傷范元亨質侯）

　　「一片江南江北春，君行遠到花開處。」（憶江淮舊游送薛福
　　　保還無錫）

　　「陳王情盡才難盡，不道吟成鬢已霜。」（夜寐不穩作）

　　「老去偷閒乞病身，暫將閒處作閒人。」（赴小石宴和作）

　　「祇將清淚報深恩，分付三竿兩竿竹。」（瀟湘秋夜雨曲）

　　「東牆蝴蝶西牆花，陰陰牆外如天涯。」（古別離）

　　「近山遠山連水明，深林淺林間花碧。」（春游曲）

　　「故人故鄉如眼前，欲去未去心悽然。」（奉陪郭嵩燾登華不
　　　注山兼和贈一首）

　　「駑駘多肉驥多骨，炎方芻稻難調治；馬侯將馬識馬性，
　　　如造父孫汗牧時。」（馬將軍歌）

以上均饒生意趣，婉麗可誦，亦可知湘綺詩才如江如海。

2. 散文句

　　散文句指的是以散文的句法寫詩，尤其多用虛字，能使詩意神態畢出，明李東陽《懷麓堂詩話》云：「詩用實字易，用虛字難。盛唐善用虛，其開合呼喚，悠揚委曲，皆在於此。」散文句在詩中可使節奏產生頓挫轉折的音響效果，不論抒情或敘事，散文句可使氣脈容易流轉，不致窒塞；可使句法靈妙流動，瀠洄盡致。湘綺詩中亦幾乎篇篇使用散文句，如：

　　「青瀾晼潭沱，寒樹猶明蒨。」（富陽）

　　「坐對白雲暮，安知溪水心？」（瀟碧房聽階上流泉）

　　「仕隱俄同轍，江湖任所之。」（書扇贈懷庭）

「生理有萬端，去矣各努力。」（春懷詩四十八首之十）

「暮鴉仍不定，孤鴈幸知歸。」（仍聞三首之一）

「也識天涯月，無情只自明。」（十七夜月）

「洞庭有客方歸來，憔悴青衫不如意。」（龍生行）

「祇將詞賦掩奇才，肯向荊州出奇計。」（同右）

「當時豪竹併哀絃，一龍清尊便五年。」（重游南昌東湖水亭）

「濁河清濟竟誰是？仰天一笑看浮雲。」（贈于晦若）

「此時端坐百慮靜，萬事從心不由境。」（生日湘東公宴作）

「縱作錦韉終有恨，得拈裙帶已同心。」（題神女祠）

「清氣直映重湖底，冤氣能令六月寒。」（為彭女作）

「無香祇是輸靈桂，也得明堂種九株。」（詠紫荊）

三、善營幽冷孤寒之情境

　　湘綺因早年之縱橫志不就，際遇屯蹇，致使心緒常悒鬱憂悶，〈送蔡與循〉詩云：「拂衣徒步且歸來，看劍縱橫淚霑臆」，〈寄詩雨蒼〉云：「八城愁日暮，一劍報誰知」，愁苦滿懷，發而為詩，常見其營造幽冷孤寒之情境，以傳達其悲苦蕭瑟的心懷，如：

「淺別愁消酒，深寒夜入衣。」（待曉將別）

「春風淒淒，山樹唐唐。」（戰城南）

「徒聞曉來雁，蕭蕭且孤征。」（雜詩六首之一）

「風吹彭蠡波，日落潯陽臺。」（雜詩六首之二）

「曉月供憔悴，征鴻度兩三。」（自京赴濟南途中秋興）

「西風亂蘆葉，孤月出關門。」（同右）

「寒愁先落葉，秋步感空庭。」（鄱陽縣齋遲伯元）

「春湖散寒煙，游子從此行。」（將還樂平留別孫陳鄧）

「城頭畫角蕭疏鳴，舍傍秋草晝夜生。」（送蔡與循）

「湖亭衰柳對金隄，石橋霜色曉淒淒。」（重遊南昌東湖水亭）

「孤行影照澄波碧，荒草覆煙寒寂寂。」（同右）

「中流風急湘波高，頹雲四合寒雁號。」（生日湘東公宴）

「暮雲忽失雙飛鶴，古戌荒林愁日落。」（暮雲篇）

「衰草寒原度鳴隴，將軍營樹起霜風。」（行馬坡感事懷人）

　　在名詞之上加上「衰」、「寒」、「霜」、「孤」、「殘」、「荒」、「頹」等形容詞，使得詩中流露一股悲涼悽冥之氣，此乃湘綺慣用之手法。

四、工於摹情寫景

1. 善寫人情

　　情感是抽象的心理感覺而非實際存在之事物，因此要捕捉一瞬間的情緒，拿捏準確，且完全又適當地以文字表達出來，不是一件輕鬆的事。湘綺論詩主緣情，且善於描繪各種不易捉摸的感情，諸如朋友離別之情，夫婦相思之情，羈旅思鄉之情，憫人憂時之情，以及困頓落寞之情，常以具象之事物比擬抽象之情感，使諸「情」均具體可感，引起廣泛的共鳴，如「歧路馬猶顧，輕波鷗自斜；離心共芳草，著處便天涯」（春社日往邵陽道中雜詩），寫羈旅無奈之情，不正面從人著筆，而側寫馬之徬徨於歧路，喻人之躊躇於旅途，以鷗鳥之能自由飛翔，暗寓疲憊的心靈不得休息，再以芳草比離心，呈現漂泊不定的無奈之情。另如「錦水綠未波，磨訶柳初碧。東風昨更寒，為送將歸客」（憶江淮舊游送薛福保還無錫），在初春時節，朋友將別，不直接寫自己的感受，而以無生命的東風竟會人意地轉寒，輕輕露出似淡卻濃的依依不捨之情。又如「寒蟬翳東林，蟋蟀鳴西堂；微生有常棲，畸士獨無鄉」（贈嘉玉），以人、物對比，傾吐鬱陶憤激之情。其他寫情佳句如：

「離心如落葉，隨馬入長安。」（送錢御史師使回六首之三）

「憂思從中來，驟若奔萬騎。」（述懷四首之一）

「垂楊最關客，迎送總依依。」（春社日往邵陽道中雜詩）

「南苑依依柳，猶能送客驂。」（自京赴濟南途中秋興）

「久別江南雨，春聲似故山。」（上海客舍曉坐聽雨）

「心閒易成悲，避愁轉畏靜。」（花園堡秋望作）

「眼前何物識秋情，二十年來草猶碧。」（錦石怨）

「酒客亂離今半死，僧童長大猶相識。」（重遊南昌東湖水亭）

「闌干寸寸是前游，去時悽惻到時愁。」（同右）

「無情只有長江水，閒打空灘四板船。」（為江西樊少尉題幀）

均情景交融，婉轉曲折地吐訴衷情。

2. 善寫景物

描寫景物要進行細緻的觀察，要看到景物的特點，抓住它的特點來寫，這要靠詩人敏銳的觀察，當然也與詩人當下之情緒有關，《文心雕龍·物色篇》云：「歲有其物，物有其容；情以物遷，辭以情發。一葉或且迎意，蟲聲有足引心；況清風與明月同夜，白日與春林共朝哉！」好的寫景技巧，須能在不同季節、不同角度；在陰晴雨昏、日月流披的時間裡，把所看到的景，精準地呈現出來，以喚起讀者的共識與體悟。湘綺寫景，雅麗精絕，其對大自然的光和色有著敏銳感受，善於鮮明地表現耳目所聞之各種景像。如：

「深林翼孤峰，煙擁三重觀。」（富陽）

「河流蕩日白，山色背天青。」（自京赴濟南途中秋興）

「漁火動多影，湘流靜有聲。」（城上月夜）

「幽柏澗半青，芳草徑初碧。」（入西山從潭柘寺東澗至山亭）

「君山亂後赭，春樹雨中青。」（和高壽農）

「遵渚無安鴻，高塘拾枯蜆。」（愁霖六章）

「虛庭一葉下，微月千里陰。」（七夕立秋作）

「秋草日夜綠，流風旦夕疏。」（獨坐感秋）

「烈戌三更火，荒田兩陌風。」（安慶）

「輕舟漾落日，芳草上春山。」（自龍江渡綠水至煙彭菴）

「眾青不斷色，遠響驚清秋，朱陵竦孤厓，飛泉束崩流。」
　（朱陵洞瀑）

「近看歷落抽萬筍，遠見參差成一簇。」（登華不注山）

「湘川楓樹晚猶青，千里煙橫洞庭白。」（暮雲篇）

「二水空明一嶼圓，叢叢樹影接城煙。」（石鼓山閒眺）

「楊柳未黃萱未綠，嫩春先轉碧桃枝。」（攜幀女行田作）

「十日陰晴花亂開，匆匆春色滿城來。」（清明行）

「莫言城裡秋寒晚，一夜西風萬木黃。」（偶作）

以上均敷陳自然，逼真生動。

第六章　王闓運詩之風格

何謂風格？姚一葦先生云：「所謂風格，乃一個時代的一般性或社會意識，與一個藝術家的特殊性或個人意識，透過藝術品的形式與品質而形成的那一藝術家的世界。」〔註1〕風格指的是從作品的思想內容和外顯形式的統一所體現出來的獨特藝術特色。詩人的風格體現在他某一作品中，也體現在他一系列作品中，是他在創作中駕馭體裁，處理題材，描繪形象，和運用語言等方面所呈現的創作個性。風格的形成，反映出詩人作品的精神面貌，也是詩人的創作走向成熟的重要標誌。

湘綺身處晚清，詩法漢魏盛唐，其詩在時空交匯並配合個人創作意識下，自有特殊風格。錢基博曾云：「（湘綺）詩才尤牢罩一世，各體皆高絕，而七言近體則早歲尤擅場者，……雅健雄深，頗似陳臥子，有明七子之聲調而去其庸膚，此其所以不可及也！」〔註2〕又云其五言古「宗尚庾（信）、鮑（照），上窺建安，華藻麗密，詞氣蒼勁。」〔註3〕錢氏以體製來論湘綺詩之風格，認為湘綺七言近體雅健雄深，五古則蒼勁麗密，此誠的論，然不夠全面，不能完全包括湘綺詩之全

〔註1〕見《藝術的奧祕》，頁294，開明書店。
〔註2〕見《現代中國文學史》，頁43，粹文堂書局。
〔註3〕同上註，頁51。

部風格。吳萬谷先生亦云：「湘綺詩專主五言古，……詞旨淵靜，氣骨蒼秀。七言古則風格稍變，舉體華美，爛若舒錦。」〔註4〕吳氏只論及湘綺五古與七古之詩風，仍嫌籠統，猶待闡發。汪師雨盦則云：「湘潭王壬父以八代詩雄于宇內，創爲寬和清勁，以籠罩詩域，何其偉歟！」〔註5〕以「寬和清勁」一語總論湘綺詩之整體風格，雖頗中肯綮，然亦嫌含混，仍須演繹。

　　一位詩人的風格，不只取決於體製特色，還須視詩人抒寫何種題材內容而定。詩的題材內容，取決於詩人的生活經歷與主觀看法，而每個人的經歷與看法各不相同，因此，不同的詩人表現出不同的風格。就算是同一詩人，因生活經驗之不斷開拓，生命見解之不斷更易，其風格也可能是不斷變化和發展的。因此，一位詩人，其早期的風格可能和晚年不同；寫不同題材內容的詩作，風格也可能不一樣。如庾信的早期風格是清新綺麗的，晚年則一易爲蒼勁深沈；杜甫寫風花的詩篇是精工細膩的，寫亂離生活的詩則是沈鬱頓挫的，因此以一種風格來概括一位詩人一生之作品，實不夠全面。

　　湘綺之生活經歷與創作之題材內容，已如前述，大致說來，其詩之整體風格約可歸納出四種類型，曰沈鬱蒼勁，悲壯激越，謹密閑雅，清麗婉轉，茲爲論述於下。

第一節　　沈鬱蒼勁

　　姚一葦先生云：「吾人對於一個作家或一部作品的風格探討時，一方面要衡量它的時代性，與它所具現的時代意識；另一方面同時要研究他個人的心理和生理的狀態，以確立它的特殊性與它的個人意識。」〔註6〕湘綺身處一個內憂外患的末代王朝，如同〈獨行謠〉所

〔註4〕吳萬谷〈王闓運〉一文，見《中國文學史論集》，頁1195，中華文化出版事業委員會出版。

〔註5〕見《六十年來之國學（五）》，頁207，正中書局。

〔註6〕同註3，頁294。

云：「屯難相糾結，蛾賊扇撗苗。苗回外傾動，英法內吹噓。道窮世運極，將弱藩鎮粗。」〔註7〕他感嘆世運多難，但身爲知識份子，自認「余才勝人十倍」〔註8〕，躍躍欲成濟世之業，屢投曾國藩幕，只落得「已作三年客，愁登萬里臺，……獨慚攜短劍，眞爲看山來」〔註9〕之下場。又入肅順門，卻因發生祺祥政變，肅順被殺，不得不悵然還湘，以講學著述爲務。〈華陽篇〉曾云：「我昔風塵事干謁，王門曳裾仍被褐」〔註10〕，感慨際遇多蹇，並嘆息道：「言不見重，亦自恨無整齊風紀之權，坐睹今代賢豪流於西晉五胡之禍將在目前。」〔註11〕既傷失路，亦憫喪亂。

　　湘綺自恃奇才，卻不爲世所用，「平生志願，滿腹經綸，一不得申，每嗟感遇」〔註12〕，故其詩所呈現出來的主要風格爲「沈鬱蒼勁」，這尤其集中於四十歲以前諸作，體製上以五古五律爲主，題材上則以感懷、行旅，及其他各類有關於抒發社會亂離的篇章爲主，而這些以感情沈鬱爲基調的作品，是湘綺詩集中境界最高、品質最好的，這大概如韓愈〈荊潭唱和詩序〉所云：「夫和平之音澹薄，而愁思之言要妙；讙愉之辭難工，而窮苦之言易好。是故文章之作，恆發於羈旅草野。至若王公貴人，氣滿志得，非性而好之，則不暇以爲。」詩是寂寞的化身、苦悶的象徵，寫窮苦愁思之情，比較恰當也容易引起共鳴。

　　「沈鬱蒼勁」，是指感情深厚沈摯而非憤激怒罵，氣勢上是蒼茫勁健而非纖巧柔媚。此類風格的詩，如〈述懷四首〉，其一：

　　　初夏猶深秋，微雨颯然至。清風吹明燭，短夜不能寐。徘徊起行游，誰能導余意。憂思從中來，驟若奔萬騎。我心信慷慨，萬籟轉相慰。（卷一頁5）

〔註7〕見《詩集》，卷九，頁6。
〔註8〕見《日記》光緒九年四月九日。
〔註9〕同註7，卷六，頁4，〈發祁門雜詩廿二首〉之一。
〔註10〕同上註，卷十二，頁1。
〔註11〕見《湘綺樓箋啓》卷一，頁21，〈與易順鼎書〉。
〔註12〕同上註，卷二，頁5，〈致吳撫臺書〉。

此詩約作於二十歲，時太平天國方構亂，江南數省紛擾洶洶，湘綺爲之憂心不寐，在初夏的夜裏，只有萬籟相慰。此詩悲涼蒼茫，有若阮籍之〈詠懷詩〉：「夜中不能寐，起坐彈鳴琴。薄幃鑒明月，清風吹我襟。孤鴻號外野，翔鳥鳴北林。徘徊將何見，憂思獨傷心。」多難的時代，總是令詩人心情鬱悶，遂有憂思之嘆！再如〈良馬篇〉：

> 西風吹沙去，良馬千里心。落葉當人前，蕭蕭作商音。伏櫪恥壯士，控轡常駸駸。踟躕四顧望，但見浮雲陰。長彗指東北，日落光芒森。短劍不敢揮，賢豪坐沈吟。孤行九州內，常恐異患侵。泥沙困神物，自古霾霜鐔。所願逢烈俠，贈以代兼金，義不隨郭隗，燕市共浮沈。鞭策儻及時，從君放長林。（卷四頁 13）

馬，行地無疆、剛健自強，自來是豪傑能臣之象徵。湘綺此篇作於二十七歲，時湘軍與太平軍熱戰正酣，又發生英法聯軍，時局極爲動盪。此時曾國藩正駐軍建昌，湘綺往視，欲參軍幕，報效國家，遂以良馬自喻，欲逢烈俠賞識，以發揮駸駸千里之才。結尾二句，明顯地企求曾國藩能拔擢重用，然留居經旬，雄姿颯爽的良馬，終亦撼頓顛躓，爲泥沙所困！立功揚名不成，只落得一場奔波。在〈喜聞官軍收復九江寄胡巡撫〉云：

> 倦客看城郭，他年厭鼓鼙。轉蓬隨馬足，移柳舊烏啼。子弟
> 元從楚，風雲勢壯西。夜深看北斗，長劍自提攜。（卷四頁 13）

當湘中子弟，紛紛報國除賊之際，自己卻若無其事地只是一名轉蓬的「倦客」；當湘軍收復九江之消息傳來，雖感欣慰，卻難掩長才不獲展的悒悶，遂提劍看星，一洩惆悵。更藉遊山覽水來澄清化銷內在的愁苦與憂鬱，在〈出嚴陵灘至桐廬〉云：

> 客心貪名境，桐廬接幽觀。空波稍渺茫，漁艇得疏散。平洲方右迤，曾山漸左羨。日莫陰雲升，風過潛波渙。龍蟄固存身，鵠飛寧假翰。古來賢達人，羈游不可算。但恨所志乖，貽阻焉足嘆。及此歲無幾，長歌且伸旦。（卷五頁 3）

在遊歷中，仍思及古今賢達人，亦多有不遇之歎。此詩前半寫景，後

半則寓沈鬱之情，雖長歌舒嘯，實故作曠達耳。在〈將之濟南留別京
邑諸同好三首〉，其三云：

> 皇居冠文物，英彥起高驤。志士履危時，慷慨思隆康。龍
> 蠖在變化，進退焉有常。但恨處卑位，所願不獲彰。不睹
> 鷹隼擊，肅殺志高翔。遠望長風起，始覺天地霜。思彼燕
> 市豪，撫劍觀八方。縱心復何求，朝夕醉一觴！（卷五頁9）

志士履危時，莫不思家國隆康之計，但湘綺雖有遠大的理想，只因身
處卑位，所願均不獲彰，只得藉杯酒澆心中塊壘，撫著劍獨思往昔之
燕市豪傑。此種鬱鬱之情，在〈發祁門雜詩廿二首寄曾總督兼呈同行
諸君子〉中，達到最高點，其六云：

> 寇騎憑涇縣，潛軍度績溪。蒼黃十營敗，風雨萬家啼。事後
> 論形勝，愁來厭鼓鼙。新安聽猿處，唯見月淒淒。（卷六頁5）

此詩寫湘軍之敗，導致人民流離，並以景語作結，傳達出兵荒馬亂的
苦楚。其七云：

> 城郭背飛旌，思歸正獨行。入舟成避地，失路豈逃名。孤
> 客十年事，寒溪一夜聲。康山僧白首，應不笑無成。

此詩寫獨自離開祁門，感慨奔波十年，迅如寒溪一聲，卻一事無成。
詩中以「獨行」、「孤客」、「寒溪」、「白首」等詞，間接反映出沈鬱的
心情。咸豐十年，曾國藩駐軍祁門，湘綺往視，條陳兵策，仍未被採
納，失望之餘，乃悻然離去，此組詩即在此心境下所作，憂國傷世之
懷時時流露。另如〈重游虎丘攜琴載酒采藥而返〉云：

> 江南佳麗地，清秋搖落天。覽古臨閶風，重游及暮年。茲
> 丘鬱劍氣，片石龍吳煙。平疇空高城，晴望曠山川。良朋
> 識我憂，罷酒命鳴弦。滿目今古事，飛鴻忽飄翩。芳草有
> 餘綠，春榮方更寰。池臺一時觀，興廢在偶然。何以寄歡
> 怨，寫心松桂前。（卷十二頁18）

此詩於五十八歲重游虎丘時所作。江南以美景著稱，卻慘遭太平軍之
蹂躪，湘綺於覽觀時，不禁又思及社稷之興衰。另一首〈丹徒江樓望
風作〉亦於覽望景物時，發抒憂悶的感情：

南風霏濛雨，寒江動春氣。舍舟登江樓，清暉藹遠至。漾漾萬里流，長空寫吾意。瓜步橫蒼湄，煙檣矗如薺。焦山靜娟娟，乘潮閱人世。古來樓船戰，搖蕩山川勢。事過存想勞，年徂客情異。徒懷飆舉心，悵望浮雲黳。（卷十二頁21）

此詩寫登樓遠望，以蒼渾之筆寫景，由此興發人世滄桑之感，情致深渺，骨嶙神竦。湘綺曾自作聯語云：「春秋表僅傳，正有佳兒傳詩禮；縱橫志不就，空留高詠滿江山」〔註13〕，可見際遇蹭蹬，未能建立功業，是形成其「沈鬱蒼勁」詩風之主要因素。

第二節　悲壯激越

　　湘綺對人生的諸種感懷，除了表現出較內斂蘊藉的「沈鬱蒼勁」之風格外，另有部分詩篇表現出感情較強烈直率，氣勢較奔放流暢，情節較波瀾起伏的「悲壯激越」風格，此類風格以七古為主，如〈圓明園詞〉，語峻體健，辭氣雄渾。人的情緒常因客觀環境與個人生理心理因素，而有強弱不同，湘綺亦然。當感情激盪，難以抑制時，便發揚蹈厲，如疾雲流湍，奔迸而出，不再是含蓄婉轉、從容涵泳，而是毫不隱瞞，較少修飾，直接將那強烈的感情，迸裂到字句上。此種風格如同梁啓超先生所云：「有一類的情感，是要忽然奔迸一瀉無餘的，……叫做『奔迸的表情法』〔註14〕，又云：「講眞，沒有眞得過這一類了。這類文學，眞是和那作者的生命分劈不開，至少也是當他說出這幾句話那一秒鐘時候，語句和生命是迸合為一。這種生命，是要親歷其境的人自己創造。」〔註15〕湘綺此類風格，以七古為主，七古因篇幅較不受格律限制，可以任意舖敍；且多兩字，可安置虛字如豈知、坐覺、已見、亦有、恐盡、行看、此時等，使氣脈流轉，奔騰洶湧，如天驥下坡，明珠走盤。湘綺詩如〈圓明園詞〉、〈銅官行寄章

〔註13〕見同註11，卷二，頁9。
〔註14〕見梁啓超《中國韻文裏頭所表現的情感》，頁3，中華書局。
〔註15〕同上註，頁7。

壽麟題感舊圖〉（卷十一）；均高論宏裁，卓爍異采，充滿國破之悲痛。
另有〈石泥塘篇〉、〈石牛塘途中作五首〉、〈後石泥塘行贈開枝族六弟〉
等三篇，敘寫家園凋弊，音節鏗鏘，感情噴薄直率，悲颯激昂；修辭
上多以散文句和重複句，造成波瀾翻騰之氣勢。〈石泥塘篇〉云：

> 北風吹雨山瀝瀝，遠樹空濛凍雲澀。泥深躑躅不得前，暫
> 避茅簷轉愁急。我來投宿無所投，荒村寥落經深秋。此鄉
> 先氏舊卜宅，良田華屋皆虛丘。聞道朱樓盛東陌，當時臺
> 榭生顏色。私家休養逢盛世，天下無兵有耕織。豈知賤穀
> 貴金銀，今日萬錢三十石。我尋遺跡無百年，茅茨倒塌雙
> 門偏。其中男婦坐叢雜，數日已見廚無煙。飢驅一飯忍更
> 累，且沽市酒郵亭眠。芒鞋丈人於我厚，遺我四百青銅錢。
> 此皆經歲積儲得，受不敢卻心茫然。以茲感激動嗟喟，滿
> 目荒山極愁思。道旁衰病頭白翁，強說南巡盛時事。吾宗
> 衰薄蓋有由，撫時感事增煩憂。頻年水潦蕩荒土，溝壑凍
> 餒無人收。夫夷兵革鬥未息，潯梧夜鬼聲啾啾。天心元氣
> 頗蕭瑟，慎須醞釀調燮謀。悲吟苦意不能道，暮色蒼茫生
> 遠愁。（卷一頁7）

此詩序云：「石泥塘，是高曾舊居。道光卅年（十九歲），闓運入縣學，
始詣宅，訪諸父兄弟，宗門衰弱，多不能自存者，耳目聞見為此篇。」
詩分四段，首段至良田句，述造訪舊宅，卻只見荒村虛丘，無所投宿。
二段自聞道句至今日句，承首段追想在太平盛世時，石泥塘曾有良田
華屋、朱樓臺榭，且無兵戈之災，物產豐饒，未曾料到今日竟穀貴於
金。三段自我尋句至滿目句，述見舊宅破敝，男婦雜坐，且無米可炊
之狀，愁思頓時飛揚。四段自道旁句至末，述聞道旁老翁，談及盛時
之情況與衰落之由，蓋因天災人禍交相侵襲，使得舊居淪喪至此。此
詩層次分明，辭氣橫溢，情感奔迸，一瀉而出。湘綺至五十七歲時，
又作〈後石泥塘行贈開枝族六弟〉云：

> 雲湖水盡川原敞，高平十里煙如掌，置宅憑岡可萬家，百年
> 高木葱葱長。南州衰氣乘己庚，故家十室九替陵。吾宗此時

盡破敗，明年海內風塵生。邇來二紀始休復，重入山中訪茅屋。清秋桂樹西風香，四山林大蒼然綠。中興家業誰最賢，盛衰人事非由天。富貴浮雲不可致，兄讀弟耕三十年。當年身不踐南畝，自料儒冠斷相負。……翻思昔歲山川枯，行人愁愴日月徂。亦如庸臣當國柄，坐令四海成榛蕪。家國陵遲財用澀，但仰租稅煩供給。政刑百廢不復興，仰天坐嘆何嗟及！吾家四十八宅餘一存，淀園四十野火焚。朝廷特起曾與胡，收召豪傑同憂勤。我雖貪天盜人力，亦有微晝參湘軍。歸來相勸一杯酒，山塘剒羊作重九。少年堂堂如逝波，萬事茫茫復何有？故宅重新易主人，楚弓得失不須論。巢由尚欲買山隱，羨爾桃源長子孫。（卷十二頁 16）

此詩不僅悼念家園，亦傷國事，感情充沛，間有憤激之語，感慨庸臣當國，貽誤朝政，使得社會動盪，家園殘破。湘綺另有關懷民生疾苦之作，如〈愁霖六章〉（卷一頁 8）、〈蘇州秋雨嘆簡黃子壽劉景韓兩司使〉（卷十二頁 19），二首均寫久雨成災，嗟嘆人民遭受苦難，更嘆有司未能體卹人民之痛苦，感情非常強烈而真摯，後者詩云：

客游不量時，所至見愁嗟。北海主人不閔旱，但聞鄰鼓兒童譁。吳中臺司獨憂民，秋霖一月顏瘦窊。無麥尚可黍，寒雨傷稻連荄芽。高畦種棉黑爛死，馬羊齒落無餘花。東南財賦首蘇松，秋成在眼一跌差。公中積穀時可發，官但持齋不平糶。成災豁免有例條，剜肉醫創貧徹骨。……

當農民遭受水患時，湘綺建議「且請停軍省製造」，以救濟農民，「亡羊補牢未為晚」，但不為有司所用。此詩描寫農作物的潰爛，傳達出農民哀痛的情形。

湘綺另有一首為好友嚴咸所作的〈嚴公孫日本刀歌〉，感情亦非常奔迸激越，詩云：

故人贈我松石篇，兼示日本刀。詩成明珠照神骨，刀如秋泉割雲窟。云此神鋒浮海來，先公佩之平三槐。雍梁百年洗戰血，東南再亂如奔雷。龍蠖乘時能屈伸，誓將提挈靜邊塵。悲風夜卷北山雪，晴日朝分西海雲。不須剒割試銛

利，一條寒光生壯氣。白霜瑩透秋鷹棱，青電平磨老鮫背。本知神物不妄傷，奇氣驚人人走藏。空堂廣坐起芒刺，世間不敢看鋒鋩。冰文霜華仍寸裂，出匣入匣經年月。大冶鎔成信不祥，百鍊鈍鋼終自折。長虹耿耿北斗搖，兒童魑魅皆寒毛。休辭棄置比凡鐵，爲應留用與鉛刀。(卷七頁8)

此詩序云：「余友嚴咸嘗視余古刀，云其祖平寇漢中所常佩也。咸素有縱橫之志，尤愛此刀，命余作詩。同治四年春，咸從浙軍歸，不得意，發疾而死（或謂自經死）。余與咸誼同存亡，而獨見其夭，越十有八月，乃爲此篇悼之。」此篇屬傷弔詩，雖句句寫刀，實以刀喻咸，而湘綺與咸意氣相奪，故亦以刀自況。咸素有豪士之名，具騰驤千里之志，卻同湘綺一樣失意於宦途，遂英年而鬱悶以夭，令湘綺不勝噓唏。詩中寫刀之銛利能透鷹棱、磨鮫背，但卻不妄傷無辜，只令魑魅寒毛，但終不獲所用，以致自折；雖折，仍可效鉛刀一割，爲民除害。此詩語氣峻切悲壯，用字粗獷直率，意度盤礴，氣足力勁，如天風海山，浪浪蒼蒼。以兵器爲篇名，另有一首〈雄劍篇贈別李伯元〉，亦眞力彌滿，如瀉飛瀑，詩云：

雄劍不希世，光氣騰紫霄。登城敵頭白，揮手明星搖。千秋神怪有離合，滿堂華燭風颯颯。此時起舞翻離鶬，六月寒雲欲飛雪。彈鋏辭君歸故山，白坡九道流潺潺。請君直斬長鯨背，洗劍秋河明月寒。(卷二頁5)

此詩以雄劍比伯元，欲其靖除亂寇，報效家國。劍是俠客、壯士的代稱，劍光一揮，可殲百妖。湘綺早年結識李伯元，許爲英雄俊傑之輩，兩人皆意氣激昂，壯志遄飛，故離別所吟，顯得神氣清勁，豪邁激越！當李伯元戰歿，湘綺曾作〈乾靈篇遙傷李樂平〉(卷二頁 8)慨嘆其「長纓志不就，金甲血猶寒」，音調悲涼中寓有憤激之情！

第三節　謹密閑雅

除了因際遇顛蹶，戰亂波盪所造成「沈鬱蒼勁」、「悲壯激越」之

詩風外，在以遊覽、詠物、酬贈爲主之詩作中，另表現出一股「謹密閑雅」的風格，心境平淡蘊蓄，語言洗煉雅秀。此類風格尤集中於壯年以後所作，由於奮飛不得，鉛刀已鈍，經時間的澄慮，心情也較坦然開朗，其〈與陳完夫書〉云：「寄語吾黨之懷才欲試者，衣錦不可夜行，名教自有樂地，發財升官不可力求。歸來！歸來！桂樹叢生兮山之幽，又自有一番景象，身外事不足道也。」〔註16〕在〈思歸引序〉中更強烈地表達此種歸去來兮的心情，並重新對人生展開反省與認定，序云：「同治三年冬，余從淮沂將游於燕趙，過桃園之鎮重訪石崇舊河，朔風飛雪，優焉而嘆，停車徘徊，感念伊人，詠其思歸之篇，悲所志之不遂，重尋自敘，喟然而悟。夫以五十之年，居九列之尊，據河陽之園，有綠珠之麗，加以邁俗之志，身在亂朝，有一於此，猶不可免，況其驕侈陵轢多藏以厚亡乎？……余嘗游朱門，窺要津，親見禍福之來、貴賤之情多矣！亦何取身登其階，然後悔悟乎？……歸歟！歸歟！將居於山水之間，理未達之業，出則以林樹風月爲事，入則有文史之娛，夫讀婦織以率諸子，何必金谷爲別業，乃後肥遯哉？」〔註17〕湘綺感於石崇與肅順等權貴之下場，遂悟而歸隱。在〈七夕湘東聞箏歌贈吳沈生〉云：「……他人富貴等浮雲，但道數奇天不惜。我今萬事不關心，感時爲爾一沈吟。人生由命亦由己，莫向風塵求賞音」（卷十三頁 13），於是轉向自然求賞音，向山水尋求苦悶情懷的慰藉，如〈閱東安水道志憶前游慕物外頗有獨往之志作詩寄懷〉云：

> 山川寄物外，車馬不能喧。偶有獨往志，霞石橫眼前。昔游如有神，今懷亦可歡。散髮東山廬，沈吟永桂篇。巖虛午風靜，松疏夏日寒。村舍遠相望，樵牧方來言。豈伊慕靈契，離塵是爲仙。閒庭雖自清，未若漱雲煙。世事託妻子，將從性所便。（卷十頁 19）

此詩表明不再受塵世羈絆，欲散髮沈吟於虛巖疏松間，與樵牧閒談，

〔註16〕同註11，卷六，頁 18。
〔註17〕見《詩集》卷六，頁 20。

與山水同樂。是詩語言高古質樸，有漢魏餘風，感情平淡，如好風清鐘，徐而不疾。又如〈君山〉詩：

> 山色無遠近，明秀湖天中。方嶼浮片玉，扁舟拂神風。挂
> 席六來過，清境未易逢。歸塵既已浣，始得窺靈宮。登陟
> 未覺高，回望谿心容。驚濤洶茫茫，光映化沖融。珍木不
> 知名，芳碧自成叢。丘壑情所止，漁樵事已同。幽敞兼二
> 奇，雲水盡玲瓏。平生曠歷覽，神逸獲更豐。當願長來此，
> 移石對喬松。（卷七頁 4）

此詩在布局結構上，分呈記遊、寫景、與興情悟理之一般六朝山水詩之寫法，嚴謹繁密，情感蒼茫幽淡。再如〈晨登杜巖〉：

> 乘車入鼠穴，挽楬謅雞棲。既厭平路平，喜躡梯雲梯。三
> 陟窮杜巖，曠望得高畦。群峰散螘垤，雜樹蔽幽谿。疏杉
> 性孤直，密竹意低迷。遠聲應春禽，出谷引晨雞。時煊物
> 欣欣，生理豈不齊。倘有山居興，知余好攀躋。（卷十一頁 1）

此篇前六句紀出遊之動機，七至十二句寫遊歷所見景色，末四句寫感物興懷。順序舖寫，結構嚴謹。寫景部分，如同電影蒙太奇之手法，一個鏡頭接一個鏡頭，將看似雜亂的大自然景物，寫得很有秩序；句法上常以上句寫山，下句寫水，如「群峰散螘垤，雜樹蔽幽谿」之整齊章法為之，表現出形式上「謹密」之風格。而在山與水所枰成的佳境美景，甚至山外有山，水外有水，又有花草樹木鳥獸禽魚點綴其間，加以風光流動，音響變化，煩悶的心情也隨之疏放開來，達到閑適之境界。另如〈六月十五夜納涼〉：

> 廣庭蔭嘉樹，起坐心蕭然。日長偶茲暇，臨池弄清漣。芳
> 荷早已合，垂楊碧更鮮。房櫳玉琴靜，微風自飄翩。燭搖
> 知露重，衣涼見月圓。寧懷西堂詠，徒取北窗眠。（卷十頁 6）

此寫閒居平淡之心境，詞藻華淨淵雅，若「燭搖知露重，衣涼見月圓」，則體物細緻，雅意深篤。其他如〈乙酉四日行東城作〉（卷十二頁 2）、〈晴松〉（卷十三頁 6）、〈始春閒居人事殆絕雲陰晝長獨坐無心題七韻〉（卷十三頁 8）、〈泰山瀑橋〉（卷十二頁 7）等諸作，亦皆風華掩

映，丰神雋朗，呈現「謹密閑雅」之風格。

第四節　清麗婉轉

　　元王構《修辭鑑衡》曰：「繁穠不如簡澹，直肆不如微婉，重而濁不如輕而清，實而晦不如虛而明。」所言雖不盡然，但以婉轉含蓄地手法表達感情，吞吐深淺，欲露還藏，更容易使人感動，故清施補華《峴傭說詩》云：「詩猶文也，忘直貴曲。」湘綺集中有不少具「清麗婉轉」風格之詩篇，尤以閨情詩最擅長以清麗的辭句，婉轉的手法，曲現出濃濃的情意。如〈月夜〉二首：

　　缺月生殘夜，天涯自覺寒。繡簾深不卷，玉鏡豈同看。影破愁仍滿，衾虛夢總難。多情宜小病，閒睡憶前歡。

　　西望長沙水，從天向此來。月光寒不落，霜氣坐相催。大野風難定，高樓笛易衰。亂離無驛使，辛苦折江梅。（卷二頁 17）

此二首曲折地表現女子的深情，透露出在亂離的時代，有情人不能相聚的無奈。又如〈七夕篇〉：

　　片片微雲河漢明，纖纖莫雨六街清。客心本奏江南曲，秋思常依北斗城。城高斗轉啼鳥起，今夕長安倍愁思。丹鳳門深初月度，青鼉更永涼風細。涼風初月雁南飛，故里蕭蕭人未歸。宿燕雙棲隱珠戶，流螢數點上鴛機。閨中獨愁還獨泣，玉簟銀屏背燈立。已嫌月上照魂驚，還訝風來共愁人。青綺窗深早露秋，金鋪行處玉簾鉤。低帷暗拂相思枕，曝衣隨上合歡樓。自古仙娥怨離隔，妾望秋期那可得。紅蘭曉落湘川上，黃沙夜暗交河北。交河流水不連天，洛川繡被不成眠。君言夢見長如舊，妾見妝成不似前。前時三五妍嬌慣，妝成但結同心綰。本知榮樂在當年，誰保相憐期歲晏。當年歲晏思遙遙，春草逢秋也自饒。乘涼卻扇垂纖手，獨坐穿針愁細腰。輕離暫別旋能久，含情吐恨長相守。不聞江漢送扁舟，但見銀河挂窗牖。此夜何人不憶家，此時何處望天涯。聞道神京近東海，將使漢使覓浮槎。（卷五頁 7）

七夕爲天上牛郎織女一年一度相會之日，但閨中少婦此夜正愁泣地思念著未歸之人。詩中善用疊字、重複句、與頂眞之技巧，營造纏綿悱惻的情感，又運用比興手法，以景物烘托愁緒，並藉著動作描寫，如「玉覃銀屏背燈立」、「低帷暗拂相思枕」、「曝衣隨上合歡樓」等，細膩傳達出思人之苦。此詩思致微渺，詞采清麗，情感婉折抑揚，讀之令人不禁亦蕩起陣陣幽思。又如〈山中子規〉：

> 亦知無別恨，每欲喚愁生。怨入庭花暗，聲催嶺月明。幽篁
> 春窈窕，山鬼夜淒清。試作連宵聽，東風萬里情。（卷七頁 13）

此詩寫山中子規之啼聲，哀怨悽惻，有若山鬼啜泣，不僅能牽惹旅人愁緒，亦使庭花爲之一暗，嶺月破雲而明，想像奇特，深一層傳達羈旅思鄉之情。另有一首〈妾薄命爲楊知縣妾周氏作〉：

> 妾家本住巫山陽，娥娥玉顏明月光。青袍公子買年少，攜
> 妾來游湘水旁。朱門青樓日歌舞，風窗夜開黃鸝語。繡簾
> 深坐長自顰，玉床卷衣還獨處。世人重色不貴心，莫持堅
> 重比南金。眼前清濁同涇渭，胸中參錯作商參。幽房風多
> 日光濕，寸心始願從今戢。殘形毀貌羞見君，夢中魂歸暗
> 中泣。二月寒花滿路塵，百年紅粉葬青春。不信從來妾薄
> 命，請問悽悽行路人。（卷一頁 6）

其序云：「周爲長妾謀死，知縣匿之，巡撫助楊，按察發其事，僅而得直，城中洶洶，歡動萬人。」由此可知，本詩乃敘述楊知縣之妾周氏，因年輕貌美，能歌善舞，贏得知縣愛寵，卻由此遭長妾所嫉，謀害至死。通篇寫得幽怨悽絕，纏綿綺靡，有麗辭而無淫語，有艷情而無褻意，堪稱閨怨詩之佳構。

姚鼐〈復魯絜非書〉云：「其得於陽與剛之美者，則其文如霆如電，如長風之出谷，如崇山峻崖，如決大川，如奔騏驥；其光也如杲日，如火，如金鏐鐵；其於人也，如馮高視遠，如君而朝萬象，如鼓萬勇士而戰之。其得於與陰柔之美者，則其文如升初日，如清風，如雲，如霞，如煙，如幽林曲澗，如淪，如漾，如珠玉之輝，如鴻鵠之鳴而入廖廓；其於人也，漻乎其如歎，邈乎其如有思，暖乎其如喜，

愀乎其如悲。」論文之風格可分陽剛、陰柔之美。湘綺詩雖可大別爲「沈鬱蒼勁」、「悲壯激越」、「謹密閑雅」、「清麗婉轉」等四種風格，但除了「悲壯激越」屬於較陽剛之美外，其餘三種風格均呈現陰柔之美，只是由於創作之心境與題材之不同，遂造成程度上之差異耳。

第七章　結　論

　　楊度〈湖南少年歌〉云：「更有湘潭王先生，少年擊劍學縱橫，游說諸侯成割據，東南帶甲爲連衡。曾胡卻顧咸相謝，先生笑起披衣下。北入燕京蕭順家，自請輪船探歐亞。事變謀空返湘渚，專注春秋說民主。廖康諸氏更推波，學界張皇樹旗鼓。鳴呼吾師志不平，強收豪傑作才人。……」〔註1〕此已概況湘綺一生之經歷。湘綺身處亂世，雖有慨然澄清天下之志，然卻屢次蹭蹬顚躓於求仕之途，故發而爲詩，每多沈鬱悽愴之音。其論詩雖主法古，尙格律，然內容頗富時代精神，多亂離之思。陳衍云：「蓋其墨守古法，不隨時代風氣爲轉移，雖明之前後七子無以過之也，然其所作於時事有關繫者甚多。」〔註2〕石遺爲同光派健將，素不喜湘綺詩法漢魏之主張，然仍肯定湘綺詩甚多時事之作。湘綺因主法古，故不乏摹擬古人之作品，於是有批駁其擬古者，進而推論湘綺不作憂時感世之言，如劉大杰氏云：「他作詩卻一意擬古，詩人同時代離得很遠，那一個激變的社會，並沒有在他的作品裡留下眞實的影子。現在我們翻讀他的詩集，他認爲滿意的都是一些摹擬的古董，但是他的學力深厚，擬古逼眞，得到舊社會的推崇。」〔註

〔註 1〕錄自《飲冰室詩話》，頁55，中華書局。
〔註 2〕見陳衍《近代詩鈔》，頁322，商務印書館。
〔註 3〕見劉大杰《中國文學發展史》下卷，頁292，古文書局。

3）李曰剛先生云：「壬秋雅善擬古，而不喜創新，難免喪失一己之個性與時代。」〔註4〕湯木安氏亦云：「咸同之間，王闓運文章學術，俱有薪傳，其爲詩多屬擬古，不作憂時感世之言。」〔註5〕他們總認爲擬古只是前人的影子，缺乏眞情實性，既是前人影子，必也缺乏時代精神，從而認定湘綺詩皆喪失個性與時代；殊不知湘綺之擬古，只爲鎔取古人之技巧，非以擬古爲終生職志。再者，湘綺以擬古爲題的約只有八十首，在全部一千三百多首詩中，所佔比例甚微，怎能斷然否定其他詩篇均缺乏時代精神與一己之個性！湘綺除了論詩詩，與部分詠物詩、閨情詩外，其他各類題材均直接或間接流露出亂離時代的感慨，而且也寓含個人坎壈不遇的嗟嘆，因此，認爲湘綺不作憂時感世之言與喪失個性，實有欠公允。

　　湘綺雖法漢魏，但那只是爲鎔鑄而作準備，《文心雕龍‧體性篇》云：「宜摹體以定習，因性以練才。」他法漢魏而不法唐宋，乃個人之喜好，只要內容與時俱進，豈可不謂之創新？古典詩有固定的體製、格律，千古以來，除了「現代詩」外，又有誰曾突破其格律過？因此，創不創新要從作品的內涵特質去探討，不能只著眼湘綺多作古體詩，就印象式地認定他擬古不化。而要認定其作品之內涵特質，須得先探討其生平與經歷，這也是本論文撰寫第二、三章之目的，也因此確定湘綺詩有其個性與時代性，非泛泛之擬古也。擬古對於湘綺而言，只是個墊腳石，因其學力深厚，善於繼承、消化、吸收古人之技巧，已臻鎔古自成之境，故張之淦先生云：「湘綺誠一代鉅手，集中典重喬皇驚才絕艷之作，蓋不一而足，運古洽今精能不可思議，他人不能望也。……誠數百年來罕有其匹者。」〔註6〕誠哉斯言。

　　湘綺詩，以五古數量最多，其次爲七律、五律、七絕、七古，各體皆高絕，且各類題材均詞采蔥蒨，音韻鏗鏘。汪國垣氏曾云：「其

〔註4〕見李曰剛《中國詩歌流變史》，下冊，頁810，文津出版社。
〔註5〕見湯木安《詩之作法與研究》，十一章，正中書局。
〔註6〕見張之淦《遂園書評彙稿》，頁66。

歌行雍容包舉，跌宕生姿，則李東川之遺音也。……五言游山之作，無慚謝客。其寄興酬唱，明艷響亮，出入初唐，與劉希夷爲近。」〔註7〕推許其歌行與五古，酬唱寄興與遊覽山水之作，又云：「要其精思盛藻，近百年內，幾無與抗手，光宣後詩人不足以知之也。」〔註8〕可謂推崇備至。《清詩匯》云：「詩擬六代，兼步初唐，湘蜀之士多宗之，壁壘幾爲一變。尤長七古，自謂學李東川，其得意抒寫，脫去羈勒，時出入於李杜元白之間，似不得以東川爲限。」〔註9〕亦善其七古之豪宕雄放。湘綺除了少作四言、五絕外，其古、近體，皆傲然不群，梁石氏推爲一代詩宗，云：「其詩工力深厚，在清代當時的詩壇中允推主帥，爲權威的大詩人。」〔註10〕誠不爲過。

　　湘綺是晚清大儒，學問淹博，出入經史百家；是一位憂時憫世的知識份子，有著滿腹的政治理想，卻蹭蹬於仕途；也是一位詩評家，力主「詩緣情而綺靡」；更是一位大詩人，有一千多首各體詩作傳世，題材多樣，內容豐富，特別是紀事長篇，以及感懷、遊覽、行旅諸作，已達爐火純青，精美絕倫，爲古典詩添增了一簇艷麗的奇葩，他的重要詩篇如〈擬焦仲卿妻詩〉（卷一）、〈秋興十九首〉（卷三）、〈春社日往邵陽道中雜詩十首〉（卷四）、〈感興詩九首〉（卷四）、〈送錢御史師使回〉（卷四）、〈喜聞官軍收復九江寄胡巡撫五首〉（卷四）、〈詠史雜詩八首〉（卷五）、〈自京赴濟南途中秋興八首〉（卷五）、〈發祁門雜詩廿二首〉（卷六）、〈春懷詩四十八首〉（卷七）、〈圓明園詞〉（卷八）、〈獨行謠〉（卷九）、〈覽古興詠三首〉（卷十）、〈銅官行寄章壽麟題感舊圖〉（卷十一）、〈擬古十二首〉（卷十二）、〈暮雲篇追傷郭兵左嵩燾〉（卷十三）、〈九疑雜詩〉（卷十四）等，將爲湘綺在中國詩壇上，爭得一席重要地位。

〔註7〕見汪辟疆〈王闓運傳〉，附錄於《湘綺樓說詩》後，鼎文書局印行，頁161。
〔註8〕見同上註，頁162。
〔註9〕見《清詩匯》，卷一百五十五，頁24，世界書局。
〔註10〕見梁石《中國詩歌發展史》，頁473，經氏出版社。

附錄　參考及引用書目

一、詩集文集類

1. 《湘綺樓全集三十卷》，王闓運，清光緒三十三年墨莊劉氏長沙刊本。

2. 《湘綺樓詩集》，王闓運，清宣統二年上海國學扶輪社刊本。

3. 《湘綺樓詩集》，王闓運，世界書局影印光緒卅三年長沙刊本。

4. 《湘綺樓文集》，王闓運，新興書局影印本。

5. 《湘綺樓箋啓》，王闓運，國學扶輪社重刊本。

6. 《湘綺樓日記》，王闓運，商務印書館，民國 62 年 7 月臺一版。

7. 《湘綺樓日記》，王闓運，學生書局，民國 74 年 2 月再版。

8. 《湘綺樓說詩》，王闓運著・王簡編，鼎文書局，民國 68 年 2 月初版。

9. 《湘綺樓聯語》，王闓運，中國文化雜誌社，民國 58 年 12 月。

10. 《八代詩選》，王闓運，廣文書局，民國 59 年 10 月初版。

11. 《先秦漢魏晉南北朝詩》，逯欽立輯校，學海出版社，民國 73 年 5 月初版。

12. 《古詩源箋註》，華正書局，民國 72 年 8 月初版。

13. 《玉臺新詠箋註》，徐陵編・吳兆宜注，漢京文化公司。

14. 《樂府詩集》，郭茂倩編，里仁書局，民國 73 年 9 月。

15. 《唐宋詩舉要》，高步瀛選注，維明書局，民國 72 年 9 月初版。

16. 《歷代詠物詩選》，俞琰輯，廣文書局，民國 57 年元月初版。

17. 《杜詩鏡銓》，楊倫撰，漢京文化公司，民國 72 年 9 月初版。

18. 《韓昌黎詩繫年集釋》，錢仲聯編，學海出版社，民國 74 年元月初版。

19. 《清詩匯》（晚晴簃詩匯），徐世昌編，世界書局，民國 71 年 10 月三版。

20. 《清詩選》，吳遁生選，商務印書館，民國 72 年 6 月四版。

21. 《近代詩鈔》，陳衍，商務印書館，民國 50 年 4 月臺一版。

22. 《近代名人詩鈔》，吳芹輯，廣文書局。

23. 《人境盧詩草》，黃遵憲，世界書局，民國 55 年 9 月再版。

24. 《文選》，蕭統編‧李善注，文津出版社，民國 76 年 7 月。

25. 《古文辭類纂》，姚鼐編‧王文濡評注，華正書局，民國 71 年 5 月初版。

26. 《韓昌黎文集校注》，馬通伯校注，華正書局，民國 71 年 2 月初版。

27. 《清人楚辭注三種》，王夫之等，長安出版社，民國 69 年 9 月三版。

二、經史子類

1. 《十三經注疏》，藝文印書館影印嘉慶南昌府學刻本。

2. 《詩經通釋》，王師靜芝，輔大文學院，民國 70 年 10 月八版。

3. 《易經讀本》，學海出版社，民國 72 年 3 月初版。

4. 《禮記今註今譯》，王夢鷗注譯，商務印書館，民國 73 年 10 月修訂二版。

5. 《論語》，朱熹集註‧蔣伯潛廣解，啓明書局。

6. 《孟子》，朱熹集註‧蔣伯潛廣解，啓明書局。

7. 《國語》，韋昭注，漢京文化公司，民國 72 年 12 月初版。

8. 《老子達解》，嚴靈峰，華正書局，民國 72 年 8 月。

9. 《莊子集解》，王先謙，三民書局，民國 70 年 10 月再版。

10. 《韓非子集釋》，陳奇猷校注，華正書局，民國 71 年 8 月初版。

11. 《清史稿》，鼎文書局，民國 70 年 9 月初版。

12. 《清代通史》，蕭一山，商務印書館，民國 52 年 4 月初版。

13. 《清史大綱》，金兆豐，學海出版社，民國 66 年 8 月二版。

14. 《中國通史》，傅樂成，大中國圖書公司，民國 67 年 10 月初版。

15. 《清史列傳》，啓明書局，民國 54 年 7 月初版。

16. 《五朝湘詩家史詠》，曾霽虹，廣文書局，民國 63 年 11 月初版。

17. 《祺祥故事》，王闓運，東方雜誌十四卷十二號。

18. 《清王湘綺先生闓運年譜》，王代功，商務印書館影印民國十三年長沙刊本。

19. 《王闓運觀世變》，吳月美，政大歷史所，民國 70 年碩士論文。

20. 《中國文學家列傳》，楊蔭深，中華書局，民國 73 年 3 月六版。

21. 《中國學術家列傳》，楊蔭深，德志出版社，民國 57 年 5 月初版。

22. 《中國文學家大辭典》，世界書局，民國 74 年 12 月六版。

23. 《近代名人小傳》，沃丘仲子，廣文書局，民國 69 年 12 月初版。

24. 《近世人物志》，金梁輯，明文書局。

25. 《同光風雲錄》，邵鏡人，明文書局。

26. 《民國人物小傳》，劉紹唐，傳記文學出版社。

27. 《中國歷史大事年表》，華世出版社，民國 75 年 3 月初版。

28. 《民國大事日誌》，劉紹唐，傳記文學出版社，民國 62 年 7 月。

29. 《花隨人聖盦摭憶全編》，許晏駢・蘇同炳編，聯經文化事業公司，民國 68 年 8 月。

30. 《魚千里齋隨筆》，李漁叔，中華書局，民國 59 年 7 月增訂初版。

31. 《中國政治思想史》，薩孟武，三民書局，民國 72 年增補四版。

32. 《晚清政治思想研究》，林明德譯，時報文化公司，民國 71 年 5 月初版。

33. 《政治學》，呂亞力，三民書局，民國 77 年 8 月修訂再版。

34. 《河殤》，蘇曉康，金楓出版社，民國 78 年元月三十版。

三、《詩論》文論類

1. 《文心雕龍注釋》，劉勰著・周振甫注，里仁書局，民國 73 年 5 月出版。

2. 《文史通義校注》，章學誠著・葉瑛校注，仰哲出版社。

3. 《六十年來之國學（五）》，汪師中等，正中書局，民國 64 年 5 月臺初版。

4. 《方湖類稿》，汪辟疆，文海出版社影印本，民國 63 年 6 月。

5. 《光宣詩壇點將錄》，汪辟疆，文海出版社。

6. 《遂園書評彙稿》，張之淦，商務印書館，民國 75 年元月初版。

7. 《四庫全書總目提要》，紀昀，商務印書館武英殿本。

8. 《胡適文存》，胡適，遠東圖書公司，民國 72 年 9 月。

9. 《中國詩學大綱》，楊鴻烈，商務印書館，民國 65 年 11 月臺二版。

10. 《中國詩學通論》，范況，商務印書館，民國 54 年 12 月臺一版。

11. 《中國詩學》，劉若愚著‧杜國清譯，幼獅文化公司，民國 74 年 6 月五版。

12. 《中國詩學‧思想篇》，黃師永武，巨流圖書公司，民國 75 年元月一版五印。

13. 《中國詩學‧設計篇》，黃師永武，巨流圖書公司，民國 74 年 8 月一版七印。

14. 《中國詩學‧鑑賞篇》，黃師永武，巨流圖書公司，民國 76 年 4 月一版八印。

15. 《中國詩學‧考據篇》，黃師永武，巨流圖書公司，民國 75 年元月一版六印。

16. 《藝概》，劉熙載，華正書局，民國 74 年 6 月初版。

17. 《詩比興箋》，陳沆，鼎文書局，民國 68 年 2 月初版。

18. 《詩詞散論》，繆鉞，開明書店，民國 71 年 10 月七版。

19. 《詩論》，朱光潛，漢光文化公司，民國 71 年 12 月初版。

20. 《詩法通微》，徐英，國立編譯館，民國 76 年 10 月再版。

21. 《詩學》，張正體，商務印書館，民國 74 年 7 月四版。

22. 《詩論新編》，朱光潛，洪範書店，民國 73 年 8 月二版。

23. 《詩詞例話》，周振甫，長安出版社，民國 72 年 10 月初版。

24. 《中國詩學縱橫論》，黃維樑，洪範書店，民國 75 年 11 月四版。

25. 《近體詩發凡》，張夢機，中華書局，民國 73 年 5 月四版。

26. 《詩學淺說》，學海出版社，民國 69 年 9 月再版。

27. 《中國詩律研究》，王力，文津出版社，民國 61 年 10 月出版。

28. 《詩學理論與評賞》，楊鴻銘，文史哲出版社，民國 74 年 2 月初版。

29. 《中國歷代故事詩》，邱燮友，三民書局，民國 74 年 3 月五版。

30. 《中國詩歌研究》，羅宗濤等，中央文物供應社，民國 74 年元月。

31. 《詩與美》，黃師永武，洪範書店，民國 74 年 5 月三版。

32. 《讀書與賞詩》，黃師永武，洪範書店，民國 76 年 5 月初版。

33. 《遺山論詩詮證》，王禮卿，中華叢書編審委員會，民國 65 年 4 月。

34. 《古詩文修辭例話》，路燈照，商務印書館，民國 76 年 10 月初版。

35. 《兩漢樂府詩之研究》，張清鐘，商務印書館，民國 68 年 4 月初版。

36. 《古詩十九首彙說賞析與研究》，張清鐘，商務印書館，民國 77 年 10 月初版。

37. 《思齋說詩》，張夢機，華正書局，民國 66 年元初版。

38. 《迦陵談詩》，葉嘉瑩，三民書局，民國 73 年元月五版。

39. 《迦陵談詩二集》，葉嘉瑩，東大圖書公司，民國 74 年 2 月初版。

40. 《校注人間詞話》，王國維著・徐調孚注，漢京文化公司，民國 69 年 9 月初版。

41. 《六朝宮體詩研究》，黃婷婷，師大國研所，民國 72 年碩士論文。

42. 《山水與古典》，林文月，純文學出版社，民國 73 年 5 月初版。

43. 《中國山水詩研究》，王國櫻，聯經出版公司，民國 75 年 10 月。

44. 《清代詩學初探》，吳宏一，學生書局，民國 75 年元月修訂再版。

45. 《中國詩的神韻格調及性靈說》，郭紹虞，華正書局，民國 70 年 8 月初版。

46. 《中國韻文裡頭所表現的情感》，梁啓超，中華書局，民國 72 年 9 月四版。

47. 《字句鍛鍊法》，黃師永武，洪範書店，民國 75 年元月初版。

48. 《修辭學》，黃師慶萱，三民書局，民國 75 年 12 月增訂初版。

49. 《抒情的境界》，蔡英俊等，聯經出版公司，民國 71 年 9 月初版。

50. 《比較詩學》，葉維廉，東大圖書公司，民國 72 年 2 月初版。

51. 《論形象思維》，亞里士多德等，里仁書局，民國 74 年元月。

52. 《談民族文學》，顏元叔，學生書局，民國 73 年 2 月三版。

53. 《景午叢編》，鄭騫，中華書局，民國 61 年元月初版。

54. 《文學原理》，趙滋蕃，東大圖書公司，民國 77 年 2 月初版。

55. 《文學概論》，王夢鷗，藝文印書館，民國 65 年 5 月初版。

56. 《文藝心理學》，朱光潛，開明書店，民國 71 年 3 月十五版。

57. 《中國文學欣賞舉隅》，傅庚生，學海出版社，民國 72 年 3 月初版。

58. 《中古文學史論》，王瑤，長安出版社，民國 71 年 8 月再版。

59. 《古典文學論探索》，王夢鷗，正中書局，民國 73 年 2 月初版。

60. 《中國文學論集》，徐復觀，學生書局，民國 74 年元月六版。

61. 《涵芬樓文談》，吳曾祺，商務印書館，民國 69 年 9 月四版。

62. 《日知錄》，顧炎武，商務印書館國學基本叢書本。

63. 《復初齋文集》，翁方綱，文海出版社。

64. 《評註文法律梁》，宋文蔚編，復文書局，民國 73 年 12 月初版。

65. 《文論講述》，許文雨編著，正中書局，民國 74 年 8 月。

66. 《中國文學理論》，劉若愚著‧杜國清譯，聯經出版公司，民國 74 年 8 月。

67. 《文學論》，韋勒克著‧王夢鷗譯，志文出版社，民國 74 年 5 月再版。

68. 《文學研究法》，丸山學著‧郭虛中譯，商務印書館，民國 70 年 10 月四版。

69. 《中國古代美學範疇》，曾祖蔭，丹青圖書公司，民國 76 年 4 月初版。

70. 《文學與美學》，龔鵬程，業強出版社，民國 75 年 4 月初版。

71. 《藝術的奧祕》，姚一葦，開明書店，民國 72 年元月九版。

72. 《美的範疇論》，姚一葦，開明書店民國 74 年 3 月三版。

73. 《美從何處尋》，宗白華，元山書局，民國 75 年。

74. 《中國美學史大綱》，葉朗，滄浪出版社，民國 75 年 9 月初版。

75. 《中國美學史論集》，林同華，丹青圖書公司，民國 75 年一版。

76. 《美學辭典》，木鐸出版社，民國 76 年 12 月初版。

77. 《現代散文類型論》，鄭明娳，大安出版社，民國 76 年 6 月增訂再版。

四、詩話、彙編類

1. 《歷代詩話》，何文煥輯，漢京文化公司，民國 72 年元月初版。

2. 《詩品》，鍾嶸。

3. 《詩式》，釋皎然。

4. 《廿四詩品》，司空圖。

5. 《六一詩話》，歐陽修。

6. 《彥周詩話》，許顗。

7. 《石林詩話》，葉少蘊。

8. 《韻語陽秋》，葛立方。

9. 《滄浪詩話》，嚴羽。

10. 《詩法家數》，楊載。

11. 《續歷代詩話》，丁仲祜編，藝文印書館，民國 72 年 6 月四版。

12. 《歲寒堂詩話》，張戒。

13. 《滹南詩話》，王若虛。

14. 《升菴詩話》，楊慎。

15. 《藝苑巵言》，王世貞。

16. 《南濠詩話》，都穆。

17. 《懷麓堂詩話》，李東陽。

18. 《清詩話》，丁仲祜編，藝文印書館，民國 66 年 5 月再版。

19. 《薑齋詩話》，王夫之。

20. 《師友詩傳錄》，王士禛。

21. 《師友詩傳續錄》，王士禛。

22. 《說詩晬語》，沈德潛。

23. 《原詩》，葉燮。

24. 《一瓢詩話》，薛雪。

25. 《峴傭說詩》，施補華。

26. 《詩品注》，汪師中注，正中書局，民國 74 年 8 月初版九印。

27. 《滄浪詩話》校釋，郭紹虞校釋，東昇出版公司，民國 69 年 10 月
    初版。

28. 《詩藪》，胡應麟，中華書局，民國 40 年 6 月出版。

29. 《飲冰室詩話》，梁啓超，中華書局，民國 69 年 2 月臺三版。

30. 《石遺室詩話》，陳衍，商務印書館，民國 65 年 11 月臺二版。

31. 《詩話與詞話》，木鐸出版社，民國 76 年 7 月初版。

32. 《百種詩話類編》，臺靜農編，藝文印書館，民國 63 年 5 月初版。

33. 《詩論分類纂要》，朱任生編，商務印書館，民國 60 年 8 月初版。

34. 《古文法纂要》，朱任生編，商務印書館，民國 73 年 9 月初版。

35. 《中國歷代文論選》，郭紹虞編，木鐸出版社，民國 70 年 4 月再版。

36. 《中國近代文論選》，郭紹虞編，木鐸出版社，民國 71 年 7 月再版。

37. 《古漢語修辭學資料彙編》，譚全基編，明文書局，民國 73 年 9 月
    初版。

38. 《文學理論資料彙編》，華諾文化公司，民國 74 年 10 月一版。

39. 《中國美學史資料彙編》，王進祥編，漢京文化公司，民國 74 年 4
    月初版。

40. 《兩漢魏晉南北朝文學批評資料彙編》，柯慶明編，成文出版社，民
    國 67 年 9 月初版。

41. 《隋唐五代文學批評資料彙編》，羅聯添編，成文出版社，民國 67
    年 9 月初版。

42. 《北宋文學批評資料彙編》，黃啓方編，成文出版社，民國 67 年 9月初版。

43. 《清代文學批評資料彙編》，吳宏一編，成文出版社，民國 67 年 9月初版。

44. 《姚曾論文精要類徵》，朱任生編，商務印書館，民國 77 年 7 月初版。

五、文學史類

1. 《現代中國文學史》，錢基博，粹文堂書局。

2. 《中國文學史論集》，吳萬谷等，中華文化出版事業委員會，民國 47年 4 月初版。

3. 《中國文學發展史》，劉大杰，古文書局。

4. 《中國文學史》，葉師慶炳，學生書局，民國 72 年 8 月再版。

5. 《新編中國文學史》，文復書店。

6. 《漢魏六朝樂府文學史》，蕭滌非，長安出版社，民國 70 年 11 月二版。

7. 《白話文學史上卷》，胡適，胡適紀念館，民國 63 年 4 月再版。

8. 《清代文學評論史》，青木正兒著·陳淑女譯，開明書店，民國 58年 12 月初版。

9. 《中國詩論史》，鈴木虎雄著·洪順隆譯，商務印書館，民國 58 年 9月二版。

10. 《中國詩歌發展史》，梁石，經世出版社，民國 65 年 10 月初版。

11. 《中國詩詞發展史》，藍田出版社。

12. 《中國詩歌流變史》，李日剛，文津出版社，民國 76 年 2 月。

13. 《中國之美文及其歷史》，梁啓超，中華書局，民國 69 年 2 月三版。

14. 《中國文學批評史》，劉大杰，文匯堂，民國 74 年 11 月初版。

15. 《中國文學批評史》，羅根澤，明倫出版社。

16. 《中國文學批評新論》，郭紹虞，元山書局。

17. 《中國文學批評家與文學批評》，朱東潤等，學生書局，民國 73 年 5月再版。

18. 《唐詩論文選集》，呂正惠編，長安出版社，民國 74 年 4 月初版。

19. 《宋詩概說》，吉川幸次郎著·鄭清茂譯，聯經出版公司，民國 72年 5 月。

20. 《宋詩概論》，嚴恩紋，華國出版社，民國 45 年 10 月初版。

21. 《元明詩概說》，吉川幸次郎著・鄭清茂譯，幼獅文化公司，民國 75 年 6 月。

22. 《清代同光詩派研究》，尤信雄，師大國研所集刊第十五期。

23. 《論詩絕句發展之研究》，周益忠，師大國研所，民國 71 年碩士論文。

六、單篇論文

1. 〈清末民初四大詩人〉，易君左，《暢流》二十五卷一期。

2. 〈王闓運傳〉，汪辟疆，《國史館館刊》二卷一期。

3. 〈王湘綺與尊經書院〉，胥端甫，《民主評論》十一卷二期。

4. 〈王湘綺與湘軍志〉，阮文達，《春秋》二卷三期。

5. 〈紀湘綺老人王闓運〉，陳彰，《藝文志》廿四卷頁 13~16。

6. 〈記近代大儒與奇士的王壬秋〉，何人斯，《古今談》十五卷頁 7~9。

7. 〈曾國藩目為狂妄的王闓運〉，羅石補，《春秋》十卷三期。

8. 〈讀湘綺樓日記後記〉，千里，《湖南文獻》七卷四期。

9. 〈由湘綺樓日記看王湘綺的生平〉，和重，《湖南文獻》六卷三期。

10. 〈王闓運的狂放〉，劉心皇，《湖南文獻》七卷三期。

11. 〈湘綺門人三畸人〉，薛月庵，《暢流》三十七卷十期。

12. 〈王湘綺論詩〉，邱燮友，《師大國學會文風》第二十期。

13. 〈論詩絕句百首〉，鄭騫，《幼獅學誌》二十卷一期。

14. 〈生活經驗與創作經驗之比較〉，馬國光，《國立藝專藝術學報》四十三期。

15. 〈詩選的詩論價值〉，楊松年，《中外文學》十卷五期。

16. 〈雜事詩的性質與發展〉，龔鵬程，《中央大學人文學報》第六期。

17. 〈鮑照模擬詩的成就〉，唐海濤，《國立中央圖書館館刊》二十卷二期。

18. 〈論唐詩的語法用字與意象〉，梅祖麟著・黃宣範譯，《中外文學》一卷十一～十二期。

19. 〈唐詩的語意研究〉，高友工著・黃宣範譯，《中外文學》四卷七～九期。

20. 〈意象和語言〉，簡政珍，《中外文學》十七卷四期。